U0869249

深圳岁月

The Years in Shenzhen

阿珍 著

岁月，无声息地渐增，
蓦然回首，忧伤、欢愉皆成过往。

天津出版传媒集团
百花文艺出版社

图书在版编目（CIP）数据

深圳岁月 / 阿珍著 . -- 天津 : 百花文艺出版社 , 2024.5
ISBN 978-7-5306-8895-3

Ⅰ . ①深… Ⅱ . ①阿… Ⅲ . ①随笔—作品集—中国—当代 Ⅳ . ① I267.1

中国国家版本馆 CIP 数据核字 (2024) 第 111385 号

深圳岁月
SHENZHEN SUIYUE
阿珍 著

出 版 人：薛印胜
选题策划：郑 爽
责任编辑：由高峰
装帧设计：百悦兰棠
出版发行：百花文艺出版社
地址：天津市和平区西康路 35 号 邮编：300051
电话传真：+86-22-23332651（发行部）
+86-22-23332656（总编室）
+86-22-23332478（邮购部）
网址：http://www.baihuawenyi.com
印刷：廊坊市海涛印刷有限公司
开本：880 毫米 ×1230 毫米 1/32
字数：149 千字
印张：10.75
版次：2024 年 5 月第 1 版
印次：2024 年 5 月第 1 次印刷
定价：68.00 元

如有印装质量问题，请与廊坊市海涛印刷有限公司联系调换
地址：河北省廊坊市安次区码头镇金官屯村海涛印刷有限公司
电话：（0316）2516002 邮编：065000

版权所有 侵权必究

自序

从小就喜欢阅读和写作，语文老师在课堂上讲解以及作文本上的评改点拨了我，此外我没被任何人指点过，也没被任何人辅导过，纯属天生骨子里的热爱，犹如潜伏在体内的一种本能。图书馆与我家就隔条小街道，在我家后门斜对面，近在咫尺的距离让我有机会时常在书海里遨游，闻着书香，沉浸在书籍世界里，这种感觉，于我来说是最大的快乐源泉，为我的学生时代增添了一道道绚丽的光彩。

人生历程，幸好有书籍笔墨陪伴左右，阅读或书写几乎占用了所有的空余时间，就此少了接触更多的人和事的机会，否则以我这个不善于动脑思考、轻信他人、木讷懦弱的性格恐怕要吃很多亏，甚至可能遭遇一些不幸。我回首已走过的岁月，如果没有对书籍的钟爱，如果没有书籍作为依托，无法想象我将会变成什么样的人？怀揣对书籍强烈的热爱让我坚守了原则，让我拼尽全力不成为随波逐流的人；让我不被生活琐事所磕绊而丧失自己的本性，仍然拥有一份童真，尽管这份童真让人轻视，甚至被打击，我依然乐此不疲，因为这是我如影相随的本性，我做不到世故成熟。当我捧着书、握起笔的一刹那，能让我立刻忘却所有糟心的事情，心情变得愉悦起来，不至于徘徊在精神崩溃的边缘。书籍是我的精神食粮，是我的精神支柱，能够抵达我心灵之深处，没有什么可替代。

年轻时，我曾经担任过某内刊杂志编辑，那段时间撰写了不少文稿，可惜多年之后的某日，因赌气离家，它们都被我遗落在一辆长途大巴车上了，连同我重要的证件。值点钱的首饰我都不屑带上，唯独把那一小堆文稿当宝贝似的随身携带了，原来潜意识里我竟然把它们视为自己生命中最重要的东西了。遗落的它们，不知道最终流落何方？它们就这样不留痕迹的消失在我的世界里，永远不会有失而复得的机会。往后十多年的岁月里，被晕头转向的生活以及心里诸多的不快煎熬着，我再也没有写过任何文稿，与世隔绝般活在自设的小小的圈子里，俗不可耐地纠结日常琐事，不思不想。

在生命的年轮里，没有人可以一直万事皆如意，我也不例外。

时光荏苒，随着年龄的增长，对生活有了更多的认知，对人事亦有了一些悟性。我这个晚熟的人，终于渐渐觉醒，虽迟了一点，但未为晚矣。一切不能重来，过去了就过去了，而剩余的时光也不多了，生命正在一天天缩减，我该整装待发了。至于一些悲伤，只要抱着“哀莫大于心死”的心态以对，就能瞬间不纠结、豁达、放下，生活仍旧会是自己想要的幸福样子。

我如大梦初醒似的，将埋藏了许久对文字炙热的情怀再次开启，我又开始重拾笔杆了，慵懒地断断续续地书写了一些文字，中途偶尔参赛也获了不少奖项。因为热爱，所以一直以来都有出版一本书的想法。迄今，机缘已至，在文稿完全没有准备充分的情况下，仓促决意，付诸行动，伴着胃息肉刚手术出院的虚弱以及术后胃的持续胀痛，夜以继日地终于完成了目标中的文稿，使我显得更加憔悴且瘦弱不堪，大概是短期内高强度的写作以及创作的焦虑对身体造成了伤害。当然也是自己没有规划及拖延所致，怪不得谁。

我在深圳已经生活了二十多年了，后续如人生境遇没有太大的变化，余生还将留在这里。对于我来说，深圳早就不知不觉中成了我的第二故乡，我习惯了这里的草木清新、花香扑鼻、海里翻滚的浪花、友善的市民、出游香港咫尺之近的便利。此书，就是围绕深圳而写，记录深圳的一部分。只是仓促间未能概述所有，甚是遗憾。写到这里，我脑海里突然很清晰地忆起一首很久不曾出现过的一首诗，当年那个擦肩而过浅浅之交的友人赠与的：

吉儿

你像个振翅飞翔在高空的天使

只因被人折断了一点翼角

跌入我怀中

我的世界里从此有你

而你却从不曾多看我一眼

刹那间，我不禁双眼含泪，那永生失去的遗憾让我伤怀，甚至悲痛，如果时光能够倒流，我将勇敢奔赴。此时，此刻，我又渐渐忆起多年前写过的那些文字，我该捡拾回曾经热爱涂涂写写的自己，重生，把记忆和当下融汇在一起，无所顾忌地迈向另一个不知因果的旅程！但愿余生不再迷茫。

…………

每个人的喜好和认知都不同，对文章的评价也会有所不同，仁者见仁、智者见智，各有所思所感，各花入各眼。再好的人或事，也会有人嫌弃，再差的人或事，也会有人珍爱。在没有伤及他人的情况下，海纳百川，多包容多接纳是世间美德。我涂鸦的篇章，字里行间，若多多少少被你所认同，于我是一种慰藉，不枉我对文字的这份坚守，感恩所有良善友好的遇见！

书籍是人类进步的阶梯，文字也拥有力量。生活有烦恼，就多读书吧；想让精神得到升华，就多读书吧；想要迈进更广阔的天地，那就多读书吧！

你，我，他，还有这个世界，但愿所有的一切依然美好！

前言

风华年少、热血青春，这沸腾的年纪，谁没有远大美好的梦想？你有，他有，我也有！

伙伴们的梦想，多数都是想当个科学家、老师、医生、工人……我最初想当个身穿白大褂拿着手术刀救死扶伤的外科医生，觉得神圣庄严，并且把“路漫漫其修远兮，吾将上下而求索”这话作为勉励自己不断学习、不断精进技术的至理名言，希望成为业界里的顶级外科医生，解决患者身体之疼痛、精神之折磨。

理想看似确乎实际，容易实现，梦想看似好高骛远，白日做梦，仔细斟酌后发现其实两者之间是一样的，只是说法不同罢了，都是个人想象中的目标而已，朝着目标努力奋斗去实现，都得靠自己努力和造化了。个人觉得理想即是梦想，梦想即是理想，两者无明显区别，可合二为一。有个小伙伴，他一会说梦想要当个发明家，一会又说理想要当个发明家，他扬言要为了实现理想、梦想而奋斗，从树立之日起就开始。看他铮铮铁骨般为唯一的理想而信誓旦旦，我相信假以时日他定能梦想成真的，而我却未知。

小的时候，二十世纪八十年代时期，家属大院二楼连廊有台公家提供的电视机，好像是黑白的，不是液晶彩色的。年代久远，过去了很久的往事，一旦没能深刻留下印象，无论谁通常都是难以回想起来的。那时，每天晚上快到 19 点，匆忙赶来的大叔、爷爷们一边很抱歉的样子望着正在兴致勃勃看着少儿节目的我们，一边不由自主地把节目切换到央视一台，《新闻联播》那节奏感很强的纯音乐片头曲刚好声势浩大地响起来，他们时间掐得真准，分毫不差。我们嚷着闹腾，他们中总有人严肃地来段诸如此类的说辞："你们这些孩子，一天到晚寻开心，我们累一天了，来看个半小时的新闻，你们咋还不乐意了？乖，别闹，30 分钟很快的，等会就还给你们看。"长辈们说得也对，我们都看了这么久了，他们就看一会确实不过分，理所应当。于是，我们不再嚷叫，闭嘴不言，有的人嘟着嘴扫兴离开，有的人则意犹未尽留下来等待，毕竟等候的时间不算太长，容易等，我就是经常留下来的其中一个。

我们一会抬头眺望走廊外遥远的天际，数着星星有几颗，想象着嫦娥仙女是不是躲在月宫里陪可爱的玉兔玩耍；一会默不作声地玩石头剪刀布，不分输赢，反复地玩，用手势代替语言，为的就是不吵大人看电视；一会不情愿地盯着电视屏幕，心里却着急地盼望新闻赶快播放完。中间，他们个别人看到坐立不安的我们，会安慰说：“你们再等会，很快了，马上就完了呀！”还好，他们说到做到，当外貌端庄、举止优雅的一男一女主持人低头收拾手中稿件，荧屏出现片尾滚动字幕时，他们就立刻不约而同齐齐整整地呼啦呼啦移动凳子，起身离开，走时总有人不忘帮我们调回原先看的少儿频道。

其实，我们这些节假日里待在家里的孩子们也是无所适从的，大人上班，自然顾不上我们，我们除了写作业、看课外书以外，其他时间也就只能自顾自地找乐子了，闷在家里或三三两两事先约好去谁家聚，又或一起相约到外面玩逛。家中有爷爷奶奶或外公外婆照顾陪伴的孩子则不同，长辈们会有计划地安排好吃喝、学习、玩乐。70后的我们，这个年代没有各类兴趣爱好培训班，也没有补习班占用假期时间，家长一般也不会布置家庭作业，那个时候没有“不能输在起跑线上”之说，孩子们的童年都没有各种学习压力，无忧无虑，自由自在。整个假期里，我们只要老老实实地完成学校老师布置的作业即可，其余时间都可以用来尽情挥霍。

天气晴朗时，院子里用长竹篙撑搭的晒衣架便晾满了各式各样的衣服、被单、被罩……五颜六色，琳琅满目。我们绕着晒架外围追着跑，也常弓着身子在这些衣物下面钻来钻去，为了不碰倒架子，还得小心穿行，这边到那边，乐此不疲。若被大人吆喝：“小心竹篙散架砸人，你们把衣服弄脏了……”，每每这时，我们便一哄而散。聚集在院子里追逐成为我们为数不多的乐趣。

若有伙伴在玩闹中不小心受了点伤，大家都不会当回事，回到家也绝对不会伶牙俐嘴地向家长控诉，若家长发现，知道后一般也不会逼问孩子是谁造成的，不会想着要去追究谁的责任，更不会找上门去维权，咄咄逼人地要求对方赔偿。他们只是语重心长地叮嘱我们以后在一起玩闹时，一定要瞻前顾后，注意自己和玩伴们的安全，存在安全隐患的地方不要去。当然，造成严重伤害事故的，不论故意与否，双方家长都会主动处理善后。

当年明星画像流行，风靡一时，方形小贴纸样式的，是我们这些孩子的最爱，买来贴在书本封面封底、文具盒、衣柜门、墙壁上等，只要能贴的地方，无所不贴，贴不完的就一张张对齐叠在一块儿收藏保管起来。大尺寸的，类似海报那样的，我们偶尔也会买来贴在墙上展示。我们时常向大人讨要一些零花钱，然后到街上文具店里挑选，买多了，还懂得价比三家，买售价最便宜的那家，至于质量怎样，我们并不知道如何区分。我们还会三天两头到街上去，花三五毛或一二块钱买馒头、包子、烤串、冻饮这些解馋、充饥。铝制长方形饭盒冷冻的绿豆糖水，硬邦邦的，像一大块坚固的冰块，我们用不锈钢小汤勺一勺一勺地刮来吃，凉丝丝的，入口就化，超级鲜甜可口，每吃一口，都能给我们带来一种巨大的快乐幸福感——这也成为我记忆中不能忘却的童年美味。我们吃完，胡乱抹下嘴，便开溜。烤串和包子这些，我们一般边走边吃，嘴巴一边不停地吮吸、咀嚼着，一边叽叽喳喳说着话，一边还得机警地躲闪着走路快的行人，生怕被他们碰撞，搞得一身油污。我们一路嘻嘻哈哈，蓝天白云下回荡着的尽是我们愉悦开怀的欢声笑语。阳光明媚时，若碰到路上有大树遮挡，我们就躲在树荫下乘凉，你吃我的一口，我吃你的一口，互相品尝对方不同的口味，阳光透过树缝投影下来的稀落光芒优美地洒落在地面上，把我们笼罩在斑驳的光影里，那种感觉像遨游在时空隧道里一样的神奇美妙。

县城唯一的电影院门前是个大广场，是老有所依、幼有所乐的场地。中老年人聚集此处凉亭或树下唠嗑家常、吹拉弹唱、下象棋、健身、跳舞，每天心情愉快地打发着退休后闲散的光阴。天真烂漫的儿童在这里追逐酷跑，随性子撒欢。我们也喜欢在此逗留，旁边的冰室尤其吸引我们，酷暑的夏日人满为患，几乎都是来吃喝各式糖水冻饮的青少年。偌大的广场，从晨曦到夜色深沉，这里都人头涌动、热闹喧哗。

广场斜对面是县重点中学，校门口的大操场完全敞开，正对着街道，这里田野般广阔的空间更是我们肆意奔跑、花样玩耍的天堂。我们千姿百态地玩转单杠双杠、绕着操场一圈圈的自由跑、踢足球、打羽毛球、骑单车……我以及附近的孩子们学骑自行车，基本都是在这里进行的，直至学会能独立上街骑行。我曾经在这里见过温柔的龙卷风的模样，大概有十多层高，一张八仙桌宽的团状的淡黑色物体在地面上快速地移动，非常壮观，没多久就突然消失了，觉得奇怪，也不知道是什么东西，更加不知道它的危险性，后来才得知原来这是龙卷风的一种。

综上所述，相对而言，无论有无大人陪伴，我们的生活还是显得丰盈多彩，大人们才是真正的单调枯燥，他们上班忙工作上的事情，下班后还得照顾孩子和忙活没完没了的家务事，还要应付为人处世的各种琐事。一天时间下来，他们抢占资源就看半小时左右的电视新闻真的不为过，他们的需求应该得到满足，我们百分之百应该让步。

后来，电视机普及，陆续走进了千家万户，大家都各自在家中收看节目，连廊里的电视没多久也就撤走了，无论大人还是小孩就此少了很多相聚在一块娱乐的时光。至于我，不知何时竟然也养成了看新闻联播的习惯，毫无察觉。只是年少悸动的心让我坐不住，做不到每天看，也做不到坚持从头看到尾，一般看完重要的时事后，我就会马上换台，或离开干别的事情。

随着年纪渐长，懂事更多，便知道普通人家，又不愿为之努力奋斗的孩子是不可能实现遥不可及的梦想时，我的心便碎了，像水晶玻璃一样，碎了一地。

…………

偶然翻出储藏柜里的一本初中毕业留言册，便仔细浏览起来，里面记载了同学们对我个性的总结、期望和祝福，对我的说法几乎一致，都说我充满童真、永远面带笑容。合上册子，能想起来的一些同学，他们的模样一个个渐渐的在脑海中清晰起来，像影视剧的镜头一样快速地切换着。回忆越来越多，仿佛又回到了当年在学校的时光，操场上奔跑的我们、仰望着冉冉升起的国旗庄严敬礼并唱国歌的我们、教室里洗耳恭听老师教诲的我们、偶尔脸红脖子粗闹意见斗嘴的我们……斗转星移，同学们都长大了，分散各地成家立业了，纯真美好的学生时代早已一去不复返，往事只能在记忆里偶尔回味。同学们曾总结的童真个性的我迄今仍有，但少了很多；那总挂在脸上天真无邪、快乐无比的笑容却几乎荡然无存了，偶尔出现一丝一毫，也如昙花一现。成年人的世界里，没有那么多美好，也就难再有纯粹的天真快乐了。真希望自己的当下和未来，都能保持“出走多年，归来仍是少年”的状态，可这谈何容易。路漫漫，千事万事瞬息万变，今日不知明日事。

一生中，值得收藏的东西并不多，值得珍惜的人更是凤毛麟角。这毕业纪念册是我人生旅途中求学阶段的一个见证，一段少年时光的回忆，我会一直让它静静地待在那个储藏柜里，不丢弃，它将陪伴我直至油尽灯灭，走完此生！乌龟虽寿，犹有尽时，人生百岁，终有一死，我亦不例外。人的生命能达到百岁之年的并不多，生命更是不能永恒地存在，随着岁月的流逝，我们所有人或因疾病，或因意外，或寿终正寝，陆续消失人世，虚空来，虚空去。自己倘若能健康长寿，老态龙钟那时，颤巍巍地再次拿起翻看，这些曾经熟悉的面孔、温情的文字，恍如隔世的感受应该更加深重悠长！

漫漫人生路，一路星光，一路风尘，所有经历过的一切，只要记得住的，都会留下或深或浅的痕迹，甚至惦念。

…………

时光如梭，岁月如歌，随着书籍读的越来越多，见识的世面不断地增加，梦想也因不同时段的境遇而悄然变化，减少或增加，最终没能坚定某一个，为之努力成就一番更无从谈起，就此，我成了一个好像没有梦想的人了。

一晃青葱岁月。身边的人都在劝说我，大意是你还那么年轻，难道要一直待在这小县城生活吗？外面的世界很精彩，赶紧出门瞧瞧去吧！听说深圳遍地是黄金，钱好赚得很！你要像某某某一样到深圳找个班上，到时再找个有本事、会挣钱的男人嫁了，运气好，还能嫁个有钱的香港华侨。我被他们灌输的这些意识推着走，因此去深圳工作生活的念头越来越强烈。就像一张白纸，被谁先涂鸦了什么，便只能是什么了，当然如果想要重新描绘，可以弃旧换新，重新涂鸦；还可以使劲擦拭，抹掉原有的，在残留斑驳痕迹的纸面上深深浅浅的再次浇灌铸造，也能改头换面，只是不再完美。

其实，没有她们的劝说，我自己也是一直想逃离熟悉的街道、熟悉的周边人，我想去遥远的地方，无所谓是何方。没有方向，没有目的地，带上几本书和几本空白的笔记本，一扎圆珠笔，一个人一直走在路上，累了，想歇息了，就地搁脚停留，厌倦此地了，又继续走下一段未知的路程……如此浪迹天涯，四海为家，天为被，地为床，无羁无绊，让身躯和灵魂四处安放，所有情怀化为文字记录在笔记本中，倘若有一天想回归人群过正常的日子时，也淡然自若——这就是我骨子里向往的生活！

当然，这些天马行空不着边际的向往生活是不可能实现的，只能偶尔白日做梦，空想罢了。作为尘世里芸芸众生中的一人，我当然也天生就具有正常人的需求和思维，必定自然而然地也落入人世必经的俗套：吃喝拉撒睡、寻遮风挡雨的住所、与世人交往、结婚生子，或幸福或悲苦，或富有或贫穷。一天天，一月月，一年年，光阴在指缝里流逝，生老病死，或遇祸横死，最终回归尘土！

我在人世间远离家乡的生活，即将拉开厚重的帷幕。

深圳，深圳，我即将去也！

目录

后记

初来乍到

二十世纪九十年代，深圳经济特区的建设正如日中天，日新月异，天翻地覆的变化、水涨船高的薪资、遍地是黄金的诱惑，吸引了全国各地许多人以排山倒海、万马奔腾的阵势前往“淘金”。我当然也被此番盛况撩拨得按捺不住了，一颗驿动的心早已飞去。

于是，我迈开从未有过的大步，坚定地踏上了前往深圳的长途大巴车，怀着壮士一去不复返的心情勇往直前，不曾回看，熟悉的街边景物在车窗一闪而过，一切都渐渐地消失于视野中。美好的青少年时期的痕迹被滚动的车轮覆盖了，渐渐模糊！（写这句话时，我的情绪竟然翻江倒海，双眼盈泪！说不出为什么。）

我像在大海里沉浮的一朵浪花，随着一泻千里的潮水随波逐流，最终漂向自己要到达的彼岸，那就是深圳！

一路的颠簸（当时没有平坦的高速公路，大部分是弯弯曲曲、坑坑洼洼的公路），让我翻江倒海般的呕吐后，满嘴冒酸水，排空后的胃难受至极，晕车的巨大痛苦竟然让我产生了轻生的念头。路上几次想开口让司机停车，我想下车步行，至于到底要去哪里，根本没有想过，只有一个强烈的念头，那就是下车走路，再也不要坐车了，哪怕长路漫漫，我也愿意用双脚走。我死死地趴在窗边那一点点突出来的窗沿，一动不敢动，一动就立马会引起呕吐。经过十多个小时无比艰辛的跋涉后，终于熬到了深圳布吉汽车站，车刚停稳，我就踉踉跄跄地第一个冲下车，在路边干呕起来，因为胃里已无物可吐了，甚至连酸水也冒不出来了。想到彻底不用再闻长途大巴车上的怪味，也不用再受路途颠簸的苦，瞬间解脱了的情绪像吃了神丹妙药一样立刻驱散了晕车引起的所有后遗症，我很快恢复了正常状态，“活”过来了。后来回家，我就到罗湖火车站那里坐火车，坐火车不会晕车。火车站楼宇上面“深圳”两个大字，非常漂亮，笔锋苍劲有力，字形圆润！

哦，深圳。深圳，我来了！等待我的将是什么？我将遇上哪些人？未来如何？一切都是未知数！

旁边一辆大客车刚停下，扬起的一阵尘土在空间里瞬间弥漫，车门还未开，等候在一边的摩托车司机便急不可待地骑着摩托车呼啦一声全都冲了过去，他们眼巴巴地盯着车门看，似乎眨个眼就会错失乘客似的。门开了，乘客们陆续下车，他们高喊着："美女，去哪里？我载你去！帅哥，去哪里？我载你去！"场面一时闹哄哄的。当乘客从车上都下来了，没有拉到客人的司机神情沮丧，失落地继续穿梭在人流中揽客。

放眼望去，车站全是长途大客车，一车一车的外地人提着大包小包的行李奔来深圳，如火如荼的改革开放浪潮吸引着天南海北的人们前赴后继一窝蜂似的涌来这里。男人都带着找好工作或做生意发大财的梦想，女人呢，当然有和男人一样的梦想，不过多数还有嫁个好老公的梦想。

耳边传来了工地上的轰鸣声，我一眼就望到了眼前几处高耸的吊塔，悬挂在空中的物件正缓慢地徐徐上升，到处都在建设，一派欣欣向荣的景象呈现在我眼前。街上很热闹，熙熙攘攘的人流，从我身边走过的人群，有说普通话的，还有我听不懂的地方话的。来自五湖四海的人聚集在这片热土上，创造各自的传奇。深圳的地理位置可谓得天独厚，这座新城市的飞黄腾达指日可待！

我在我姨妈家落脚，她是我妈妈的妹妹。许多亲戚朋友比较早就来深圳发展的，这些早到的人便成为后来者一开始的依靠。

几日后，我只身一人乘大巴、中巴、摩托车，最后步行到人生地不熟的罗湖、福田、宝安、龙岗等地，转了一圈，发现工业区真多，厂房云集，上班下班，一群群穿着工服的人员像涨潮的海水那样涌进去、涌出来，黑压压似的，极其壮观。工业区里的厂房外墙上都贴着五花八门的招工广告，广告上招聘保安、清洁工、包装员、普工、技术工、质检员、文员等职位。大厂的门卫普遍牛气十足，一副不可一世的样子，他们掌握着第一手的详细招工信息，把来找工作的人引荐给各部门领导时一般都能成功，然后直截了当地向面试成功者收取介绍费，二三百元不等，衡量岗位待遇的高低以及看他当时的心情来决定收多少，没有标准价位。大厂海量招工一般委托给职业介绍所招人，找工作的人只要向职业介绍所缴纳介绍费，一次不成功，他们还会有其他的推荐，再次让你去面试，直至你找到；或者直至你被他们不耐烦的态度打压，自己受不了而放弃他们的推荐，他们落得轻松，反正介绍费已经赚到，不会退钱的。小厂门口一般没有门卫，直接进去找老板或管理层的人面试即可，成功了也无须缴纳介绍费。着急用人的工厂有的会直接派人事部的人在工厂大门口摆摊招人，面试成功即刻可办理进厂手续，安排宿舍，第二天就可正式上班，所以很多找工作的人都随身带着行李。

几经周折，经家人介绍，我在罗湖莲塘工业区一家主要生产电话机的港资厂落实了工作，这是我来深圳的第一份工作。港资厂规模巨大，资金雄厚的老板很大方，员工待遇非常好。港资厂老板很注重人文环境的建设，上班、住宿、饭堂等所有的场所都窗明几净、整洁有序、一尘不染，各种花卉茂盛，让人舒适惬意。厂里时常有大型活动举行，让员工休闲娱乐，还有节日津贴发放等。厂房、宿舍各有好多栋，所有人都包吃包住，在这里上班，买个人用品要花点钱以外，就不用花任何钱了。宿舍是套间，有个小小的厕所、简陋的阳台，大家衣服都晒在门口直通的走廊的铁丝线上面，长长的走廊上密密麻麻地挂着的衣服甚为壮观。为了省去等候的时间，很多人不愿在房间里的小厕所里冲凉，会到走廊中央位置的集体大浴室里去冲洗，一个个光溜溜的身子袒露在别人眼里，大家见怪不怪，毫无兴趣，互相不会多看一眼。单身的管理人员宿舍一般住三个或四个人，若两夫妻都是这里工厂的管理人员，会有夫妻房享用，不用与他人同住。普通员工一般一间房得住八个人，上下铺的铁架床。

除了一些职员和高管不需要穿工服戴厂牌以外，其他人都要按规定穿戴。不论高矮、美丑，大家统一着装，倒也省去了互相攀比购买衣物的费用。

这里饭堂宽敞明亮，墙上挂着大电视机，大家可以边吃饭边看电视。饭桌是浅蓝色的长桌，长凳颜色一样。精光锃亮的不锈钢饭盆有五个分格，四个圆形的，三个盛菜，一个放不锈钢汤碗，另一个长弧形的是盛饭用的，三菜一汤，两个荤菜一个素菜。干部员工都在这里就餐，不用自己收拾碗筷，吃完直接就可走人，饭堂有专人来收拾拿走，这待遇比在家更舒服自在。每个月的月底发新饭卡，每吃一顿就打个钩，一天三顿，餐餐丰盛，任意选择菜品，三菜一汤，米饭任意加。晚上加班的还有消夜吃，凭下班时管理人员发的餐票去吃，绿豆汤、炒米粉、炒河粉等，同样丰盛。老板对我们的日常所需，几乎做到了面面俱到，非常贴心。

工厂不远处有风景秀丽的梧桐山、仙湖、弘法寺这三个大景区，是深圳人日常休闲、健身游玩的地方。这里离沙头角、中英街也不远，一到周末，老员工们就会三三两两相约前往。

香港籍职员的工资是按香港那边的薪资水平结算的，当时的香港人对于我们而言，是富人，无论他们从事何种职业，收入都远远的比我们高很多。他们吃饭的地方在饭堂最边上的包房里，饭堂工作人员煮好了会送过去，就餐模式跟家庭一样，大家围桌而吃。午餐时，我有时会斗胆选坐靠包房的位置，因为总能在我快吃完时就能遇上匆匆赶来吃饭的他，他是厂里的工程师，我的老乡，经人引荐认识的。他小时候也在大埔县生活，成年后才随父母迁入香港的，大我三岁，皮肤白皙，长得非常阳光帅气，神情中总是透着一些腼腆。很奇怪，他总是能在埋头吃饭的人群中发现我，而我也总是能感应得到他的到来，猛地一抬头就能瞧见正盯着我看的他，我们相视一笑，偶尔互相说句“吃饭呀！”“来了呀！”我们两个都是内敛之人，更多的时候不言不语，只是含情脉脉地瞅着对方，生怕说话会分了神似的。眼神碰撞的时间太短暂了，最多三秒钟，他就进入包间吃饭了，一堵墙隔开了我们，互相都瞧不见了。他的帅气和爽朗甜蜜的笑容让我动心了，他成为我来深圳后，第一个走进我心间的男人，不经意地就在心里占了一席之地。虽然我们从来没有单独相处过，但彼此深情地对望很温馨，也很美妙，像极了校园里情窦初开的少男少女互相暗恋对方的那种表现，想走在一块，却又不够勇敢！

进厂没多久，偶然认识了能干的老员工阿红，她也是我老乡，棱角分明的国字脸，长得不惊艳，但属于越瞧越好看的那种，她说话语气很柔和，几乎没有高声说过话。她对我一见如故，她一直明里暗里地关照着我，像个亲大姐似的。我初次出远门来深圳，而且还是在那么大的集体里，人多是非也多的地方，她在生活上、工作上都能帮到我。她带着我几乎在工厂所有的场合露面，逢人就介绍我，说我是她的好姐妹，让大家多多关照我。有了她这个实实在在并能随时出现相帮的靠山，我没有经受一般新人都要被老员工刁难的过程。其实我跟她同龄，她就比我大一个月，凑巧的是农历生日都在13号，还真是有缘千里来相会，无缘对面不相识。13，这个数字是她的幸运数字，也是我的幸运数字。有一次生日，我们约在一块过，彼此都想给对方惊喜，背着对方都去莲塘商业街买礼物相送，买回来的东西付款金额零头竟然都是13；而后拆一包饼干时我没拿稳，哗啦啦地掉了好几块在地上，她把剩下的数了数，正好还有13块，此时俩人眼里放光，异口同声地提到了13是自己的幸运数字，彼此方知，惊喜不已，可谓奇缘。她住宿跟我同一栋楼，同一层，同一条走廊，隔着十间屋子的距离。她有好吃好玩的都会与我一起分享，不带私心。我住的宿舍房号是313，她的是303，3，不可思议地巧合。或许，人与人之间的相遇，冥冥之中一切皆有安排。她比我成熟，不像我那般天真幼稚，甚至可笑，也许是因为她在家里是老大的缘故，长姐如母，习惯了照顾家人吧！她带着我去爬梧桐山，游仙湖，去弘法寺烧香祈福，带着我走亲访友，她交际圈子里的人，无一例外地全部让我认识了个遍。所有吃喝玩乐的花费，基本都是她独自承担，理由是我刚上班没有钱。后来，在我几次强烈地要求共同负担一点时，她也只是让我象征性地付较少的金额，她说她上班时间长，有点存款，这些小钱她花得起，并没有动用到她存款的大头。不久，她找高层领导帮忙，把我调去了更加轻松自在的岗位上班，她待我比亲妹妹还用心，而我也心安理得地接受着她对我的一切好！

有一次，她突然对我说，知道我为什么对你那么好吗？我不明就里地摇头。她狡黠一笑着跟我道明了。原来她第一次碰见我是在工业园区的某家士多店门口，当时有一女子拧可乐瓶盖时，饮料猝不及防喷涌而出，溅到了旁边的三个女子，其中一个是我。那两个，其中一个不由分说恶言恶语骂起来，另一个虽然没有出声，但一脸嫌弃厌恶地白了对方好几眼。只有我表情完全没有变化，之前怎样还是怎样，只是默默地赶紧从随身的小包里掏出几张纸巾覆盖在衣服湿水处吸水。这些情景刚好被在一旁的她看得一清二楚，我就此给她留下了不一般的好印象。没过几日，在饭堂，她发现了刚吃完饭正要往饭堂门口走的我，才知道我们在同一家工厂里上班，她就惊喜万分地赶过来打招呼与我认识了。我跟她不同楼栋不同部门，下班上班时间都错开的，两者之间相差十多分钟。我这才明白了这一切，难怪她对我一见如故，原来事先见过我，并且对我有初步的了解。没想到，我当时本能的无心之举，竟然让当时路人的她动容了，就此收获了一份真诚的友谊，获得了后来诸多意想不到的关照。由此而想，人不狂妄，总是会得到相应的好报的；

人肆意妄为，同样也会得到相应的恶果的，迟早而已。

深圳，作为改革开放的前沿阵地，毗邻香港，进出口贸易繁荣，港资厂、台资厂、外资厂诸多，多节车厢的长货柜车川流不息地在深圳的道路上穿行，庞大的它们在路上奔驰的身影成为深圳一道格外亮丽的风景线。

越来越多的外商不断来深圳投资，他们高大的身影，金发碧眼的俊俏模样，让我们每次都盯着仔细看。他们这些人获益的同时，也解决了成千上万从全国各地奔涌而来的打工人的就业问题。当初建设蛇口工业区时那块矗立在港务公司门前“时间就是金钱，效率就是生命”的标语牌的口号已经成为深圳精神，这里的人们将一如既往地遵循这种精神勇往直前。

新兴产业像冒尖的竹笋不断地涌现，一夜之间就破土而出，接着齐刷刷地生长，生机盎然。到处都有就业的机会，找工作不算难，只要不太挑剔，不要高不成低不就，机会很多。即使不想打工，选择自己创业，做点投资少的低成本生意，开个小型的士多店、餐饮店，甚至在晚上到街头巷尾去摆个小摊都能赚钱，四面八方涌来深圳的人就是顾客，人气旺，生意当然就红火。二十世纪八十年代就来深圳打拼的人，这些人有一部分原是各自家乡的下岗职工或停薪留职的人，这些人褪去了之前在国家单位上班的光环，带着改变自己命运的念头来到了深圳，目标只有一个，那就是做出一点成绩来！如今，这些人基本都在深圳安居乐业了，一部分人从本地居民手中买了地皮（几千块钱就能买到一块面积很大的地皮，只要再多花上一些钱就能买到建几栋楼房的地皮）建了房，自住以及出租，成为每日悠闲又有高收入的包租婆或包租公；一部分人虽然能力有限只买了一套，但解决了以前租房经常搬家的问题；还有小部分人仍在奋斗的路上。当然也有个别不善于变通的人，一时难以承受远离家乡为私企打工的压力而最终打道回府。

当时的人买房大多单纯地就是为了解决居住问题，很少人会有买房囤起来等涨价时转手卖出的这种赚差价的意识，谁都不会想到深圳的房子后来会这么值钱，几倍甚至十几倍快速地增长，成为家庭最重要的财富。只有个别有先见之明的人预料到这些了，他们很幸运，都成为后来房子多的富人。

而二十世纪九十年代前赴后继来到深圳的我们，当然与那些前辈一样，一切从零开始。

我后来陆续在不同的公司干了几种不同的工作，短则几天，长则两三个月，有亲戚朋友介绍的，有自己找的，都干不久就“自离”（不与公司打招呼，不拿工资，卷起铺盖立即走人）或辞职。“自离”，当时非常盛行，年轻懵懂的我深受这波流行风气影响，总是白干。到公司次月工资发放日时，辞职的能回去签领自己所干天数的工资。初来乍到的我没有丰富的工作经验，也不会说粤语，这些工作对于我这样的新人来说都不算很差，主要缘于自己不定性，不愿意老待在一个地方，喜欢到处飘飘，到处瞧瞧，没有规划，没有目标，不知道自己要什么，像没有灵魂似的行尸走肉。我变得烦躁不安，最钟爱的书也看不进去，每天心里都感觉七上八下的，处于惶惶不可终日的状态，整个身心如轻盈的漂浮物在空中晃荡，找不到着落点，我不知道该何去何从？我不能适应多人居住的集体宿舍，如厕洗澡都得排队等候，轮到自己时还得惶恐被下一个人催促，一切事务都是在仓促中进行、完成的，这些对我这个做事慢条斯理的人来说，简直就是一种精神折磨。宿舍成员来自各地，生活习俗不同，性格不同，素质也参差不齐。比较随性且较为懦弱的我倒是没有与任何人产生矛盾，但内心还是感觉与她们格格不入，我无法融入她们叽叽喳喳说个不停的圈子，也不能与她们嘻嘻哈哈地打成一片，我像个旁观者，看着她们嬉笑怒骂、悲喜交加。

我通常都是躲在自己上铺的床上，深颜色的床帘一拉，便隔绝了床外的世界，只能容纳一人的铁架床便成为唯一完全属于自己个人的天地，发呆，看书，偶尔心血来潮时写写日志抒发下情绪，用文字丈量远方，神交脑海里冒出来的所有人。床尾脚边摆放了一个纸箱用来收纳，里面放着衣物、生活用品等，床显得更逼仄了，睡觉都得把脚蜷缩起来，这让我生理和心理上都产生了极度的不适感。纸箱上面铺着一块硬纸皮，当桌子用，我就是趴在这上面写日志的。总是睡上铺的我（自愿选择的，因为我喜欢安静，又爱干净），还得时不时地担心自己会不会在睡梦中从床上滚下床去。有时在深夜里醒来，为不影响其他沉睡中的人，我得轻轻地下床，蹑手蹑脚地去上厕所。外面万籁俱寂的大地，被夜色笼罩的房屋，遥远的被星光点缀的深蓝色天幕，这些都直抵我心窝，让我伤感，有时会潸然泪下，有时思绪荡漾，天马行空、浪迹天涯的那些想法又会在我心头涌现，真想不管不顾地即刻出发！

当然，敢于频繁地换工作，肯定是潜意识里觉得有姨妈家可以随时落脚的缘故，不用愁没地方暂住。辞职了就去姨妈家，成为我当时脑海里动不动就闪现的念头。有去处，便不思量。

为使行囊轻便，一次就能打包全部带走，我每次都要忍痛丢弃几乎全新的水桶、脸盆、草席这严重影响出行的三大件，幸好这些东西都不贵，损失不算大。我把为数不多的衣服和衣架塞到被子袋里，零碎小物件放入双肩背包，就可以相对轻松地到达公交站台，坐中巴车去姨妈家了。每一次途中，几乎都会遇到顺路的热心人士，有男有女，年纪从高年级的学生到老年人。女的，帮忙提一边，我提另一边，重量就平摊了，也就轻松了；男的，会让我撒手不用管，他自己独立提起。深圳，是一座有温情的城市，感谢这些素不相识萍水相逢的热心人，让我一路平安，丝毫不负重地顺利到达目的地。

曾经想过，自己工作不稳定，收入无法保证，身上的钱只会越用越少，理应不该随意丢弃那三大件，但我实在是体力不支，也不想拖泥带水地多跑一趟去拿，再者来回车费不便宜的，搞不好花的钱还会多过那三大件的总金额。何况，只要在吃饭上面省点，几天就可挽回这些不得已浪费的钱。幸得姨妈一家子一次次毫无怨言的收留，才让我这任性的人不至于无处可去。有扇门可进，有张床可睡，有口饭可吃，便是外乡人莫大的幸运。很多年以后，渐渐懂得了人情世故的我，只要一想起当年自己不曾带手信空手去姨妈家，也不曾给过生活费，也没帮忙干过任何家务活，却反复去姨妈家住，打扰他们的生活……我内心就深深地自责，懊悔不已，那时的自己真是太不懂事了！都怪自己当时年轻，经事少，考虑不周，遇事不动脑。

青春岁月，无知无畏吧！

意外，喜不自胜

某天下午，罗湖街头，耳边传来或远或近的各种敲敲打打、轰隆隆的噪声，是建房子、修路、装修这些工地上传出来的，深圳的建设正在如火如荼地进行。街边有棵大榕树，盘根错节的根须撑破地面裸露在外，无限延伸生长，枝繁叶茂，遮挡了烈日，形成一大片树荫，不断有路过的人在此处短暂停留，喝水、擦汗、歇息，几秒或一两分钟后又匆忙继续赶路。还有棵挺拔直冲云天的棕榈树，树干有些发黄裂开、剥落，它孤零零的样子像极了我。一栋栋拔地而起的高楼大厦在阳光普照下，显得更加光彩照人，一条条修整过和重新铺造的大道一路延伸，看不到路的尽头。我刚在一家工厂面试文员失败，同去的一位美艳女子成功获得男性面试官的认可。我应该往哪边走，向左向右，还是往前，我该去哪里呢?我迷茫了。街边的店铺门全都大开着，店主或店员朝着人来人往的门外看，他们似乎都在眼巴巴地祈愿着路过的人都能进店采买，以慰藉他们守店的艰辛。守店虽然不用干高强度的体力活，但要一直在场，时间长，劳累主要体现在精神上。生意若好，则忙碌充实，收入也高，就不会产生这种劳累之感了。

我被熙攘的人潮几乎淹没，横冲直撞的摩托车让路人东躲西闪，不断响起的喇叭声此起彼伏。有些司机喜欢恶作剧，在路人身后时突然猛地按响喇叭，然后快速地将车身从路人身边擦边而过，让前面走的人猝不及防地吓一跳，惊慌失色，见到这情形，他们就马上显出幸灾乐祸的表情，满脸得意地踩油门一溜烟离去了。若是大肚子的孕妇，真有可能会被吓到流产；有心脏病或胆小的老人，则有可能被吓得猝死。我当时也被惊吓到了，胆小的我差点要背过气去。我真想伸手快速把他们从摩托车上揪下来，与他们理论一番，让他们意识到错误，让他们以后不要再害人了，可我最终没有胆量，怕挨揍，他们看起来是凶猛的样子。有些人基因里本就不良善，成长过程中又没能得到有效的管教和正确的引导，随着年龄的增长，只会变得越来越穷凶极恶。

天空挂着的似火骄阳并没有被身边擦肩而过的高个子路人遮挡住，反而被他们身上的汗味熏呛，难闻，使我不由自主地赶紧用脏手掩鼻，这才发觉自己的手也是汗臭味，只好作罢。热浪袭身，汗流浃背，我被炙烤得口干舌燥，迫不及待地想寻得一方清凉之地。发现路边有家士多店，我急忙前往，店里柜台上有架台扇正一百八十度转着圈，吹出来的风也带着热浪。站在风扇面前的我一步都不想动了，请求老板帮忙从冰柜里随意拿瓶饮料给我，秃顶清瘦的中年男老板笑盈盈地顺手帮我拧开了可乐的瓶盖递给我。我猛灌了几口，冰凉凉的饮料从口腔流过，透心凉，终于缓解了口渴心燥的状态，整个人瞬间清爽舒畅起来。

当我扭身准备离开小店时，眼睛余光无意中瞟到了旁边有家职业介绍所，一大扇玻璃墙上密密麻麻贴满了招工信息，我顿时心花怒放起来。我行至跟前，按序递进快速浏览着，其中一条信息特别地映入眼帘，是某文化传媒公司招聘内刊杂志文字编辑。文字编辑，这是与文字打交道的工作，我心里咯噔一下，惊喜万分，激动得心都在颤抖，这种异样的感觉，在之前无数次地找工作的过程中是完全没有产生过的。也就在这一刻，我感觉眼前豁然开朗，幡然醒悟，原来自己潜意识里一直想要做的工作就是希望能与文字打交道，只是自己迟钝，未能及时察觉。

虽然从未做过编辑，但以我天生对文字的敏感，我是一定能干好这份工作的，写文章也难不倒我。招聘要求中文专业的毕业生，我不符合条件，但也没能阻住我要去面试的冲动，“文字编辑”这四个字已经挑起了深藏在我体内对文字热爱的熊熊火焰，无法熄灭了，也让我无所畏惧了。我急切地进入屋内，向工作人员了解详细情况，然后当机立断交了一笔介绍费，他们给我开了一张介绍信，让我去面试。介绍信里有详细的公司名称和地址，还有联系人。万万没想到这家公司竟然就在隔壁楼的六层，近在咫尺了。

我兴冲冲地三步并作两步急急地赶到这家公司，生怕晚一分钟就被人捷足先登，错失这次千载难逢的机遇。一个身材不高、偏瘦、五官端正、鼻梁上架着一副金边眼镜的儒雅中年男子接待了我，他把我带到会议室。我瞧见他胸前挂的工作牌，方知他是杂志主编冯厚山。他很认真地看了我手写的求职简历，接着用冷峻的眼神上下打量了我一番，最后把目光落在了我脸上，很仔细地端详了好几眼，若有所思，然后莞尔一笑。他麻利地递给我一本十六开的方格作文本和两支圆珠笔，严肃道："你就在这里参加笔试，完成一篇三百字到五百字左右的通讯稿；一篇一千字散文，无命题，你自己随意发挥。一个半小时左右，我就过来收稿。你万万不可超时，否则我不会看的！"

初次遇到这种笔试，尤其主编后面加重语气的提示语，瞬间使我心慌意乱起来，觉得自己根本没可能按时完成，也不可能写好，到时肯定不会过关的。想到这里，我想放弃，不打招呼就偷偷落荒而逃，可是转眼一想，这工作是自己喜欢的呀，机不可失，若放弃了，时不再来！我暗暗地深吸了一口气，调节了一下情绪，终于让自己镇定下来了，开始信心满满地应试。

会议室安静得似乎掉根针都能听得见，我低头闭目构思了一会儿，这几日来找工作的艰辛和寄居亲戚家的无奈，此时让我油然而生了许多莫名的悲戚情绪，瞬间让我由此生成了许多哀伤的文字，我果断地写下了散文题目《忆梅》。在脑海里沉淀积压了太久太久的一些人和一些事，此刻一触即发，崩溃而出，化身成一个个文字，像精灵一样在脑海里源源不断地跳跃出来，不可收拾。我一气呵成写了九百九十八个字，中途没有丝毫的卡顿，只搁笔歇了一会儿，也是因为手酸，让手腕休息了一下而已。三百五十个字的通讯稿，也是水到渠成地顺畅完成。全部写完，我的情绪还沉浸在散文里的伤感情绪中，我不由得落泪了。文章阐述的内容是追忆一个因情伤跳海自杀的伙伴阿梅，当年常在一块玩儿的，聪慧过人的阿梅拥有一张骄傲冷峻的面容，平时不苟言笑，性格泼辣强势，这样的人也会想不开，亲手结束自己的生命，无法想象她当时到底遭遇了什么？她的生命在她二十一岁时戛然而止，她消失在茫茫天地间，再也不见。

冯主编一声不吭认真地阅读完我的两篇文稿，掩卷时面露喜色，夸我说："你文章写得挺不错，字写得也漂亮，有男孩的气概，并且难得可贵的是竟然没有一个错别字，就连标点符号也用得恰到好处。你以前是不是干过文字工作？"我答没有。他由衷地蹦出一句："哦，那就是天赋哟，你非常有天赋！"我一惊，天赋？我想了想，或许是有一些吧！学生时代，我写的作文经常受到老师的表扬，并且时不时地当范文在班里诵读，记得小学六年级时曾经代表整个年级六个班近三百人写信给部队里的解放军。这“天赋”一直潜伏在我体内，平时觉察不到，恰逢机会时，就能被开发并挖掘出来。他说我笔试和面试都通过了，让我马上回现住所收拾行李搬来公司宿舍住，他会让人事部的人安排好，明天早上9点，我就得准时来报到正式上班了！

这太意外了，我喜不自胜，开心得要飞起，差点喜极而泣，差点不顾一切冲上去揽住冯主编，拥着他在原地跳跃着转圈，就像小时候与伙伴们相拥那样。我没有想到，我竟然误打误撞似的找到了一份心仪的工作，如果不是天气热口渴难耐，我也不会去买水喝，也就不可能看到那条招聘信息了，如果之前的文员面试成功，我也不可能会流落街头游逛，冥冥之中给予我的好运，一切皆有安排。塞翁失马焉知非福，机遇总是垂青有准备的人，尽管我并不是特意准备，只是平时的爱好而已。正所谓，君子藏器于身，待时而动。

次日，我拿着平日看的几本书籍和一本崭新的笔记本乐颠颠地去报到，打算在以后的日子里，把这笔记本涂满文字，倾情挥洒，在字里行间里抒发自己的思绪，有朝一日，成就昨晚才生起的新梦想：当个名副其实的作家。

冯主编后来跟我说，当初之所以录用我，除了看中我的好文章以外，还有就是我身上若隐若现充斥的一股傻气和没心没肺的一举一动打动了他。他还说，我来之前刚走一个与我一样大的女孩，她还是中文系毕业的本科生，文章写得比我的更好，人长得也比我漂亮，只是感觉她心机重，年纪轻轻就成熟老练得让他不想接近。他推心置腹的这些诉说，让我了解到当时的详情，我只有一个念头，那就是以后要好好地工作来报答他这个“伯乐”的知遇之恩。

面试这种事情，成功与否，自身的实力确实非常重要，但多少还是得要有好运气来加持，八分实力，二分运气吧！倘若冯主编年轻几岁，估计他会毫不犹豫地选择那个美女，毕竟美貌动人，学识可人，没人能拒绝美好的事物！长时间以来，我几乎都剪着男人一样的短发，也不打扮，长年累月穿着长裤和T恤衫，毫无女性的魅力，也完全没有女子美艳的风姿，“假小子”的形象让有些人看不惯，有些人不但接纳认可，还会亲昵地叫我为“小老弟”。这次也一样，茫茫人海中碰到了不讨厌我这种形象的冯主编，实属运气好，各方面又刚好都比较符合冯主编当时的喜好，我才能在与人旗鼓不相当的情况下胜出。

就这样，我以即时即兴写的文章和天生呈现的一些傻样，加上爆棚的好运，意外地让我成了杂志编辑，坐在窗明几净的办公室里，优雅地与文稿、书籍、笔杆打交道，开启从未有过体验的工作。但愿未来一切都好！

人生几何欢，须臾惬意！

我们俩

食色，性也，人们对美好的人、美好的事物从来都是锲而不舍的喜爱和向往，无论男女老少都如此，天性使然。幼童喜欢围着慈眉善目、和颜悦色的人玩，在他们眼里这些人就是美好的；面容呈现阴沉凶狠的人，他们看到就会害怕得躲闪起来，甚至吓得大哭，于他们幼小的心灵而言，这些人无疑就是丑陋的恶人了。成年人就更不用说了，帅哥美女的容颜能让人心情愉悦，哪个会不喜欢？品行不端的除外。

张梓宁，二十八岁的沈阳人，笔名梓墨，我们公司的老板。梓墨的美，我得细细说，她亭亭玉立，身材丰腴而不胖，双眼皮大眼睛，眼神清亮，鼻子丰隆、鼻尖俏丽，几乎不见毛孔的白皙粉嫩的皮肤光滑无比，饱满宽阔的额头中间部位有颗大小适中的淡红色美人痣，更为她增添了贵气逼人的神韵。她举止优雅，略带甜美笑容的淡定祥和的模样，她干练坚毅，又不失妩媚。但凡见过她的人，都忍不住由衷地夸赞：“这美女的样貌、气质，一看就是个大富大贵的人！”她是个天生丽质的美人坯子，身上唯一动过的部位只有嘴唇，那是她大学毕业后随父母去国外旅行时绣的红唇，省去了涂口红的麻烦。她平时素颜，不化妆，只在参加各种宴会活动时，才会临场擦粉、描眉，弄个浅妆，绝不浓妆艳抹。她喜欢穿像电影里茜茜公主穿的那种颜色华丽的长裙洋装，高贵端庄，美若天仙。与人聊天、盯着人看时，总让人感觉她顾盼传情、秋波滚动，让人不忍挪开看向她的目光。社会上，像她那样的美女，一般浑身上下都充斥着高高在上不可一世的骄傲，只能远观不能近身。而她例外，她性子开朗豁达、平易近人、谦和礼让，举手投足落落大方。面对比她强大的人，她不会卑躬屈膝；面对比她弱势的人，她不会盛气凌人，不卑不亢的态度让人敬佩，她良好的教养感染着身边的人。她是美女堆里的一股清流，静静地流淌在每个人心里，从而让人洗涤掉灵魂深处的浑浊，使人尽善尽美。

与她初次相见是在我来上班的第一天，在编辑部办公室里，她是我第一个见到的东北人，我当时被她的美貌惊呆了，第一次见到如此完美的女子，我都看懵了，待在原地傻愣愣的，还是她先走过来眉开眼笑地冲我打招呼，才把我拉回现实的。那一瞬间，我心想，我要是能有她美貌的十分之一，我的人生就会是另外一个版本了，必定精彩万分。在这之前，我印象中见到的最美女子是小时候家属大院里的那个学妹，我们县城所有照相馆几乎都把她的美照当成店里的佳作挂在墙上展示，她无比精致漂亮的脸蛋、甜美的笑容迷倒了我们所有人，男生女生都希望有机会与她结交。那时候学生之间玩互相传递信件的游戏，就是写一封内容自定义的信，署上自己的名字，然后传给另外一个你想传递的人，一传十，十传百，如此循环。我写的那封信，兜兜转转，最后竟然落到了她的手中，从别人口中得知这消息时，我与她偶遇在大院大门处，她在左边，我在右边，彼此既好奇又深情地对望着……她那张美丽的容颜和当时彼此互望的情景，让我难以忘怀！

梓墨一手创办的这家文化传媒公司，启动资金是她父母提供的，公司走向正轨盈利之后，她还了父母的钱。从小热爱文学的她，斥资办起了公司内刊杂志，不是为了赚钱，仅仅是因为喜欢。她成立了编辑部，招聘了编辑、主编和美编，与她一起齐心协力共同办好每一期的杂志。杂志每期都会有一篇涉及本公司业务的内容，只占一页的容量；人物和事件采访稿两三篇，长短不一；其他的都是散文、小说、评论、诗歌这些；版面内含几张与文稿相呼应的清新别致的插画，图文并茂。整本杂志的排版设计、纸张的质量、文稿水平等，这些都不输正规刊物。

关于爱情，梓墨希望能在不经意间遇上个品貌相当、志趣相投、踏实本分、能说到一起、能想到一块的心意相通的聪慧男子，男方家底是否丰厚，她不在乎。她认为，爱人之间理应是无话不谈的好朋友关系，心事、个人所见所闻，一切的一切都能无所顾忌地讲出来分享沟通。老一辈人相敬如宾、少言寡语的相处模式是关系漠然的表现，是错误的。钱财乃身外之物，随时可以去挣来，钱多钱少，皆能过日子，关键是两个人能持久地相爱相知，不忘初心，彼此珍惜，快乐知足地过好每一天的时光才是最重要的。漫漫人生路，爱应是唯一的，一方若先离世，另一方能仍然忠于对方，不再嫁娶。她还认为，一个人自身天生具有的特性（基因）以及后天构建的修为，就是形成一个人本质的关键，本质就是人的精髓、灵魂，与人如影相伴，决定着此人是良善还是邪恶，或是中庸！

她大学时谈的男朋友，毕业后就被学校老师推荐出国留学深造去了，天各一方，柏拉图式的恋情很快就无声无息地在这个时空里结束了，尽管曾经深情地爱得死去活来。直至现在，她再也没有谈过男朋友，一直待字闺中。我们斗胆问她，你是在等你前男友回来，再续前缘吗？她说不是，过去的那段情她早已放下了，现在只是没有碰到互相喜欢的男人罢了。过会儿，她落寞地强调了一句，其实我有喜欢的人，可惜他只当我是他普通的好朋友。话还未说完时，她一贯淡定平和的表情竟然变得花容失色，慌乱无助，她那个样子让旁人看了心疼。梓墨这样的人，竟然也有男人不喜欢？到底是怎样的男人，造成她有这般求而不得的痛？感情这东西，还真是各花入各眼，有些人，感觉啥都不是，做人还差劲，但他却有可能会拥有优质的另一半。感情和命运是很奇妙的东西。

以各种商业理由，以各种借口来公司找她的男人络绎不绝，跃跃欲试都想抱得美人归，可她像绝缘体那样排斥着他们。第一眼没能让她瞧上且心动的男人，她都坚决拒绝对方的追求，无论这些人怎么撩拨，怎么一掷千金，怎么以业务订单为诱饵，她都不为所动。在情感的世界里，她是个很感性的人，总把自我感觉排在第一顺序，她始终认为能与她相爱相伴一生的男人，必须得第一眼就有好感，产生心动，并且这些好感与心动得一直持有。她不太认可日久生情的感情，认为掺杂了许多与感情无关的现实条件，带着附加分的感情是不纯粹的。她是个精神洁癖、向往完美主义的人，不愿委曲求全接受存有缺憾的感情，友情亦如此。

“红藕香残玉簟秋。轻解罗裳，独上兰舟。云中谁寄锦书来，雁字回时，月满西楼。花自飘零水自流。一种相思，两处闲愁。此情无计可消除，才下眉头，却上心头。”“寻寻觅觅，冷冷清清，凄凄惨惨戚戚。乍暖还寒时候，最难将息。三杯两盏淡酒，怎敌他、晚来风急！雁过也，正伤心，却是旧时相识。满地黄花堆积，憔悴损，如今有谁堪摘？守着窗儿，独自怎生得黑！梧桐更兼细雨，到黄昏，点点滴滴。这次第，怎一个愁字了得！”李清照这些意境凄美幽婉的词句，梓墨很喜欢，她骨子里也具有这种委婉感伤的情怀，无形中让她豪气开朗的气息里，暗暗地透着一丝若隐若现的淡淡的忧伤，让人着迷、深陷。她这情怀，跟我极其相似，难怪她对我能一见如故，难怪我们有说不完的话。她从来不在我面前谈及生意方面的事情，因为她知道我对做生意毫无兴趣，她投其所好讨喜我，总是与我说我感兴趣的话题；有意义的，我不感兴趣的，她当然也会说服我尝试着接受。她是北方人，我是广东人，两地人性格、饮食的差别并没有让我们产生隔阂，她跟着我学会了吃客家人喜欢吃的番薯叶、苦瓜，还学会了煲汤，鸡肉与红枣、党参、黄芪、桂圆、枸杞一起煲的这款温补汤，放的食材比例比我做的还要适当。而向来不喜欢吃面条、饺子的我受她影响，被同化了，也渐渐地喜欢吃了。

梓墨要给我介绍对象，编辑部人员聚会时她就把适合我的那个男子约出来，让我们在大场合下相亲，她说在这样的环境里不便于伪装，更能看出对方性子和人品。她郑重其事地说：“吉儿，我要对你百分百地负责任，容不得别人欺压你、亏待你。”吉儿是我的笔名，灵感来源于一部电视剧，剧名忘记了，剧里的皇帝其中一个爱妃名叫吉儿，他一天到晚总喜欢吉儿吉儿的呼唤着，饱含殷殷切切深情的画面触动了我，何况吉字是大吉大利的吉，寓意吉祥，并且吉儿两字充满可爱的童真，符合我个性，叫起来又亲切又好听，我就毫不犹豫地“征用”了这名字了。取笔名是梓墨对我的提议，她说我的本名重名的人多，取个两字的笔名方便用于杂志上署名。我也觉得，一个人的名字有些时候确实多少能起到至关重要的作用。

梓墨为我当红娘这事，在经历了几次后，我疲于应付了，不想再面对男人探照灯似的扫描我，我再害羞地偷偷回望对方的那种尴尬的相亲场合了。我就实话告知了她，其实我跟她的婚恋观是一样的，不太接受通过相亲才认识的对象，让她以后不必再劳心成人之美的事情了。梓墨说她其实也早有察觉，当即表示不会再管，让我像她那样随缘，不刻意而为。

她常去福田、沙头角、香蜜湖、宝安、布吉、龙岗等地办事，经常都会把我带上，每次出门前都不忘提醒爱丢三落四的我要带上边防证。宝安、布吉等区属于关外，罗湖、福田属于关内，要有边防证从南头关或布吉关等过关，通关之后就进入关内了。铁网和检查站隔开，把深圳分成两部分：关内、关外，俗称“二线关”。深圳市后来为了一体化的发展，于2018年1月15日正式全面撤关，不再分关内外，“二线关”从此告别历史的舞台，面向世界的新时代到来了。

有钱没钱，不论贵贱，人人都得排队，按序检查进入关内。偌大的检查大厅天天爆满，排队的队伍排到门外广场是常事。漂亮且气质超群的梓墨在人群中总是脱颖而出，光芒四射，常有排在前面的男子凑过来说把自己的排位让给她先过，甚至也有女的说排位让给她。梓墨一般都拒绝，偶尔急着办事时才会同意，但不会白占别人的便宜，第一次时，她塞钱给那个人作为报答，他不收，一转身就跑了。后来，她包里都会放上几包好烟，以备不时之需。抽烟的男人很普遍，并且一般不会拒绝别人当面发来的烟，何况，在人山人海的场合下推推搡搡影响也很不好，所以他们都不敢声张，很痛快地就收下了。

不知不觉中，我成了梓墨贴身的秘书、好朋友，她对我毫不设防，贵重物品可以随时交给我，去银行存钱取钱，从不让我在一边等候，跟平时一样贴在身边陪伴着她，输入密码时也从不遮挡防我看。我几次忍不住语重心长地对她说："梓墨，你是个做大生意的人，大量资金往来，不该如此不设防，不怕一万就怕万一！"她脱口而出："你又不是别人，无须担心。你放心好了，对别人，我是千万个小心行事。这不，随我们一起来的司机，我不是每次都让他在等候区等么。"想想也是，我收起担忧的表情，像泄了气的皮球一样松懈下来了。顿了顿，我转而嬉皮笑脸、佯装诡秘地说："我说不定没你想象的那样好，小心哪天我就卷你款、拿你贵重物品逃之夭夭。"梓墨眨巴着眼，乌溜溜的水灵大眼睁得老大，说道："去去去，山穷水尽、天荒地老时，我都相信你不会对你好的人干出这种昧着良心的缺德事。"我再次泄气，她竟然如此信任我的人品。看来，聪慧稳重行事的她或许也有草率行事的时候！我何德何能呀，让她如此笃定信任我！她曾经说过，我与她是相同的人，我不知道相同在哪里？在我看来，她是高不可攀的上流阶层中的优质人物，而我只是个微不足道不起眼的普通打工者。

难怪梓墨做生意那么顺利，那么成功，从来没被客户跑款、压榨过，原来她除了有让人爱不释眼的美貌，还心思灵巧，能掐会算，会看人预判！我是真羡慕她了，老天爷对她实在是太好了，让她拥有天仙的容颜、聪颖的脑袋、谦和的性格、丰厚的财富……她是老天集万千之爱的宠儿。

在不影响我本职工作的前提下，梓墨带着我光临各种场所，让我见识到了她在商场上叱咤风云、雷厉风行的铁腕行事能力，也让我意识到了人是不可以高高在上、傲慢无礼的，因为人外有人、山外有山、强中更有强中手！梓墨私底下在熟悉的人面前，她是纯粹的娇滴滴的小女人的行为。她会嬉皮笑脸且风情万种地拉着我手或拥我肩膀或揽我腰身缠着我陪她去东门老街吃烤串、切糕、各地特色的风味小吃；去国贸大厦49层的旋转餐厅吃美味佳肴，吃完就到楼下逛，促进消化，顺便买衣物，买免税店里的东西。以前，她会买一些来送我，但我次次拒绝，并且义正词严地跟她说，你一直豪气无私地带着我体验享受了那么多活动，这些都是我这普通打工阶层无法接触到的，已经让你破费了那么多了，你若再送这送那给我，让我情何以堪，到那时候我就真的不会再跟你出来了。这之后，她才不再跟我客套这些那些了。梓墨对我是真的好，近三百块钱的单人套餐，她也丝毫不犹豫地点给我，没有一丁点勉为其难的神色，像对自己一样的从容自在。

以“三天一层楼”闻名中外的深圳速度建起的有“中华第一高楼美称”的国贸大厦，是中国改革开放的象征，很多国外领导人都曾到访过这里；也是深圳人平日爱来休闲游玩的地方，哪怕不消费，就单纯地来这里走走看看，都能让人万分喜悦。人们只要一来到这里，立马就能心境豁达、心旷神怡。这里就是个能让你见多识广、开阔视野的广大天地，人流涌动，熙熙攘攘，热闹喧哗，随处都能遇见金发碧眼的外国人，有钱人，像我一样的普通人。有钱人喜气洋洋地拎着大包小包，在餐饮店里潇洒地吃喝。没啥钱的买个面包、饼干、小吃这些，找个人少点的角落就着一瓶矿泉水或饮料就充饥了，然后“两袖清风”地继续游逛，看热闹，看风景，看天下！

东门老街，暨深圳东门商业步行街，深圳最早的商圈，吃喝住行玩乐一条龙，餐馆、旅店、小商品、衣物等应有尽有。这里还有深圳第一家麦当劳餐厅，据前辈们说是在1990年10月8日上午开业的，当时请来了很多明星与领导来共同剪彩的，大家排队购买水泄不通的盛景震撼人心。没多久，很多对国外引进来的洋餐厅充满好奇的人专程坐飞机来品尝这些稀奇的薯条、八块五毛钱一个的巨无霸汉堡、五块五毛钱一个的芝士汉堡……统统都让游客们赞不绝口，大饱眼福和口福后又到东门步行街购物，再满载而归。他们还说这街上的新安酒家、海鲜楼是当时深圳的饮食名片。这边旅店常常爆满，大厅加的床，住一晚才五毛钱。

这条街也是广东省最早的引领着时尚潮流商圈的街道，晨曦夜幕，你来我往，热闹喧哗。此街归根溯源在明代中期时就有了，迁徙来这里的客家人在此扎根，开荒种植，日益繁荣，建立了买卖的集市，名为深圳墟，1979 年建立深圳市后才改名为东门老街，成为近代深圳的根，素有“没到东门老街，就不算来过深圳”之说法。

老街，长长的街道两边鳞次栉比的房子，小部分是旧时的老式骑楼，富有沧桑年代感的老建筑，沉淀着深厚的历史文化背景，大部分是后来改造的新型建筑。一楼都是店面，经营着五花八门的生意：餐饮店、小商品店、服饰店、糖水店、牛杂店……红遍大地的流行歌曲从这些店铺里的音响传出来，歌声在周围空间里回荡，让人感觉听到了极其美妙的天籁之音，陶醉于其中。流连在街头，不见旧时人，对时空的追忆，让我似乎看到了古人佝偻着身子挑着重担，步履艰难地行走在泥土路上，他们的艰辛让我动容。

这些次第林立的店铺和摆在路边的小摊档，琳琅满目的精美特色小商品非常多，这些在各大商超里是买不到的。梓墨喜欢带我来这里淘宝贝，手工编织的小包、几种颜色的细毛线交叉织成的头花、具有浓厚民族特色的工艺品、风一吹就叮叮当当响的风铃……应有尽有。一开始，我们不知道行情，被个别商贩忽悠，梓墨的有些东西以商家开的虚高价格买下了。后来，有一次听我在水贝首饰厂上班的亲戚说，他曾经以十五块钱的价格买下了开价近两百块钱的皮带，我把这事跟她说了。自那时起，我们就学会了砍价，对半砍、十分之七八砍。梓墨像会读心术的人一样，能从商贩不断变化的微妙表情里，分辨得出价格是否砍得差不多了，最终会以商家能赚钱、我们买得便宜的价格成交。如果摊主一副老实巴交，看起来过得艰苦心酸的样子，也没有忽悠漫天开价，梓墨就一分不砍，直接以出价购买，甚至不让他们找钱给她，她以这种方式帮助这些人的困难。其实，贪欲膨胀的奸商只是少部分，大多数商家都能诚信经营，钱要赚，但不宰人。

街边淘宝跟吃美味的食物一样的享受，快乐并满足！

在你来我往的拥挤人群里，常常能发现真善美、邪恶丑陋，我的见识、生活阅历以此无限增加，不再是井底之蛙。

街边店铺二楼有文身店、美容店、发廊……每家都派几个业务员拿着过了塑的宣传单或举着写了业务名称的小招牌到人来人往的街上拉业务，只要行人没有继续自顾自地往前走，没有不睬他们，他们就会立即哈腰伸手做出邀请之势，不多说话，而是一味加快脚步引领着行人快速上楼，那阵势好像一秒都不能耽搁，像比救人命还紧要。有些行人都还没搞清楚咋回事就稀里糊涂地跟着去了，接着被忽悠，各种一环扣一环不明不白的消费随之而来，因此引发的各种纠纷不断，顾客投诉商家软硬兼施的强制消费和收费不合理等。

我也曾经不经意间被忽悠上过一次二楼店铺，有一次找工作时，途经老街，被一美女突然伸过来的一张宣传单挡住了去路，宣传单在我面前很快地晃了晃，突如其来的举动吓了我一跳。我只好停下脚步，正想质问她怎么回事，她却快速说："美女，我们现在搞活动，请多多支持！"她边说边哈腰一脸恳求的神色热切地邀请我，她恭敬谦卑的样子让我一时不忍拒绝，她一连贯的举动也让我产生紧迫感，容不得多想，我鬼使神差般就跟着她上二楼。逼仄老旧的楼梯间灯光昏暗，带坑洼的白墙，诡异的感觉瞬间生起，我不免担忧起此行的吉凶。她一路乐呵呵，客气礼貌地催促我走快点，说人多，等会儿没位了。来到一家店门口，只见她熟练地掀起门口的珠帘，满面春风地邀请我进屋。我一眼瞅到了里屋的情景，店不大，泛红色的光线朦胧迷离，几个浓妆艳抹脸上充斥着邪气的年轻女子，有的在修手指甲、有的在抠脚丫子、有的在照镜子。几张单人躺的美容床，其中一张已有个女人躺着，另一个女的坐在她头部前面的凳子上，油腻发亮的双手正来来回回在她脸上揉搓着，难道这就是洗脸服务？那些女子看到我了，立即起身朝我走来，谄媚地纷纷说，美女这边请！感觉要被围住，囊中羞涩的我害怕的情绪陡然增强，想都没想，立即掉头就逃。美女反应极快，又伸手拦住我去路，我矮下身子避开她，飞快地原路逃跑。她在我身后骂开了："神经病呀，会吃了你呀！"

不明白，同样都是人，为何总是有这些邪恶之人存在，"人之初，性本善。"根本就是一句被美化了的语言，或许是我对人性的一个美好的愿望、向往。

东门老街出现的问题多了，引起了政府的重视，经过大力的市场整顿、处罚、规范，这些商家再无胆量漫天开价、变相强制消费、乱收费了，都变成守法经营的良心商家了。有约束就能改进，就能形成良好的市场环境。梓墨以前买的特色工艺品，当时花了一百九十八元，后来明码标价，只要三十八元。

又有一次，我跟梓墨从公司出来后就在外面压马路，闲逛闲聊，黑压压的苍穹，没有月亮，也没有星光，万家灯火和街边闪烁的霓虹灯显得格外明亮耀眼。行人众多，有刚下夜班的归家人，也有刚从家里出来散步、游玩的人。路上不断有经过的女子边走边大赞梓墨的美貌，也不断有男子停下来想与梓墨搭讪，她每次都不理不睬，拉着我巧妙地避开。我俩一路聊着，她突然严肃地对我说："吉儿，平日里，你是个遇事不爱动脑的人，思维能力欠缺，脑瓜也不灵光，真不知道这些年你是怎么完好生存下来的？幸好你不喜欢交际，结交的人少，否则人在江湖，上当受骗的事情，你迟早一定会经历到的。"

"哪里？不会的。这不，我到现在都还好好的，从来没有上当受骗过！"我扬扬头，很自豪很高兴地说道。

"愚蠢之人有些时候是有傻福的，但更多的是被伤害。也许你曾经也被身边的人算计过，只是你迟钝没有察觉到罢了。再说，你的好运会一直有吗？”顿了顿，她满脸突然生起担忧的表情，定定地望着我：“吉儿，若你将来真遇到不良之人，过得不幸怎么办呢？比如将来的婚姻、遇见的各种人！”

我心里一惊，想起前段时间布吉街头路边算命摊那个中年胖男人冲我背影喊出的那句话……当时，我正经过他摊前，他急速地叫我留步，说他能帮人逢凶化吉、指点迷津。我匆忙瞅了他一眼，没理会，径自往前走。于是，他急急地就冲我喊了那句话。我犹豫了一下，不确定且不坚定地对她说：“我应该不会碰到那种人！”假如真遇见，只能顺应天命，避开或抵抗改写命运，除此之外，其他的也只能等将来真正面临时才能做具体的决策了。未来如何，谁都无法精准地预料到，现在多想无益。我坚信，事到临头就一定会有解决的办法，就如船到桥头自然直那样。

“你个性较懦弱，习惯听之任之，会让人觉得你是个软柿子，无论怎么拿捏你、欺负你，你都不会怎么样。时间一长，别人对你的肆意欺压就习惯成自然了，那时你就真的成为彻头彻尾的受气包了。还有你对人对事，你奉行自知之明，自觉性强，宁愿自己万事不成吃哑巴亏，不到万不得已也不愿去打扰、麻烦别人帮忙。其实一个人的能力是有限的，有时别人拉一把，说不定困难就能迎刃而解，诸事从此顺利，甚至达到巅峰。当然，也不排除有人帮了倒忙，反而遭殃。”梓墨不依不饶急速又说道。顿了顿，她又说：“哎，没事，以后有我了，我到时会帮你搞定一切的！”梓墨轻轻拍拍我的脑瓜，满脸宠溺。她是个大大咧咧不拖泥带水的人，但对于我的事，她总是事无巨细、婆婆妈妈地想得很周到，她对我有种强烈的保护欲望。我眼眶有泪在打转，为避免被她发现，急忙把头转向一边回避。作为独生子女的梓墨，应该把我当成她亲人了，对我很好，好到让我产生一种无以为报的压力，我想躲开她，想远离她！我只是她公司一名普通的员工，除了做好分内的事情以外，我对她毫无帮助，我何德何能受她对我千般万般的好？她是说过，我跟她有缘，她要珍惜这份来之不易的缘！人情债重过经济债，她对我的好，让我感觉像一座大山，压得我透不过气来。所幸，她懂得我，时不时地找点事情让我帮忙，从而减少我的这个心理压力。

我悠悠地说：“梓墨，能先知先觉规避风险的人毕竟少数，普遍都是后知后觉的人，这些人因生活中的各种不如意而觉得不幸、痛苦不堪，倘若我真也有这么一天，那也是不幸的芸芸众生的其中一个罢了，别人能承受，我亦能承受！”

唉，此情无计可消除，才下眉头又上心头，梓墨看看我，伸长手拥着我肩仰天长叹！她比我高，我小鸟依人般的靠着她。漂亮的梓墨，一般人可望不可即的梓墨，能依偎在你的身边，我是何其幸运！

谈话间，我们俩毫无察觉地又行至东门老街了，又一番吃喝淘宝。晚上的东门老街热闹场景不输白天，各有千秋。五彩缤纷的霓虹灯大放异彩，映照着往来的人，年轻人居多，成双成对，三五成群，停停走走在夜市里吃喝购物。有衣着暴露、嘴里叼烟的妖艳女子，也有素面朝天、穿着朴素的女子，有流里流气一副地痞流氓样的男人，也有文质彬彬、正气凛然的男人。同一片天、同一方水土养育着形形色色不同的人，走在同一条街上，若旧时的人还在，目睹今日的我们，会有怎样的感怀？人的生命若能永恒存在不作古，该多好呀！

夜里才出摊的小摊档，生意不好的在心急火燎地吆喝叫卖着，生意好的喜笑颜开手忙脚乱地忙碌着，有人欢喜，有人忧愁，人生百态，各自活着。

我们俩但凡来这里吃东西，一般都去认定的那两家吃，一家是夜市摊档，烧烤摊；另一家是白天晚上都有经营的牛杂肉丸汤粉店，老板姓李。李老板是个年轻力壮的小伙子，潮汕人，天天火爆的生意让他月收的营业额万元以上，虽然辛苦，没日没夜的，但换来的报酬可观诱人，比一般的打工族高太多了。在当时，白领月薪普遍才一千多块钱，普通工人几百块钱，几千块钱就能从当地人手中买来一大块地皮。他之前在沙头角老乡那里做帮工，不到三个月的时间，心灵手巧的他就完全掌握了牛杂肉丸汤粉的手艺。于是，他就辞职在东门老街这里租下了这家店面单干了。如今他已经结婚了，老婆是他以前的老顾客，她还是一个拥有土地的深圳本地人。在深圳的潮汕人口口相传一句名言：硬做一毛钱老板，也不当十元钱的打工仔。他们普遍不看重读书，也不愿意屈服在别人手下打工，所以喜欢做生意。菜市场卖鱼、卖肉、卖菜，开店做生意的很多都是那边的人，他们很能吃苦，起早贪黑，不怕劳累，而且他们还喜欢生孩子，尤其喜欢生男孩。客家人比较不喜欢干重体力活，比较崇尚过舒适的生活，喜欢干相对轻松的工作，男孩多数喜欢为官，觉得光宗耀祖，所以我们很注重读书考学，觉得读书才是唯一的出路，书读好了，前途就能一片光明！

梓墨买的房子是当地人建的一栋带大院子的自建房，基建面积连院子一起算在内，面积近四百平方米，三层半高，楼上楼下总面积有一千多平方米。原房主一家离开深圳不想房子荒废，故而转卖。她把房子四周围墙加高，上面插上尖尖的玻璃块，防不法分子攀爬进屋。里里外外整成毛坯，进行全面整改、装修，打造成新型的别墅模样，建了假山、鱼池、亭台楼阁、花草树木……规划、设计、施工一系列，从头到尾都是这个李老板介绍的园林景观建造公司的罗老板完成的。这罗老板喜欢吃牛杂肉丸汤粉，经常去李老板店里吃，时间长了，大家便熟络了，干什么工作或做什么生意，彼此就知晓了。无形中李老板就成了客人之间传递信息的广告者，起着桥梁作用，促成了一单单的生意。当然，热心助人的他，生意也越来越红火了，在不远处开了一家更大的分店。

梓墨家焕然一新，她养了两条温顺的狗来看家护院，它俩平时乖巧缠人，不吭声，有生人进入时才汪汪汪地叫唤。她除了擅长写作以外，还擅长唱歌、拉小提琴、跳舞。下腰、劈腿、后翻等跳舞的基本功她都娴熟得很，常在院子里树下翩翩起舞，一袭长裙的她像个流落人间的仙女，美丽动人！她父母每年秋天一到就会来这里，直到来年她老家天气变暖时才回去。深圳夏季长，春季、秋季几乎也是夏日的气候，冬季短，而且不冷，一般人也就长袖衫一件，外搭件薄外套就可过完整个冬天，秋裤基本没机会穿。即使天气有较寒冷的十来天，外套换成厚点的就可度过了。气候温暖的深圳，对于她父母来说，是避寒的胜地。

她父母不在时，我经常去她家过夜，她给了我一间房，与她房间相邻。她甚至提出她的家就是我的家，让我搬去长住，已经懂得不能随便干扰别人生活的我，早就天性启动，奉行人贵在有自知之明，何况我本就喜欢无拘无束，当然毫不客气地拒绝了，为这事，她对我恼火了好几天。

好运接着来，通过原户主的牵线，梓墨在龙华买了块大地皮，她打算建成商品房花园小区出售，她正在办理进驻房地产行业的相关事项。建商品房需要大量资金，她欠缺这行业的经验，她希望能碰到志同道合且资金雄厚的有缘人一起合作，但她不急于一时，不主动寻求，一切随缘！

我跟梓墨出来玩有个从来没有商量过，但彼此默认的规定：只有我们俩出来玩时，晚上十点半之前必须要回到家。我们俩想法一致，都觉得超过十点半还在外面逗留容易遇到危险，随时可能会有突发的意外事情发生，毕竟天下邪恶之事往往都是在深夜里发生的。黑暗中的罪恶无处不在！

我们俩往回走时，路上碰见一个瘦骨嶙峋的年轻流浪汉，他走路东倒西歪，摇摇欲坠，满脸污垢，两眼空洞无神，破烂的长袖衣裤表面一层发硬的乌黑油垢，披在肩膀以下的长发硬邦邦的打结在一块，穿着的一双塑料拖鞋，左脚后半部分缺失了，脚后跟贴在地面上，他身上散发着臭味。梓墨没有退缩，毫不忌讳地走到他身边，把刚买的一袋食品（零食和酸奶）从侧边递到他前面，想挡住他去路。哪料到他完全无视，与袋子擦肩而过，仍然自顾自地往前走着。梓墨急着追上，再次把袋子横在他前面，并且大声说，给你吃的！他又被拦了路，这才停了下来，看了一眼袋子，颤巍巍地拿了过去，然后一屁股坐地上，把袋子反过来，袋口朝下，把东西一股脑儿地全部倒在地上，随手捡起一些用嘴咬烂包装，大口大口地狼吞虎咽起来。他竟然有一口整齐的白牙，我跟梓墨同时看到了，我们俩不约而同地对视了一眼，都很吃惊。流浪的生活，精神状态一塌糊涂的他，还能拥有这么完美的牙齿，这基因实在太好了，而且他五官端正，模样长得非常好，虽瘦得只剩皮包骨，但仍然看得出来。估计他来自于过着优越生活的家庭，涉世不深，又不曾经历风霜雨打，心思单纯被坏人所害，落到如今这般地步……

他吃得太快，哽住了，但还是不断地往嘴里使劲塞，满嘴的食物渣掉在地上。我跟梓墨同时蹲下身子要捡起地上的饮料给他，她向我摆摆手示意她来，她拧开瓶盖递到他跟前，他又一次无视，空洞的眼神让梓墨再也忍不住掉泪了，她胡乱地用手抹了抹泪水。她把饮料瓶口对准他的嘴，往里倒了点，只有这样才能让他有所察觉。果然，他反应过来了，一把夺过猛的灌起来。喝太急，他呛咳了。

“我们帮不好他，是不是？吉儿。”梓墨难过地问我。

我说：“看看能不能问到他家地址，我们与他家人联系，让他家人来接他。我们等会儿就报警，让警察带他去派出所等待他家人来。”

于是，我们俩一前一后试着跟他交流，然而他一声不吭，像哑巴似的，只发出沙哑的几声“嗷嗷嗷”的叫声。我们想方设法，但他还是没有任何反应，甚至从头到尾都没看我们一眼。我再次大声问他，你家在哪儿?我们送你回家！话音刚落，他突然停住了吃喝，含糊不清地念着：“家，家，回家。”他空洞的眼神闪了一下，接着噌地一下子起身，掉头就跑，应该是吃了东西补充了能量的缘故，他步态不再东倒西歪，单薄纸片似的身影瞬间消失在茫茫夜色中。地上一片狼藉，他没有拿走剩下的食品，明天，以后，他又将饿肚子……

梓墨难过地说：“他跑得太快了，都来不及阻拦。我还想着打电话让公司保安现在过来，带他先回宿舍安顿的。唉，我们最终还是没能帮到他。”这些保安的手机是梓墨提供的，那个时候，很多人都没有买手机，更加没有 QQ、微信这些网络联系方式，街头也没有处处安装监控摄像头……

夜色越来越深沉，天空乌压压的，疾风起，估计明天会是风雨天！

想着刚刚跑掉的那个人，担忧着他未来的日子能否得到吃的喝的，能否保住性命安然无恙地直至被救助?

我和梓墨越想心情就越沉重，很难过。虽然他只是陌生的路人，但他糟糕的状态，无法让我们视若无睹，无法不起怜悯之心。

夜将深，居民小区里不再万家灯火亮起，人们陆陆续续熄灯睡觉。街道上一盏盏独自矗立的路灯显得孤独落寞，但它散发的光芒却刺破漆黑的夜色，照耀着赶路的人。回到梓墨家，两条小狗摇晃着尾巴欢快地向我俩扑过来，这一瞬间，我又看到梓墨流泪了，我知道她肯定是觉得连小狗小猫都有家，有人宠爱，而那个纸片般瘦弱的年轻流浪者却沦落到无处安身，他到底是谁家的孩子，为何流落在外头？她这张美丽的面孔为一个陌生人动情悲伤的落泪模样，让我至今难忘。

穷则明哲保身，不给别人添任何麻烦，达则兼济天下，梓墨希望她将来能大富，既能实现自己的财富自由，不用为任何花销瞻前顾后，还能帮助有需要的人，包括我，她一直想着让我以后也过上她那样的好日子，与我友谊长存。

今夜，不一样的夜，我们俩静静地躺在二楼客厅的沙发上，偶尔能听到屋外夜归人高跟鞋踩出的嗒嗒嗒的脚步声。不知何时，迷迷糊糊开始有了睡意……明日，新的一天又将到来。

星星之火可以燎原

公司内刊主编冯厚山，江西人，原是某报的主编，因身体得重病造成偏瘫，医生判定他的病症难以治好，单位体恤他，为了让他安心养病，让他提前办理了内退。应该是没有了工作上的操心和劳累，在家休养一段时间后，他的身体竟然奇迹般康复了，而且还能正常行走了。他年纪不算很大，仍属壮年阶段，闲着心慌，想继续上班，多干几年。可原岗位早就安排被人取代了，其他与文字无关的岗位他又不喜欢，干脆来深圳闯闯了。他最惹人注目的部位是鼻子，挺直丰隆，鼻头圆圆的一撮肉，看上去很富态的样子。他表面看起来一副拒人于千里之外的凌厉淡漠的样子，但接触之后，便发觉他其实是个和颜悦色非常热心的老好人，公司里除了一两个愣头青经常跟他唱反调以外，他与其他同事都相处得不错，他像父辈一样关爱着大家。大概是比我们年长，且成熟稳重、经历多的缘故吧，他与我们多少有些代沟，缺少相同的理念和话题。我们一本正经地工作或讨论事情时，他不假思索自然而然地会融入进来参与；当我们嬉笑打闹时，他就成为旁观者，自顾自地忙活。好在他从来不干涉指责我们的喧哗，由着我们尽情玩闹。同理，我们也不会去参与儿童的撒欢，年龄不同，思想境界不同，正常情况下是不会玩到一块的。

别看他平时经常在小事上婆婆妈妈、絮絮叨叨，工作能力却相当强，凡事都能做到井井有条，快、准、狠，绝不含糊。公司碰到棘手的事情，无适合人选出面解决时，老板梓墨往往就会让他去处理，他以他厚道正直又不失睿智的行为去与人交涉，问题总能迎刃而解。他有句口头禅“星星之火可以燎原”，随时随地，不论啥事都能巧妙地用上。

他是个经验丰富的作者、编者，他有一套独具匠心的编辑和写稿的经验，他毫不保留地告诉我们，细致地指导我们，关键的是还会举一反三直至我们理解透彻，让我们提高了编写的水平。没有笨学生，只有没有用心教的老师。他还着重强调作为编辑应该有的责任和担当，说定稿时不能出现错别字、不通顺的句子；要对稿不对人，重视稿件质量，把人际关系的考量放最后。他跟老板梓墨一样，是个有信仰的人，用“勿以恶小而为之，勿以善小而不为”作为人生信条来规范自己的行为，虽然有时候他也没能做到尽善尽美，但基本符合其他人生信条里的内涵。

冯主编生病生怕了，久病成医，不知不觉中竟然有了医者之心，喜欢对我们说养生护体之道。美编刘洋经常三餐不定时不定量吃，饥一顿饱一顿的，常喝饮料，饮食习惯无辣不欢，他因此得了慢性胃病，疼痛起来时焦躁不安，说是不是快得癌症要死了？冯主编交代他首先要放宽心态，不要过于思虑，胃病没好之前一定要忌口，不要滥吃滥喝，硬的、辣的、酸的、咸的、甜的……这些食物都要避开，尽量不吃。即使好了之后，也不能放开吃，防止复发，浅尝解解馋就可。他还让刘洋去市场买点新鲜的花生米回来，每次拿一二十粒放嘴里咀嚼成浆再吞咽，可以缓解胃痛，或吃个柔软的馒头，一两块苏打饼干都可，效果差不多。刘洋痛得不行时，只好听话照做，果然奏效，才刚吞下去，胃就立马不疼了，像神丹妙药似的，能缓解当天的一段时间。刘洋高兴激动得差点要喊他“爸爸”，说一个人出门在外，最缺的就是父母的及时关爱，冯主编充当了这角色。冯主编微微叹口气，忧心忡忡地说：“针对轻微症状的才考虑这样做，严重的还是得去医院检查治疗。”

好了伤疤忘了痛，刘洋胃不疼时又马上胡吃海喝起来，冯主编一说他，他就解释说一点点而已，不碍事。“星星之火可以燎原，才刚好，吃这一点点都有可能马上复发。”冯主编恨铁不成钢地说道。

每每看到我们生活习惯有不当之处，他立刻就会像父亲一样苦口婆心地教导我们。我们喝滚烫的汤，他立马告诫，长期喝热烫的汤水，容易积累成肠癌，以后记得放凉一些，温热时再喝。我们有时无所顾忌不停地喝冷饮，吃冰棒、冰西瓜，他就痛心疾首地说，这太伤脾胃了，易造成脾胃虚弱、湿气重、消化不良，你们以后要少喝少吃这些。我们进餐，偶尔高声说笑，他就急道：“小心被呛！食不言，寝不语，吃饭尽量少说，多咀嚼，助消化。”饭堂菜有冬瓜时，他会嘱咐脾胃虚寒的我少吃，对其他健康的人则劝着吃，说冬瓜能清热解毒、利尿消肿、降低血糖、美容养颜等。我们有时受不了他婆婆妈妈似的教导，请求他不要总是盯着我们，我们不是孩子，我们自己会有分寸的。每每这时候，他就长叹一声，星星之火可以燎原，小事会变成大事，到时后悔就来不及了。之后他说，他也觉察到了他自己有时确实是啰唆了点，自从重病意外好了之后就变成这样婆婆妈妈操心型的人了，总是杞人忧天，担心身边人日常不注重饮食习惯而得病。他说，病来如山倒，大病来临时太可怕了，身体上的疼痛折磨、经济上的困难、拖累家人的内疚，每一样都能让人崩溃、生不如死！提醒你们平日就要注重珍惜自己的身体，能健康愉快地活好每一天。他像家中负责任的父母那样时刻对我们悉心教导。

我们有次讨论某件事情时，提及相关人士，话音一落，就被冯主编训道："年轻人，多做事，少论别人是非，最重要的是要做好自己，让自己成为别人的好榜样。良言一句三冬暖，恶语伤人六月寒，给人留点口德。"我们不认同他这次对我们的指责，觉得他死脑筋不开窍，具有旧时年代人的迂腐，小题大做了。谁人背后无人说，谁人背后不说人，无论有意还是无意，都无法避免不提及他人，就像讲故事、讲事例，若不提到某些人，怎么开讲？我们现在就是这样的状态，谈论那件事情时提到某人名字，仅此而已，并非刻意去说，更没有捏造事实、造谣是非、添油加醋，完全没有损害他人名誉的行为。我们反过来不客气地批评他，他不置可否说：“星星之火可以燎原，虽然只是说起，但指不定会引发一些不良后果，造成某些不幸，一句话就有可能改变他人的命运走向。”停了停，他又说：“看人之短，天下无一可交之人，看人之长，世间一切皆吾师。看人长处，帮人难处，记人长处，择其善者而从，其不善者而改之。以责人之心责己，以恕己之心恕人，定会处事无敌！”一套套老夫子似的说辞，让年轻的我们无言以对。他之前在体制内的单位上班，又是个儒雅的谦谦君子，或许他已经习惯了谨慎细微的为人处事，所以万事皆求面面俱到吧！

冯主编表示他年轻时其实也跟我们一样凡事都不以为然，不思量，随着岁数的增长，才慢慢感悟了很多，不再年少轻狂，懂得了思考和瞻前顾后，他现在流落异乡，远离年迈的父母、老婆孩子，更让他觉得一切都值得认真对待，值得珍惜！

冯主编提倡每个家庭都得有百年传承的家规、家风、家训、家教，才能很好地让子孙后代生生不息。鸟欲高飞先振翅，人求上进先读书，多读书，在书中求得知识和力量。他向我推荐了几本能让人开悟、提高思维、提高见识的书籍，让我去深圳书城买来看，可我迟迟未动身。

他常把孔子和老子的部分语录摘抄在本子上，并且常常在现实生活中套用，严格要求自己。

孔子：吾十有五而志于学，三十而立，四十而不惑，五十而知天命，六十而耳顺，七十而从心所欲，不逾矩。

君子求诸己，小人求诸人。

三人行，必有我师焉。择其善者而行之，其不善者而改之。

君子坦荡荡，小人长戚戚。

小不忍则乱大谋。

老子：罪莫大于可欲，祸莫大于不知足，咎莫大于欲得。

祸兮福之所倚，福兮祸之所伏。

我有三宝，持而保之，一曰慈，二曰俭，三曰不敢为天下先。

这些语录，他几乎都能倒背如流，喜欢的程度让人吃惊。他用A4白纸工工整整地抄了好几张，给编辑部人员每人一张，包括梓墨也有，说这些可当日常警言，时刻提醒自己。不想让他觉得自作多情，不想让他失望，虽然不喜欢，但我们都违心地收下了，并按他的要求，当着他的面佯装认真地从头到尾看完。他很欣慰看着我们的样子，让我们无地自容。他曾经说过，与人相处得聪明伶俐，但必须要在坦坦荡荡、厚道真诚的前提下。我们这善意的伪装算不算厚道、坦荡？

冯主编有个不太好的习惯，喜欢把冲泡后废弃的茶叶倒在他桌上的绿植土壤里，当肥料使用，说他种的品种适合这样做。时间长了，发霉变味的茶叶就招来小飞虫，一只只在办公室飞来飞去，让人烦心。所幸，他后来每次都能及时端去洗手间清理冲洗干净，后来渐渐地就不再往里倒了。我们发现，他桌上的两盆绿植倒了茶叶渣和不倒都一样枝繁叶茂，绿油油一片，他看稿多了，眼睛疲劳时，就会盯着这片绿色来缓解，或闭目养神一会儿。

刘洋桌上有一盆小型的发财树盆栽，也是他帮着养护，他有一套自己的心得，他说："交人交心，浇树浇根。室内种植的发财树不怕旱，不要经常浇水，多了会烂根。盆土八九分干时，才浇，要浇透，生长旺季时要定期施肥，才能长得绿意盎然。"大事小事，事无巨细，他似乎样样精通。

冯主编随时都可以做到文思泉涌，下笔如有神，得心应手洋洋洒洒的一气呵成，无论哪种文体，我都从未见他中途卡顿，不会像我们那样突然像断气了似的写不下去了（喝水，踱步、吃零食、发呆、找人聊几句……以这样东拉西扯般的方式逃避江郎才尽的书写）。他写了很多文稿，厚厚的一叠一叠，但他并不打算结集出书，也很少投稿，喜欢写，纯粹爱好而已。就像喜欢下象棋的人，苦思冥想下赢每局棋，其实带不来任何看得见的实际利益，但这过程对于他们来说却是人生的享受，他们因此心生愉悦，觉得充实幸福。不喜欢的人，则嗤之以鼻嫌弃说花这么多时间和精力，简直就是浪费时间、浪费生命。爱好这些事情，只要不涉及黄赌毒，不属于不良嗜好，也不着迷深陷，都值得去做。

我们学着他的口气说："星星之火可以燎原，你积累的这些文稿，能出好几本书，不出就埋没了，太可惜了，就当为自己也为世人留下点东西吧！"他说不会可惜，等他百年撒手人寰之时，会交代他孩子把这些烧成灰烬与他一起下葬，陪伴他天长地久！他随和，也执拗，认定的事情，只要不犯错误的，就不会轻易做出改变。

如若不对的，不用等旁人发觉出声，他就先知先觉，早早改正了。

我们编辑校对好的稿件最后都要上交给冯主编，他是最后一道工序的把关人，至关重要。尽管我们已经使出了全力审稿、编辑、校对，但还是避免不了偶尔的出错，比如“的、地、得”的使用错误、句子的不通顺等。要在密密麻麻的文字堆里从中发现错误，真是难为了人到中年的冯主编，他的近视度数又增加了，提神醒脑的绿茶喝了一罐又一罐。然而，冯主编他自己不觉得苦，相反，他很享受这个过程，他是真心热爱这个工作，他已经习惯了这个工作模式。用他的话说，星星之火可以燎原，倘若哪天他不干这工作了，也不再写稿了，那他的生命肯定在倒计时，离告别世间不远了。

长路漫漫，星移斗转，后来的岁月，只要想起冯主编时，就会想到他挂在嘴边的这句“星星之火可以燎原”，愿他一切的一切都好！

相遇在志同道合里

编辑部里的另一个编辑，二十七岁的杨英，我叫她为英姐，湖南人，一眼望去，她相貌不惊艳，瞧多几眼，却越看越好看，属于耐看型的。婴儿肥的白皙圆脸镶嵌着非常好看的五官，明眸皓齿，鼻子丰隆，一对小酒窝，笑起来就深凹，显得很甜美。她举手投足优雅大方、不急不躁、慢条斯理，整天乐呵呵的，她肯定是在一个充满爱的和谐气氛家庭里长大的孩子，身上完全没有一丝戾气。在父母吵闹中长大的孩子叛逆、阴郁、急躁，缺少给予爱的能力，也比较没有感恩之心。家庭潜移默化带来的影响往往是终身的，个别的随着境遇的变化而改变的除外。跟她在一块，会被她平和的态度感染到，暴躁之人也能心平气和起来。

她是汉语言文学专业毕业的高才生，原本有更好的工作机会可选择，但她注重家庭，注重维系夫妻间的感情，愿意为夫妻团聚而放弃好工作。她以她丈夫工作的地方为定点，在辐射的周边区域里找工作，就近上班，梓墨公司恰好就在附近，距离合适，工作又是她喜欢的，她很幸运。她上班后，夫妻俩就在位于双方公司的居中位置上租了个套间，方便彼此上下班。这套间厨房、厕所和阳台都具备，用她的话说，麻雀虽小，五脏俱全。她很直白地说她之所以不愿与她丈夫分居两地，主要是担心男人移情别恋，原先和美的夫妻关系肯定会因此而破裂。她身边有很多长期异地的夫妻，离婚的离婚，没有离的，也过不好了，小吵天天有，大吵三六九，家里搞得乌烟瘴气的，难以和谐幸福！顿了顿，她又说："家庭的和谐、家人互相的关爱，前提就是夫妻要有恩爱的情感，才能共同缔造和维护。"

冯主编以生气的口吻说："有些男人不会那样，能清心寡欲，洁身自好，你不要一棒子压死所有人。吃饭喝水是为了生命的持续，必需的，有些欲望不是必要的，并且完全可以控制。"英姐想了想说："倒也是，这种忠贞不二的男人，您就是其中一个。”冯主编坚定地说：“对，这世上真有忠贞不贰的男人，只不过为数不多罢了！夫妻长期分居确实不好，既然结婚了，双方确实都要想办法厮守在一块过日子！”

人性本就复杂，又加上当今社会各种不良风气的影响，还有一些身边朋友不良行为的感染熏陶，人们的格调早就变得多面性，难以捉摸，既看不清别人，更加看不清自己，滚滚红尘中，谁又能真正做到不带一丝歪风邪气！

英姐是个很有才气的人，在工作之余写了大量的作品在报纸、杂志上发表，像个勤劳的小蜜蜂不停采蜜一样。她喜欢写作，这既能让她充实快乐，又能给她带来一笔笔的稿费收入，何乐而不为？她想多写多发表，她要多挣点钱，想在不久的将来在深圳买套房，把目前仍在她娘家留守的两岁女儿接来深圳读书，陪她成长。英姐有时面露愁容，眼里闪着迷离的光芒，那是她在想念她年幼的女儿了。她丈夫工资高，以他们俩的收入，其实早就能买房，只是前面积累的存款都用在生重病的婆婆身上了，如今变得一穷二白，一切又得从零开始。月有阴晴圆缺，人有旦夕祸福，谁都无法预料自己的明天。

英姐喜欢读民国四大才女张爱玲、萧红、石评梅、吕碧城的书，她收集了这四个人的所有著作。当然，其他人的作品她也一样有，路遥的《平凡的世界》、老舍的《骆驼祥子》、张恨水的《金粉世家》《啼笑因缘》等；国外的有米哈依尔·肖洛霍夫的《静静的顿河》、列夫·托尔斯泰的《安娜·卡列尼娜》、雨果的《悲惨世界》等，她如获至宝般的收藏了很多书。文学可以跨越国界，可以跨越一切阻碍。

她住的房子是租的，按理说一般人是不会随意置办非必要的家私，可爱看书的她买的书实在太多了，她受不了书籍随意堆放，最终还是用稿费在二手家私店里买了个七八成新的木制大书柜，本就不宽绰的空间显得更逼仄了，所幸她丈夫对她很宽容，由得她随心添置。她经常把很多书带到编辑部，捧着这些书看，爱不释手，并且是几本同时轮换着看，这本看点，那本看点。我们问她，你这样东看西看，你真的记得住，真的不会张冠李戴搞错书里的人物和情节？她嗤笑一声，酒窝深陷，当然不会，我记忆好得很，再多几本混着读，我都不会弄错。她的聪慧和超强的记忆力，让我们佩服得五体投地，才女果真就是不一般。我问她有啥窍门，她眨了眨大眼睛得意地笑答，哪有什么窍门，像我好看的皮囊一样，天生的！

我进公司一个月不到，一天下午刚打卡下班，没走几步，英姐就把我拦截了，说要请我吃饭。于是，我们就去了公司附近的一家港式茶餐厅，我俩一落座，点菜的服务员就过来了。英姐肥嘟嘟全是肉不见筋脉的手优雅地拿起菜单递到我跟前，让我先点。我毫不客气地点了份我想吃的三丝炒意粉和一份罗宋汤，她点了她爱吃的焗猪扒饭和一份例汤，另外还点了两份小吃炸洋葱卷和芝士三明治，一份白灼菜心。服务员低着头忙着在点菜本子上登记，写好了后再重复念一遍给我们听，核对正确与否，生怕写错单。她年纪看去挺小的，最多十八岁，稚气未脱，这个年纪有些还在学校读书。深圳遍地是黄金的诱惑，让很多偏僻乡壤的孩子过早地远离家乡来这里打工赚钱，改变命运是她们坚持留下来的动力。

席间，英姐几次欲言又止，表情挂着略带神秘又不忍心的色彩。我急着让她赶紧说，无论是何事都无须忌讳讲出来，哪怕是秘密，反正我绝对不会往外传的。

吉儿，是我要离开公司，离开你们了。我走了，你会比较辛苦，你是新人，不知道能不能应付得过来？我们是内刊杂志，其实编辑只要一个，和主编一起，俩人就能完全胜任所有的工作。是我让老板梓墨、冯主编招人的，然后就招到你了。我有个帮人写的长篇传记约稿期限快到了，我要辞工专职写，不按时上交，要被罚钱的。我之前高估了自己写作的速度，以为可以在工作之余按时完成。我目前创作的情绪正达到巅峰，我得趁热打铁全力以赴。大家事先没跟你说，是担心你由此产生压力，害怕一个人不能胜任而辞职走人。

这消息，让我吃惊不小。我想起冯主编在我入职第四天时，曾经告诉我的那句话：“吉儿，我说的这些工作核心要点，你要认真记住，以后你要独自面对，独自承担责任！”现在想来，他当时就已经提前培养我独立自主的能力了。

“吉儿，其实我能感觉到我跟你之间，大家都更喜欢你，你的纯粹率真，我也喜欢。工作方面，你得多动脑，不能稀里糊涂的，虽然有梓墨、冯主编帮忙，但你自己也得先干好，否则怎么好意思继续混下去呢。”

边吃喝边聊，我们不由自主地聊起了文学。她又点了两杯热咖啡，喝了提神醒脑，思维更加活跃了，我们越聊越起劲，聊写作，聊往年获得诺贝尔文学奖的作品与作者。她记忆力好，对作者和其作品侃侃而谈。讲作者，可以从他们的出身讲到去世时的光景；讲作品，可以从他们出版的第一本书讲到最后的一本。她还谈到了汉语言文学的一些核心内容，她深厚的学识和独到的见解启发了我，让我豁然开朗，就如开天辟地般为我建造了一个从未涉及的广阔无垠的宇宙。我在她面前，犹如井底之蛙，只看到井上空那一小片天，孤陋寡闻了。

她说，我们两个能在此吃饭聊天，都是因为大家都有共同的文学爱好，才有机会相遇在梓墨公司，算是志同道合的人。我是一定要在此条路上走出一片天的。而你，虽然能写出有条有理的文稿出来，但通过这些日子的相处，我感觉你还是没能长大成熟，欠缺思考能力，并不知道自己需要过怎样的日子，有点浑浑噩噩，不知所以然。英姐说得都对，她也能看透我，我确实就是这样一个碌碌无为的人。

买单结账时，我看到总金额有点多，提出要帮着出点钱，英姐一口拒绝。她说她前几天得了一笔好几百元的稿费，一篇积压了很久的文稿，恰好符合《十月》杂志新推出的征稿要求，发表了，意外之喜，她开心，她想请客，请她想请的人。我是她想请的人？这让我有点意外。我是后到者，按理应该由我请她这个前辈，可现在却是她反过来破费请我，并且还是在她不需要我任何帮助，即将离开时，她不功利的为人处世的行为把我感动到了。走出餐厅，英姐说吃撑了得走走，帮助消化。于是，我俩慢悠悠地散步在街头，不再聊文学，时而静默地各自东看西看，时而听她聊家常，我一个经历不多的单身女子，无家常可聊，只能静静地聆听着，偶尔附和一两句。此时罗湖的夜晚，路上车多、人多，摩托车也多。便利店、宾馆、商场等处的霓虹灯闪烁不停，光芒四射，深圳是个不夜城。

到了十字街头，我们俩互说再会，依依不舍，她向左走，我往前行进。蓦然回首，已不见她的身影，这一瞬间，我猛地怅然若失！

拥有灵魂的画作

当一张惟妙惟肖的人物画像冷不丁地丢在我们眼前的办公桌上时，不用抬头都知道是刘洋这个小子干的。果然，随即飘来他那伪装成嗲声嗲气的熟悉声音：“看看看，与你多像，画得这么好，您不对小弟我表示一下吗？比如一杯冻咖啡、冻柠茶解解渴，或一个菠萝包、芝士餐包当点心充充饥？”一开始，大家都乐意满足他孩子气的请求，但次数多了，每个人的抽屉里都放了一叠画像时，大家便见惯不稀罕了，像商量好了似的，通通乐呵呵一笑了之，不理会他。他也即刻知趣，也跟着呵呵一笑转身就跑。尽管如此，他还是时不时地偷画我们，还是用潇洒的动作甩给我们，只是不再提及请吃请喝，心甘情愿地无偿画我们，乐此不疲，既能博得我们的欢心，也能当练笔，一举两得。我们吃喝玩乐、工作专注或懒散、甚至抠鼻子等诸多的瞬间都被他捕捉到并画下来，画得形象非常逼真，有姿态优美的，有显得猥琐的，出神入化。他时而用简约的美工笔勾勒，一挥而就，区区几条均匀的线条就合成了一幅活灵活现的素描肖像画；时而用浓墨重彩的油画涂料描绘，一幅神来之笔的画作很快就呈现出来。他除了画画的功底纯熟老练以外，还擅长摄影，拍时看似漫不经心，实则用了周到的心思选角度，调灯光，拍的照片一张张都像大片，构图恰到好处，色彩鲜明，画面呈波澜壮阔、豪气冲天的境界，让人叹为观止。

他就是年方二十三岁，浑身上下充满着艺术气质的美编兼摄影师的刘洋，正职工作量不多时，刘洋还得负责公司其他事务，比如为公司策划活动、作宣传画、帮老板梓墨跑腿处理公事、私事，他属于公司灵活运用的机动人员，也是梓墨御用的得力助手。这种多样化且不单调枯燥的工作，其实是梓墨投其所好，为他量身打造的，因为他喜欢。他是江西人，高大帅气，大眼睛，双眼皮，睫毛像女人贴的假睫毛一样长长的，英俊的脸蛋还挂着丝丝稚气，活脱脱像个还在学校就读的高中生。唯一让他显得有点成熟度的便是那烫成大波浪的蓬松长发，他一般扎起来，马尾那种扎法，很少披头散发。夜里在宿舍时，他偶尔会给大家来一场恶作剧，披头散发、面目狰狞地从楼梯间转弯处不吭声猛地蹿出来，往往让途经此处的我们猝不及防地被吓了一跳，我们捶打他，嬉笑怒骂一番，倒也增添了不少乐趣。后来有次不知怎么的真的吓到我了，见我瞬间吓得面如土色，一时失声，差点休克过去的样子，他才意识到这种恶作剧可能会给人带来意想不到的恶果，他就此收敛了顽性，再也不敢惊吓我们了。这件事之后，明显发现他成熟稳重了好多，青少年时期遗留下来的幼稚行为基本不再犯了，终于有个男人样了。他以此为题材画了一幅画给我，画面颜色搭配得相当漂亮，浓淡有序，画里有个模样受到惊吓、扎着辫子的漂亮小女孩，和一个张开双手惊慌失措的男孩，逼真得呼之欲出，背景是湛蓝的夜空，一轮皎洁的月亮和点点的繁星。画面细腻之处昭显他的匠心独运，能让人深深体会到画中人物的心理状态，像神笔马良画得一样，有灵魂！

一方面受咖啡文化的影响，一方面他也确实喜欢咖啡浓郁的香味，每天他雷打不动地喝两杯咖啡，上下午各一杯，饮料多瓶，几乎不喝白开水。他有个专门冲泡咖啡带金色小汤勺的杯子，托梓墨从香港买回来的。在茶水间，他把咖啡粒和两块方糖一起放入杯子里，用刚烧开的沸水冲泡，搅拌溶解后倒入纯牛奶，再次稍微搅几下，一杯浓郁的速溶咖啡就做成了，空气里弥漫着浓郁的香气。只见他脸上突然呈现出一丝亦正亦邪不可捉摸的微笑，端起杯子放在鼻下闻闻，深吸，接着浅抿一口，一副陶醉享受的模样。不想喝速溶咖啡时，他便乐颠颠地哼着曲子到外面买现磨现做的咖啡来喝，贵点，但他不在意。喝咖啡对他来说是一种人生的享受，是他生活中快乐的源泉之一。他虽然家境普通，但由于是独生子，从小就在父母宠溺下长大，形成了喜欢享受生活的性子，把日子过得优雅精致、有滋有味，但他又不是那种奢侈无度的人，他有分寸，一切都在原则范围内进行。

我详细向他描述了他冲咖啡、喝咖啡的情形，他听后灵机一动，竟然一气呵成画了一组系列的油画，共三幅，以他自己为原型，加工修饰为金发碧眼的外国人，画面唯美，内容丰富，让观赏者怦然心动，几近巅峰的完美作品，让梓墨忍不住向商圈友人夸赞，很快被一位富商看上，强行买去挂在他的书房，给了刘洋一笔不菲的金钱作为感谢和鼓励。

每当被冯主编逮住他大口喝饮料，就得挨训：“小子，少喝点，全是糖、添加剂、色素，对身体没有好处。多喝煮开的白开水，白开水！”刘洋嘴里说着谢谢提醒，仍然我行我素，照喝不误，他已经喝习惯，上瘾了，一时半会改不了。冯主编痛心疾首道：“你这小子，非得疾病来临时，你才知道错，等到那时，为时已晚了！”后来，在冯主编不厌其烦地劝说下，刘洋最终改了习惯，隔十天半个月时，才会买瓶饮料解下馋，咖啡则三头两天才喝一杯，以喝白开水为主了。刘洋父母知道这事以后，还特意打电话过来向冯主编致谢。刘洋之所以能下定决心改正，是因为被冯主编不厌其烦的教导感动了，他说他爸妈对他都做不到如此不放弃并持之以恒。他为此作了一幅名为《不一样的全家福》的油画，画中有他和他父母、冯主编、英姐和我，还有梓墨：我们几个人在一个墙上挂着很多画作，显露出金碧辉煌的餐厅里吃饭，我们六个人围坐在椭圆形的餐桌上，刘洋则面露微笑拿着一瓶红酒站在冯主编的身边，微微弯腰准备往冯主编杯子倒酒的状态；桌面上满满一桌菜肴都是我们爱吃的，红烧肉、咸鱼茄子煲、清蒸鱼、吊炉饼、老边饺子、粉蒸肉、三杯鸡、湘潭剁椒鱼头、番薯叶等，非常形象逼真；把我们所有人也都画得出神入化，场面温馨，美好的意境跃然纸上，相当感人。梓墨说这幅画意境非常有深度，画作有灵魂，也可以称为满汉全席。后来这幅画用来做了杂志的封面，让很多读者忍不住往编辑部打电话来索取作画者的联系方式，刘洋一时成为大红人，不断有人出钱请他作画，主要是画人物肖像，还有公司宣传画，这些人中有老板、高管，也有生产线上的组长、办公室文员等，拿到画作的这些人，纷纷赞扬他的画作具有灵魂，有一种无法言说的细腻情感和涵义包含在画里头！

其实我对美术作品也是非常喜欢的，无法抗拒其画面的美感和视觉的享受，常在打动我的作品面前驻足端详。之前在龙华工业区上班时偶然看到一个画画培训班，在窗前专注地看了好久，等他们中途歇息时，我就走进教室冲动地报了名，记得好像是三四百块钱，记不清了。后来，我跟着这些孩子们接连上过两节课后就再也没去过了，至于是什么原因已经不记得了，应该是三分钟热度过去了吧。知情的工友都玩世不恭地取笑我竟然跟小学生们一起学画画。多年之后，偶然忆起当时的蛛丝马迹，才知道那位身材敦实的中年女老师教的是国画，同时也醒悟过来自己当时居然不懂得找她退费，才上两节课，也没有领取她应发给我的画具和宣纸，完全可以让她退钱的。唉，我就是这样蠢笨的人，反应通常迟钝，总是事后马后炮，醒悟过来时，然而一切都迟了，任何损失都无法挽回了。

笔墨传神、美轮美奂的全家福画作造就的一时轰动的机缘，让刘洋后来走向了职业画家这条路，并且取得了不错的成绩，这是他，还有我们都没有想到的。

刘洋不愿意交女朋友，他说女生多数爱使性子，没完没了的矫情，让他受不了，没有女朋友的牵绊制约，他活得更自由自在。他正年轻，荷尔蒙旺盛的他是怎样经受每天夜里的寂寞的？或许正因为年轻才懵懂，还未真正启蒙，压根儿就没有那些想入非非的想法。看他一天天无忧无虑快活的样子，大抵如此了。

他特喜欢有事没事嘴里重复念叨着我的笔名吉儿，他喜欢我这个名字，说好听，又好叫，叫起来很亲切，感觉就像邻家讨喜的小妹妹。他希望我在以后的岁月里，都能活得像现在这样没心没肺的开心快乐，不被任何人影响心情，保持做真实的自己。刘洋在生活中显得天真烂漫，孩子气十足，他就像我们大家的小弟弟一样，撒着男人特有的娇气无所顾忌地缠着我们，在我们身边打转，喊这个哥，叫那个姐的，忘乎所以。一旦工作起来，他却判若两人，瞬间就切换为成熟干练有魄力的男人样子，严阵以待、认真负责、迎难而上、充满干劲、处理事情稳妥周到，是个能弱能强、能屈能伸，聪明能干、有担当的男人。

写作方面，他除了完成梓墨赶鸭子上架布置的罚写文章以外，绝对不会再去写其他的文章，他其实很能写，且写得好，比我强，但他对写作毫无兴趣。他最喜欢的是画画，各种不同类别的画，他都能画，如素描画、风俗画、油画、风景画、水墨画、写意画、抽象画，这些他都能熟练地挥画一番，他说画画的原理是相通的，只要功底过硬了，啥画都可以随手拈来。这相当于写作的人，能写散文也能写小说、评论、杂文、诗歌。他想象力丰富，构思奇妙，情感细腻，大笔一挥，如行云流水般就完成了一幅色彩搭配完美、光影灵动的画作，灵动逼真、富有美感的画面让人震撼，能让人深深陶醉于画里意境中，陶冶了情操。

为了练笔，为了提高画画水平，他模仿画过齐白石的《蛙声十里出山泉》；张择端的《清明上河图》部分；徐悲鸿的《九州无事乐耕耘》；达·芬奇的《最后的晚餐》《蒙娜丽莎》，凡·高的《星夜》《向日葵》等名家的传世之作，每一幅都画得苍劲雄浑，惟妙惟肖，有原作的神韵，又有他自己独到的见解和画风，两者相结合，有时让人感觉胜过原作，青出于蓝胜于蓝。他常去深圳美术馆，那里众多艺术作品的氛围更能熏陶他，让他欲罢不能。为了画东门老街、国贸大厦、上海宾馆、地王大厦、跨境罗湖大桥、弘法寺，他利用下班时间或周末到现场身临其境观摩多次，熟记于心，直到心中有轮廓、有把握了才敢动笔。

刘洋画画的天赋极高，又愿意花时间花精力钻研悟道，且作画勤奋，如今画画水平已经达到炉火纯青的地步了，画一幅具有灵魂的画对于他，只是分秒间挥笔泼墨就可达成的轻松活儿。

编辑部的美好时光

1

梓墨给了编辑部人员特权，让我们几个都不要像其他工作人员一样叫她张总、老板，而是统一呼唤她的笔名梓墨，倘若谁叫错了，就得写一篇散文作为处罚，题目由她定，被罚之人不能自命题，还得不少于一千五百字。她料想我们一定会时不时地犯这个错才因势定了这个处罚制度，她深知我们爱屋及乌，不会抗拒她的要求。她本就是我们老板呀，叫她的时候，一不留神肯定就叫张总或老板了，这很正常。与领导相处时，无论是谁，下意识里往往脱口而出叫的都会是对方的职位名号，这是自然而然的事情，除非以前就认识的，才不会有这样的潜意识。果然，除了冯主编以外，英姐（杨英）和我、美编刘洋，还真的都被罚过好几次，不忍梓墨对我们产生失望，每一次我们都非常老实地按时完成，如果通篇写得不错，她就许诺奖励，让我们改写成加长版的。她投其所好，物质奖励的都是我们想要的，比如电影票、新书、一套品牌内衣等。她出的题目都是出人意料的，让我写的就有《青春的诱惑》《玩偶》《灵魂深处》《一眼定终身》《给你小费》……不管是谁，每次写完，她都表现得赞叹不已的样子，而后马上请求写加长版，这一写就来劲了，不知不觉几千字就有了。我们像学生，她像循循善诱的优秀班主任或语文老师，反正一个愿打一个愿挨，归根结底，她是千方百计制造机会让我们多写多练，提高写作水平，有利于自身将来的创作，也有利于当下的编辑工作，一举多得，何乐而不为？后来才得知，她费尽心思让我们写的这些文稿，她是打算由公司出资结集出版，有我们各自的署名权，她想给我们机会向大众展示我们的作品。明明一切都是为了我们好，还非要打着处罚的旗号来掩饰，真是用心良苦！说真的，如果她当初跟我们直抒胸臆，懒散的刘洋和我，势必不会如此勤快地一一完成。所幸我们也一直以来对她也是真心以待，认真负责地干好工作上的任何事情，私下也体贴关怀着她，不枉她对我们种种的好。

人与人之间第一次相见时互相有好感，才会愿意后续的交往，再之后建立的良善关系是相互成全的，缺一不可。一厢情愿，对方无感，或双方都无产生任何好感，互不认可，是不会有下一次邀约的，若有那一定是跟目的或利益有关了。我们几个都是一见如故，相处越多、了解更多后越喜欢对方的那种人，不像有些人相处越多就越失望，越想远离。

公司内刊杂志是完全不赚钱的，还得要投入很多财力、人力，属于没有收益纯亏损的项目。梓墨喜欢文学，喜欢与文字打交道，这是她要坚守的执念，无人能阻挡她这份浓烈的爱好。她用公司其他项目赚的钱做支撑，当正规刊物对待，用心做好每一期杂志。二十世纪九十年代，有内刊的公司不多，资金雄厚且有人文情怀的老板挺多的，但能付诸行动办刊的则凤毛麟角，大家都一个劲儿地钻营纯赚钱的生意，都不愿意花费金钱、精力搞这个吃力不讨好的杂志。所幸这些老板中有不少人非常支持，他们以支持公益的名义大量购买，还会帮着推广，采访他们时也是非常配合。

梓墨她自己独享的总经理大办公室只在处理公务时才待得住，其余时间她会到各部门巡视一番，最后一站便是编辑部，一来就不愿意走了。这里也有一张她专用的办公桌，在办公室最后面。她跟我们一样，喜欢文学，喜欢写作，相同的爱好促使我们建立了好朋友一样的关系，完全没有老板与员工之间的尊卑和客套。她空闲时也参与编辑部的工作，写稿、选稿、审稿、定稿、校对、设计、排版等工作，甚至亲自跑腿去印刷厂打样，事无巨细，与我们一起承担责任。

梓墨会拿好吃的东西到编辑部来跟我们一起分享，也会私下请我们出去吃喝玩乐。其他部门的人都知道老板喜欢与志趣相投的我们待在一块，所以他们对她特别照顾我们也不会有啥怨言，见惯不怪了。她与我不一般的友好关系，就是在这期间频繁的接触中建立的，她喜欢我毫不掩饰的率真又充满童真的个性。而我第一眼看到天仙般漂亮又充满正气的她时就喜欢上了，接触了解之后更喜欢了，她与人为善、亲和力满满、能力强，既不趾高气扬，又不卑微屈膝，不卑不亢的优雅态度把握得恰到好处。她能屈尊对我千般万般好，我有时会有受宠若惊的感觉，有时会觉得过意不去，有时又暗暗觉得能与这样不一般的人成为至交，我是多么荣幸呀，何德何能？！确实，我不擅长趋炎附势、见风使舵，更加做不到点头哈腰、逢场作戏的迎合，十足是个嘴拙、不懂得圆滑变通的死板之人，并且还是个宁愿委屈自己也不愿申辩、不愿争取好处的人，内向木讷，也不合群，不愿意随便与人交往，更不想频繁深交，所以谁在我心里都是浮光掠影，极少能留下浓墨重彩印象的。我不会随意在别人面前渲染他人他事，不讲是非，归根结底是胆小怕事，不想惹是生非，受口舌之祸。这些都是梓墨对我的总结，她说除了不渲染别人是非算优点以外，其他的都算缺点，以后可能还会造成你人生失败、受气窝囊的状况。我不置可否，因为我当时根本意识不到。

虽然我时常也会在热闹非凡的场所里出现，但其实骨子里更喜欢独来独往的自在，寻一处清静整洁的环境，朗朗乾坤，一个人静逸的独处，想怎样就怎样，不用顾及其他人，这多好啊！一个人独处不等于真的孤独。喜欢群居热闹的人被迫清静的才算是孤独；而本身就欢喜独处的，孤独那是心愿达成，享受幸福的过程。

不知道是梓墨喜欢美色还是人事部的面试官喜欢美色，办公室人员，放眼一望，除了两三个外貌比较不出众以外，其余的人，男的一个个帅气，女的一个个漂亮。当然，或许都是凑巧，小确幸而已，是梓墨美好的能量冥冥之中吸引了同样美好的员工前来。相由心生，这世间有良善心境的人还是占了多数。在被美包围的环境中工作，让人心生愉悦，充满干劲和活力！刘洋曾打趣说：“我们公司是顶级公司，单凭我们的帅气、你们的美貌，就能碾压所有想与我们竞争的人，何况我们还拥有才气，更加不得了！”

梓墨原本要去深圳某市报当记者或编辑的，可她性子里向来喜欢自由自在、奔放不羁的生活，对做一个要被人管制的上班族有点抵触，最终放弃，选择了自己创业，成了经商的人。在商界按自己的意愿自由发挥能耐，自由安排作息，虽然经常忙得比上班族还累，压力还大，但不用受人硬性安排，创业的扩展空间又能无限延伸，她喜欢这样的工作，喜欢这样的挑战。她天生就有做生意的天赋，对市场动向敏锐，能及时捕捉到有效信息。她的目标就是要把生意越做越大，多元化发展，将来成立集团公司，立足于商圈顶端！她是个非常有魄力的人，惯于借势谋局、蓄势布局、顺势开局、强势破局的行事风格来缔造业绩，并且还能做到不伤及他人。她给公司员工的福利待遇很好，远超周边公司，员工缺钱急用找她借，只要不是用来干违法勾当，她都会义无反顾地借出，比如员工要在深圳买房，钱不够；员工家里有重疾病患者，急需一笔钱治疗……

她其实不算彻底的纯粹商人，她同时一直在写作路上坚定努力地书写着。她用碎片化的时间写了不少的小说、散文，立志不久的将来出版几本中文、英文、法文书，她精通英语和法语，不但能流利地与国际友人沟通，还能流利地书写。她要加入中国作家协会，甚至梦想着有一天，她的作品能走向世界，获得诺贝尔文学奖的提名且能获奖，她憧憬着在瑞士登上领奖台那一刻举世瞩目的光景。

赚取财富的生意和愉悦精神的写作，两者她都全力以赴，双向成功是她目前所期待的！

2

离别都是伤感的，当然也意味着将来某天的相见。英姐帮人写的长篇传记很快就要到交稿日期了，她必须得专职没日没夜地写才能完成，她不得不辞工，最多两天就要舍去我们离开了。我和英姐干的活都是一样的，每期杂志需要完成两至三次的采访，回来还得写采访稿，采访对象一般是行业领军人物（公司创办人、打工族里的佼佼者等）。我们接收来稿、选稿、编辑，然后互换彼此编辑好的文章校对，从中发现对方编辑时出现的失误和不当之处，并进行修改，定稿了之后就交给冯主编，他是最后的把关人，他审核完毕才算尘埃落定。编辑工作其实很枯燥，一篇文稿从头到尾要认真看完，对存疑的词组、句子、段落，还得反复推敲核查，一点都不能马虎。篇幅短的还好应对，长点的有时会边看边瞌睡，搞得头昏脑涨，工作效率极差，恨不得马上弃稿不顾，闭眼睡觉。然而，还是得强打起精神面对，倘若出错，杂志到读者手里了，就无回天之力了，被读者指出错处，我们会羞愧得无地自容的。蚂蚁群一样密密麻麻的文字看多了，眼睛会不适，我一般会起身到窗台趴着闭目养神一会儿，凉爽的自然风吹来，让人舒畅，精神也为之一振；或仰望广阔无垠的天空，瞅瞅苍穹下青翠的树木乃至万物。

英姐把她手头上未处理好的稿子交给我，让我接着完成，另外详细与我讲解了其他事务，就算工作交接完毕。她让我好好干，万万不可随便辞工走人，两三年后，梓墨一定会助我过上像她那样富有、自在、充实的日子。她加重语气说："切记，切记！"我心头一热，对她满满地感激。萍水相逢成为同事，临行前能这样真心实意叮嘱他人，这是她的美德。她把她办公桌上精心护理的一盆青翠欲滴的绿植给了我，簇拥的绿叶丛中开着几朵粉红色的小花，呈现出绿叶丛中一点红的美景，非常养眼，让人赏心悦目。几支款式新颖的圆珠笔、一本雅致的崭新笔记本，她都毫不犹豫地送给了我，另外还送给我一本上面写了十条创意大纲的小本子，让我根据这些大纲写成中短篇小说投稿，必能有一番成就！我知道我不可能完成的，但还是愉快地接受了，我不能让她对我的期望落空。她与刘洋沟通了关于文中配图的事情，又跟冯主编讨论了一下杂志的有关事宜。她明天与我们去采访一个老板，结束了之后就直接回她住所，不再来公司上班了。大家都显得难舍难分，互相似乎有交代不完的事情，有说不完的话，可是天下无不散之筵席。

英姐的写作水平相当高，悟性高，随便给她一个引子、一句话、一件事情，她都可以展开来洋洋洒洒地写成长篇大论的精彩文章，她完全可以不用出来工作，在家靠写作就能养活好自己，养活一个家庭，甚至以她一己之力都可以存够钱买房。可她不想闭门造车，不想故步自封，她想要走出来跟众人接触，不脱离社会。

晚上，梓墨请我们几个去英姐出租屋旁边的清吧听歌，说是为英姐饯行。罗湖夜里的天空一如既往的深蓝，今夜没有白云，也没有繁星，但有一轮皎洁的圆月，圆得如此通透，不是农历十五就是十六了。现在的我们不像父母以上的老一辈人那样看农历，我们都以阳历为准。夜幕下，灯火辉煌，街上人流涌动，广告牌、招牌霓虹灯闪烁不停。夜里的深圳人，一部分喜欢清静地宅在家里看电视，一部分喜欢外面丰富多彩的夜生活，他们相约出来看电影、吃夜宵、唱卡拉 OK 等。至于我，我是喜欢宅在宿舍里看书、发呆的人，与外面的花花世界格格不入。梓墨格局大，不排外，能宅家也能到外面适应各种的场面，与人交往能迎合人，能面面俱到，还能掌握分寸恰到好处，因此所有与她接触过的人都对她有强烈的好感，尊重她且喜欢她。她在守住自己基本原则的情况下，看人看事，适时而变，不委屈自己，不与人交恶。

冯主编一路时而与我们欢声笑语，时而望着街头涌动的人群，显得万分失落，我们知道他一定又在想他家中的父母、妻子和孩子了，他是个爱家恋家的男人。他的根在老家，他妻子是体制内的工作人员，无法来深圳与他一起工作。事实上，他也没有打算在深圳长久待下去，到目前为止，也才待了将近一年而已，他终究是要回去的，迟早而已，以他如此恋家的状态，估计不久就要打道回府了。孩子同样还留守在老家的英姐特别能理解他，百般安慰着，不同的是她是要在深圳安家落户的，很快会把孩子带来深圳，让她在这里读书成长。

我们一行人以浩浩荡荡的气势来到清吧，一到门口就清晰地听到了从里屋传来的歌声，悠扬动听，犹如遥远的天际俯冲飘落下来的天籁之音。我们几个都是喜欢音乐的人，一个个立刻热血沸腾起来，刘洋兴冲冲地说等会他也要上台演唱一首。身材高挑的迎宾小姐把我们领进屋，清吧灯光柔和不太亮，朦胧梦幻，显得温馨浪漫。天花顶上几盏垂挂的彩色琉璃灯忽明忽暗，映照出的五彩缤纷光晕在我们头顶上盘旋。一位短发的年轻女歌手持着话筒正在深情歌唱，长发披肩的男子正在弹奏胸前挂着的吉他，吉他弦在他的拨动下发出清脆悦耳的乐章，他偶尔对着话筒唱几句和音，歌声在空间里荡气回肠。客人们有的在聊天、吃东西，有的在专注地盯着舞台听歌。舞台不大，摆设着架子鼓、钢琴等乐器，还有卡拉OK装备。

梓墨点了瓶红酒、几罐啤酒、一些食物和水果。她说："我们以放松的姿态闲聊，无所顾忌那样。"刘洋插嘴道："我们都来说真心话吧，由梓墨带头开始。"此时此刻，歌手的声音、其他桌的躁动、清吧一切的动静，我们都无暇顾及了，在热闹中取静，我们沉浸在五个人构筑的世界里。红酒在透明的玻璃杯里静静地散发着淡淡的葡萄味，煎鸡翅焦黄的颜色诱惑着人的食欲，三明治面包夹层里的食物若隐若现，看起来很美味的样子，水果上面还带着水珠，晶莹剔透，铁板鱿鱼淡淡的清香，煎牛扒散发着孜然粉浓厚的香味。

梓墨说，她喜欢的那个男人如果始终不接受她，公司扩展也无望，到时她就会把公司全权交给信得过的职业经理人打理，她独自一人或带上父母去国外旅居三四年，至少去三个国家，她要去接触不一样的世界、不一样的人，吃不一样的食物，过不一样的生活。她这么漂亮优秀，竟然也会有男人没看上她，拒绝她，这真的太不可思议了。感情，或许还真是青菜萝卜各有所爱，强求不来，强加不能。

冯主编说，他要回家陪伴年老的父母、老婆、孩子，还想与家里的老友们喝茶下棋，他打算年末就辞工，明年在他家附近随便找个地方上班或回单位，与家人厮守一起，不远行了。

英姐，她是认可“三十四十不富，五十六十走死路”这个说法的，她要趁现在还年轻多写稿，挣多点钱，尽快能在深圳买套房，安家落户，在闺女读小学时就接来读书，结束孩子留守的日子。之前她夫妻俩积攒的钱都花在患重病的婆婆身上了，现在要从零开始存储，她希望家里人都能健健康康，不要再生要花大钱的疾病了。深圳冬天不冷，她喜欢这样温暖的气候，又毗邻香港，去香港游玩方便，她看好深圳的发展。她的长篇传记年底就能完成交稿，到时还是要找工作上班，她不想专职写作，一天天待在家，不与外面接触，不但会与社会脱节，而且久坐少动还会把身体搞坏。梓墨坚定地表示，冯主编辞职时，就让她回来接他的班。英姐难以置信地愣住了，她肯定没想到自己运气会这么好……她感动得双眼含泪。

刘洋很内疚，因为他在年底也会辞工，回家过完年后就去北京混一段时间，然后再去上海体验一阵子生活，最后会在深圳、北京、上海这三大座城市选择其中一个定居。将来开家广告公司或画廊，又或专业画画，迁户口，结婚生子，买房。他貌似顽劣冒失，偶尔疯癫，没想到他心底里竟然有这番成熟男人才有的规划，让我们吃惊不已，看来人不可貌相呀！梓墨深有同感，她也觉得我们年轻人在二十六岁之前还没有确定职业规划的，就应该多点体验，多点感受，再做选择不迟。

至于我，千言万语都在心头，无法向外表述，如今岁月静好，一切皆我愿，皆我喜欢，或许我会一直待在梓墨公司，然而我知道经常有天马行空思想的我，是有可能毫不犹豫地抛弃舒适的日子，抛弃任何而远离的。刘洋从水果盘里捞出一块杧果块，不容分说硬塞到我嘴里，还嫌弃似地说："要不是看在喜欢你吉儿的笔名分上，我还懒得拿给你，吉儿姐，是吧？你就好好地一直陪着梓墨发展就好了，别东奔西跑了。我到时还会回来找你们聚的。"这家伙要起孩子脾气时，总是那么幼稚，但不讨厌。

刘洋去找清吧负责人，要求上台唱首歌。顾客就是上帝，合理不过分的要求当然会被满足。刘洋熟练地拿起麦克风，丝毫不怯场，镇定自若地说，这首歌送给我在场的四位好伙伴，谢谢他们一直以来对我的宽容和爱护。接着他朝着我们的方向鞠了个躬，他这举动来得太突然了，让我们猝不及防，也让我们为之震撼，没想到这小子竟然还有多情感性的一面。他放开喉咙唱了首大街小巷店里都爱播放的歌曲《心太软》，声音充满磁性，高音能飙，低音能沉，声情并茂陶醉似的演唱，让我们在场的所有人都深深地陷入歌声的意境中。这小子诸多的优点、技能，平时深藏不露，从来不随便说起，总是在机缘巧合时才显现出来，让我们见识到。他唱完下台时，噼噼啪啪的掌声瞬间响起，有人高喊："再来一首，再来一首！"这下把刘洋吓坏了，只见他低着头快速地跑回我们身边。他歌唱得好，长得又帅，完全可以往唱歌方面发展，但他似乎毫无兴趣以唱歌来谋生，只当业余爱好。

这家清吧以音乐节目吸引客人，来这里玩乐的一般都是喜欢音乐的人，遇到相同志趣的，大家总是有很多的共情。原先的歌手、吉他手再次上台，大家余兴未消，纷纷点唱同类型的歌曲《伤心太平洋》《花心》等，他们俩唱的与刘洋相比之下逊色多了。

我们准备买单离开时，清吧老板出现了，他说免单，邀约刘洋来做他店里的驻店歌手，他当然没有同意，梓墨结了账。我们走在街上时，已经是夜里十一点多了，没想到还是有那么多你来我往的人，深圳是不夜城呀，让我这个平时鲜少在晚上出来的人吃惊不小。来深圳的人越来越多，促使经济多元化发展，具备冲天腾飞之势，深圳的繁华昌盛早就提前显现了。

3

英姐、刘洋和我要去采访某公司的老板张总，他是梓墨的朋友，她说之前约过几次都没能成功，他总是很忙，日理万机，在全国各地和国外出差，要约他简直比签大单都难，这次终于逮到机会了。公司派车载我们三人先去张总布吉的工厂参观，下午才回张总罗湖的办公室采访他。我们提了几袋上一期的杂志带过去给他们。在车上，我和英姐都说昨晚刘洋才唱一首歌，不尽兴，让他再唱。他邪里邪气怪笑道："我唱歌那么好听，一开口就能让人陶醉，你们俩确定不会影响司机同事开车？"想想也是，我们便作罢了，改天一起去卡拉 OK，听他唱个够。

张总公司是一家规模很大的电子厂，国内外的订单都有，工厂在布吉工业区那边，总办公楼在罗湖，他两头跑。他是个在商圈里声名远播的人，若不是跟梓墨是好朋友的关系，他是没可能应承我们杂志的采访。

我们到达张总布吉的工业园区，大门一进去，是一座有亭台楼榭的假山，水自上而下循环滚动，像小瀑布，水声潺潺，鸟声阵阵让人恍若进入了大自然里。总办公室里的杨主任已经在风景秀丽的假山处等候我们了，他热情地带领我们一边参观一边讲解。园区分为两部分，里面几栋楼是宿舍区，有篮球场、乒乓球场、小商店和投影区，每周有三场投影免费观看，张总很注重员工休闲时间的消遣。靠近大门的几栋是厂区。茂盛的花草树木遍布整个园区，院落干净整洁，地上看不见一点垃圾，环境清幽。

厂区各栋楼各楼层都有大大小小不同的部门、生产车间、仓库、办公室。员工们都穿着统一的浅蓝色工作服，一个个精神抖擞，专注地忙碌着，动作娴熟，干脆利落，传闻张总公司福利待遇优厚，员工流动性非常低，基本都是老员工，看来不假。无论厂区还是宿舍区，都布置得井然有序，不见垃圾，厕所无异味，随处可见绿植花朵的盆栽，可见张总是个有品位、爱整洁、很注重环境建设的人。若是个邋遢的东家，他们根本不会有整洁的意识，通常对自己所处的环境要求也不会高，比较随意。

到了午休时间，杨主任领我们去饭堂品尝他们的餐食，这里已经人声鼎沸。全厂人员饭菜同出一处，跟规模宏大的港资厂差不多一样，亮锃锃的不锈钢分格盘，墙上挂着大电视机和几幅水果菜肴的油画，餐盘不用自己清洗。为了不扎堆排长队打饭，他们分了几个班次下班，每班相隔十来分钟。每个人都有一张专属的饭卡，一天三顿，每吃一顿就打钩一次。工厂所有人都是包吃包住，一分钱不用花。在工作日，饭堂每晚都有消夜，加班的员工凭派发的消夜卡免费吃。其他员工来吃，一大份只要一块钱，相当便宜。

看见大家一个个低着头吃得津津有味的模样，应该极其美味，我顿感饥肠辘辘。

我们三个和杨主任刚落座，就有工作人员把餐食送过来，果不其然，菜肴确实色味俱全，食材新鲜，米饭香，有韧性，非常好吃。我们几个人胃口大开，嘴馋得很，光盘了，一粒不剩。大锅饭、大锅菜特有的香浓美味，味道是家庭小分量的烹煮做不出来的。

如果不是杂志有采访项目，我都没有机会接触到张总，更不知道国内老板在深圳创办的大公司不输大型港资厂，甚至还更胜一筹。深圳招商引资确实厉害，难怪能蒸蒸日上，猛速发展。

午后，我们就回了罗湖，在张总公司会议室等候他回公司。没过多久，前台人员就领着我们去了张总办公室，他的办公室宽敞明亮，目测应有一百平方米左右，装潢气派雅致。落地玻璃窗两侧两盆跟我差不多高的发财树，枝繁叶茂，没有一片黄叶枯叶，片片丰盈翠绿。右侧发财树边上还有两盆已开花的盆栽，红色、粉色、黄色绽放的花朵争奇斗艳，在绿叶的衬托下，艳丽多姿。多层玻璃橱窗展示柜，里面摆放着一些电子元件、高档的玉石雕刻、几部细长砖头般厚的黑色手提电话（大哥大）。这些大哥大刚上市售卖时曾经卖到四万元一部，而后渐渐减低，三万、二万、几千元……直至后来在市面上销声匿迹。大哥大成为旧物古董收藏。手机里使用的镍镉电池当时一块能卖到上千元，张总的第一桶金就是卖镍镉电池这业务赚取的，靠着人生这首桶金他开了公司，生产各类热卖的电子产品，规模越做越大，他同时兼做其他贸易业务，成为一个拥有雄厚资金的大老板。大办公桌旁有个造型奇特、气势宏伟的大地球仪，我脑海里突然呈现他把玩地球仪的画面，那立于云端的神情，天地乾坤似乎都掌握在他手里了。我想，他应该是个在事业上有强大进取心的人。

我们落座时，左侧发财树那边竟然有人推门出来，原来画着山水城墙国画的那扇墙是一扇门，从外表完全分辨不出来，天衣无缝的工匠技术让人赞叹。他年轻英俊，气宇轩昂，肥胖适中，穿着藏青色的裤子，白色的衬衫，白色的运动鞋。他明眸皓齿，皮肤白皙，肉肉的高鼻梁，五官鬼斧神工般的完美，浑身上下冒出逼人的贵气。我们吃惊不小，原以为张总会是个发福的中年男人或老头子。“张总，他这么年轻呀！”刘洋小声地嘀咕了一声。坐在宽大的真皮沙发上的我，有点诚惶诚恐，无所适从，这是我有生以来的第一次采访，面对的还是个气场如此强大的人物，要不是有英姐和刘洋在，这会我恐怕找个借口落荒而逃了。

我们仨站了起来，张总客气地与我们一一握手，互相介绍，他软乎乎的手很温暖。英姐提问，他答，我记录，刘洋主要拍摄，也会帮着记录、提问。张总幽默风趣，睿智亲和，像老朋友般与我们交谈，谈起他的童年、大学校园里的趣事、创业初期的艰辛困阻……他年方二十九岁，未婚，公司就做得这么大，可见他的聪明、胆识、魄力不一般。

刘洋帮张总拍了几张全身照，到时选择一张最完美的刊登在杂志封面上，愉快地采访结束了，我们三人回公司复命。

我们返回公司，半道上英姐提前下车与我们分开了，她要回她住所了，明天她就不用上班了。我目送着车窗外渐渐远去消失于人海中的英姐，百感交集，人生何处不相逢，人生何处不分离，分分合合，人生常态。此时，炙热的阳光烤着大地，热浪袭遍身心，熙攘喧哗的人流，此起彼伏的摩托车喇叭声，仿佛与那天我来梓墨公司面试时的情形几乎一模一样，我恍惚失神了。

4

深圳书城很大，书也很多，文学作品、医学专著、儿童绘本……可谓应有尽有。深圳完全不是外地人传言的“文化沙漠”之地，而是处处充满学识智慧的地方，所以才撑起了深圳愈来愈多的高科技产业的发展，人们的生活水平也得以提高，越来越富有。

公司休息室里的书柜该增添新书了，我和梓墨前往书城去买书，对于我们俩来说，周末去书城就是消遣休闲，就是玩乐。由于是周末，学生很多，有幼儿园的孩童、小学生、中学生，还有身上有深圳大学标识的大学生。幼儿在花花绿绿的绘本柜前流连忘返，这本翻翻，那本翻翻，然后一一递给家长说要买。小学生、中学生买文具、学习资料的居多，大学生买工具类、哲学类、科技类的书比较多。有的人坐在墙角地上小心翼翼地翻阅，看完放回原位并不买；有的人挑选好了书直接去收银台买单离开，干脆利落。人虽然多，但大家都安安静静的尽量不发出任何声音，在书海里遨游，吸收各自需要的学识，谁都不忍打破这片沉寂的氛围。偶尔响起声音，循声望去的人很少，注意力都集中在书籍上了。我俩主要买中外文学作品，顺带购入几本行业专著和历史文献。我俩这次购齐了四大名著《红楼梦》《西游记》《水浒传》《三国演义》，这是我提议的。我觉得书柜那么大，放的书那么多，中国四大名著理应齐齐整整地摆列起来。文学没有国界，在吸收国外学识之前，同时也不能忽略我们自己的文化，甚至更需要加强，中国文化上下五千年，值得我们继承衣钵。梓墨另外挑选了几本英文书，她以及公司里的好几个员工都看得懂。

公司休闲区，这里有几张造型精致的沙发，一张圆形大茶几，一部饮水机和很多一次性杯子。我把新书一一上架，把之前的旧书归纳在一起。新书的油墨香特别浓厚清新，比香水、鲜花的香味好闻，我很喜欢。在书香里陶醉，在文字堆里看春秋，一个个的文字就如一个个鲜活的精灵，在和我对话，在和我做灵魂深处的交流。书中虽然没有黄金屋，也没有颜如玉，也没有风花雪月的玩乐，但我仍然以看书为乐。累了就趴茶几上或窝在沙发上打个盹，或浅睡一会儿，没有人会打扰我这个书迷。

冯主编说，书柜里陈列的书为公司点缀了书卷气，这也是公司的文化底蕴，以后公司规模再扩大时，可以考虑成立一个小型图书馆，供内部人员借阅。具有人文素养的人，人性坏不到哪里去，邪恶之事一般也做不出来，所以要培养员工的人文素养，于己于他人都将有益。梓墨当场就爽快地拍板同意了。

5

节假日，梓墨跟她朋友出去郊游时一般都会叫上我，有时也会叫上刘洋，而冯主编年龄较大，户外活动与我们玩不到一块，懒得来，英姐则要陪伴她丈夫。

我跟着梓墨他们爬梧桐山健身，在大自然里听听鸟鸣，看看山涧的流淌，在绿树繁花里沉沦。去弘法寺听梵音、钟声。繁忙操劳的深圳人，有时需要放下“时间就是金钱，效率就是生命”的执念，让人放松下来，心静下来。

梓墨又要去香港出差了，这次，我说要送她过关。我能陪她，她当然求之不得，开心得说要先请我去酒楼喝完早茶再出发。酒楼里，大家围坐一席喝早茶聊天的氛围，我感觉很温馨，挺喜欢的，所以我当然也是求之不得的。我俩的关系，谁跟谁呀！

我俩来到某酒楼，目极之处座无虚席，坐满了男女老少，有的桌是老老小小一大家子，甚至还有怀抱着婴儿的。服务员迎面走过来，他看看梓墨，沉吟了一会儿，似乎在思索什么，然后说里边有个包房，有一张大桌，打电话预订的客人是老板的朋友，他们没有这么快到。你们才两个人，肯定吃得快，你们先用着。我们毫不客气地接受了这安排，总不能白跑一趟，或换地方吃吧？

包房豪华气派、金碧辉煌，大桌确实大，至少够二十个人坐，按常理请重要的客人才需要这样的排场。在深圳，很多生意就是在早茶的桌上洽谈成功的，亲戚朋友之间的维系很多也是在早茶桌上加强的，毕竟人以食为天。梓墨让我紧挨着她坐，说我们俩就使用一小块位置就可，不要弄脏了其他的地方，免得服务员又要费心地重新打扫整理。她把桌面上多余的碗筷小心翼翼地集中摆放在桌子中央，把金色的花边台布卷起来一大半。服务员非常惊喜，连说几遍，美女真好，谢谢您的理解和关照！他还说这桌已被预订，让我们俩坐在这里吃，其实是违反酒楼规定的，他是冒着被批评的风险这么干的，但还好他没有看错我们！梓墨听了过意不去，起身说我们现在出去排队等位吧！他赶紧说："不用，我不会被批评的，因为我是这里的老员工，跟老板熟络，到时说明这一切就可以了。"

梓墨知道我的口味，知道我喜欢吃什么，所以无须客套问我想吃啥，直接点就是了，凤爪、叉烧包、蒜香蒸排骨、虾肠粉、皮蛋瘦肉粥等陆续上桌，我们俩尽情享用着。

罗湖口岸联检大楼，庞大的建筑让我觉得我很渺小，很微不足道。双层罗湖人行天桥，上层为出境处，下层为入境处，桥上人流涌动，梓墨随着人群上了桥，一步一台阶，只身一人往对岸香港奔去，她偶尔回头迅速地朝着我的方向望一眼，我在桥下目送着她渐行渐远。随后，我走到岸边，望着对岸不远处的香港，这一瞬间，我产生了很多的遐想和憧憬。

次日，梓墨把从香港带回来的零食都拿来与我们一起分享，我尤其喜欢吃丹麦原装进口的蓝罐曲奇饼，酥脆韧性，黄油奶油香味浓厚，五种形状，口感不同，镶嵌着黑提子和上面沾有白糖的这两种口味我最爱吃，百吃不厌。她还帮冯主编买了一些药物、药油，这药油好像万能一样，啥都能治，肩周炎、颈椎病、风湿性关节炎、骨质增生、跌打损伤、腰腿痛……具有神奇的药效。编辑部办公室在公司最靠里边的尽头位置，若无公事相访，公司其他人员一般不会随意越岗来我们这边，在他们看来，编辑部应该是个需要保持清静的部门。事实上，我们时常打闹，当然是在临下班和刚上班时，在外头办公室的他们根本看不见，也基本听不见罢了。对外，我们与他们的福利是一样的，但梓墨私下给予我们的好处，他们是得不到的。梓墨视我们几个人为知己，平等友好地相处，一起出去玩乐，一起诉说心事，这友情难能可贵。

6

编辑部有一篇来稿，事迹写得非常感人，冯主编觉得选题不错，决定刊发，但又担心描写的那些隐私是真实的，刊发就会涉及个人的信息，他想联系作者问清楚，可这作者只留了工厂地址，没留电话，估计不是办公室的工作人员，没有电话使用的。

我跟刘洋按地址找到了那家生产电子元件的工厂，向门卫打听，他们直言工厂那么多人，他们哪能全部认识。我们拿保安亭里的内线电话机拨通了人事部的电话，请求他们查找，接线的女子很爽快地答应了。没多久，她打来电话说是有这个人，是质检部门的质检人员，但他已经辞职离开工厂好多天了，无法联系到他了。

这篇散文写得太真实了，里面的事迹值得颂扬，值得公布出来让大家学习，但是联系不到作者，也只能弃之，冯主编显得很痛惜。

类似这种遗憾收场的事情，曾经也有发生过，当时手机还没有普及，更加没有互联网，让有些人错失了很多机遇。

在编辑部度过的这段日子，是我人生中最为充实快乐有意义的时光，在这里收获了友情，见识到了不一样的广阔天地。

魅力深圳

在祖国的南部，有一座日新月异、以科技创新发展而举世闻名的国际化大都市，这就是深圳，别称“鹏城”。1979 年深圳市成立，1980 年 8 月 26 日深圳经济特区正式成立，这光荣的时刻就此成了深圳的生日，一个城市有响当当的诞生日，值得深圳人千秋万代纪念的伟大的时刻。

深圳，是我国改革开放建立的第一个经济特区，我国改革开放的窗口，我国特色社会主义先行示范区，也是粤港澳大湾区四大中心城市之一。作为带头的引领人，深圳以身作则，不负众望，不负国家的嘱托，开荒拓土，勤奋耕耘，总是以开放、创新、包容的发展理念迎来一浪高于一浪的成就，昂然屹立，坚韧挺拔，成为超大城市。创造了三天一层楼举世瞩目的“深圳速度”，“时间就是金钱，效率就是生命”的号召力享誉全球。深圳，有花园城市、设计之都、创客之城、钢琴之城等诸多的美誉，随着岁月的递增，深圳不曾停滞不前，不骄不躁，大家齐心同行，与梦想同行，假以时日厚重的荣誉一定会越来越多！

深圳市委大院门口屹立着一头名为孺子牛（别称为拓荒牛、开荒牛）的牛雕像，重4吨，长5.6米，高2米，基座高1.2米，庞大健壮的身躯，头抵地面，四脚用力后蹬，拉着身后一堆腐朽树根，肌肉绷紧的线条似在发力奋力一搏往前冲，体现了深圳特区铆足劲儿埋头苦干、往前拼搏、废弃劣根的精神，俯首甘为孺子牛。对于深圳，拓荒牛的精神永不过时，敢闯、敢搏、敢试，令深圳到目前创造了多达上千项的全国第一，如：建立第一家城市水务局、第一个发布气象灾害预警、第一个建立商品房小区、第一个取消粮油食品凭票供应制度、第一个土地使用权公开拍卖……诸多的第一持续，蒸蒸日上，迈向国内外，成就了深圳的辉煌。

来了就是深圳人！深圳是海纳百川的城市，原住居民以客家人居多，他们以平等客气的胸怀接纳所有的外来者，大家愉快和谐相处。而来自于五湖四海的新深圳人，千里迢迢从各地奔赴聚集此地，不同的语言、不同的习俗、不同的习惯、不同的文化水平、不同的教养修为，那么多的不同，大家互相适应，彼此不排斥，互相融合在一起工作生活。跨越千山万水远渡重洋来到这里的外国人，他们也喜欢深圳的壮美、深圳的制度、深圳的美食等，他们多数也能把普通话说得顺溜得体。深圳与世界没有距离，包容大度。

来了就是志愿者！深圳是志愿者之城，到处都有穿着红马甲义工服的人，小到学生，大到老年人，他们在各个岗位为市民义务服务，无怨无悔。他们摆放路边的共享单车、指挥十字路口的交通、指引地铁高铁机场的道路、清理路边障碍物、帮扶孤寡老人……为所有需要的人而时刻准备着，他们的热心肠、公益心温暖着这座城市，他们的汗水洒满深圳每个角落。送人玫瑰手有余香，他们同时自身也获得了各种体验，丰富了生活，愉悦了心情，换来了身心的健康。

政府免费公益性培训的课程非常多，水电、化妆、面点、卤菜、家政服务等，让有需要的人学有所成，可以再就业，也用学来的实用技能照顾自家父母和小孩。学到老，活到老。为丰富人们的业余生活，以及提升人们的素养，各个社区公益培训和讲座同样多，葫芦丝课、瑜伽课、歌唱课、舞蹈课、书法课、国画课、中医按摩课，各种疾病的预防和治疗等讲座……学以致用，让生活更加充实健康。还会时不时地组织公益活动，如适合儿童学习的课程以及活动，还有成年人的微型跑步比赛、爬山、老者茶话会和集体生日庆祝会等，只要人们有需要，政府就会尽力给予大家服务。生活在深圳的人都有幸福感和归属感，来了就不想离开！

出门就有商业，生活便利，休闲玩乐的场所适合各年龄阶段，男女老少物质和精神上的需求都能得到满足，正所谓物质丰富、精神富有。深圳是热带季风气候，没有冰天雪地的极寒冬季，也没有让人想裸奔的高温夏季，气温怡人，使人舒适自在，这样的天气让很多遭受寒冷或高温的外地人极其向往，这也是吸引他们义无反顾奔来深圳的原因之一，也是他们离开熟悉的故土奔赴新环境、接触新人的契机，从而心安理得地告别亲人，可谓天时地利人和。

深圳是有山有水的城市，山多海多，如一望无际的大梅沙、小梅沙等；连绵雄壮的梧桐山、七娘山、笔架山等；还有青年男女喜欢去游玩的与大海接壤的浪漫之地：校场尾、杨梅坑、玫瑰海岸、深圳湾公园等，这些美丽的大自然风光以及人力加建的高雅美景，青山绿水，野趣十足，充满情爱、友爱的意味，利于维系情感，让人心神驰荡、心生欢喜。

深圳是美丽的花园城市，处处有景致造型，处处有美景，路边的花草树木五彩缤纷，争奇斗艳，焕发着抖擞向上的精神，把城市点缀得春意盎然、生机勃勃。深南大道，一条人文景观大道，一路光彩夺目的繁花似锦，中间的绿化带里每个路段都有不同的造型图景，应用了城市美学、生态学等设计理念，令人震撼，既美丽又壮观。这里还经常更换新品种的鲜花和新样式的图景，彰显深圳日新月异的繁华特色。无论开车还是骑行的人，一路美景入眼，令人赏心悦目，让人流连其中。美好的事物，总是让人向往，让人喜爱。

深圳还是公园之城，直至目前公园总数就有一千二百多个，大大小小的公园分布在深圳各区，除了常规化的公园以外，另外还具有其他特色的公园，比如人才公园、足球主题生态体育公园、有动物玩耍设施的动物公园等。注重人才的深圳，把每年的11月1日定为深圳的“人才日”，建设人才公园也就名副其实了。毗邻居民住宅区的社区公园更是承担着市民日常休闲娱乐的作用，里面除了有漂亮的花草树木的绿化带以外，通常还会有小孩大人玩耍的天地，各种运动器械、乒乓球台、广场舞用地、下棋的桌椅等。一年四季，春夏秋冬，深圳的人们都生活在这样既能愉悦心情又能健身的环境里，何其幸运！

居于城市腹地的莲花山，位属于深圳市中心区，山顶广场中央矗立着改革开放总设计师邓小平的铜像。人们在这里拍照留念，他在每个人心中都有不同的非凡意义。这里能俯瞰到山下市中心区（福田区）全景，也是市民中心广场夜晚灯光秀全景的最佳观赏位置之一，含动画效果放映的灯光秀在栋栋楼宇间呈现，场景美轮美奂，场面震撼，人们目不暇接，大饱眼福，视觉的享受让人们深深陶醉于其中。莲花山还是举办市花簕杜鹃展时的场地，漫山遍野绽放的簕杜鹃花，其多姿多彩的美艳让人惊叹。人们在花间漫步，日常的烦心琐事瞬间烟消云散，随之而来的愉悦幸福感觉无与伦比。

前海石公园也是别具一格，前海石是一块巨型黄蜡石，高约 2.8 米，宽约 2.1 米，厚约 0.65 米，造型宛如扬帆起航的模样，矗立在公园之间，前海石公园就是以这块石命名的。在这里听风看海，还可以清晰地看到处在宝安中心区地段的湾区之光——摩天轮。扬帆起航的模样赋予的含义是再出发，继续前行，书写传奇！

深圳全域城市化，大家都享受着都市里繁华的生活。有充满人间烟火的城中村，也有新颖伟岸的摩天大楼，599.1 米的平安国际金融中心、441.8 米的京基 100 大厦、392.5 米的华润大厦、383.95 米的地王大厦等。华润大厦的形状像春笋，所以别称为春笋大厦，但其实远望更多人觉得像颗子弹，雄伟壮观。不久的将来，一定还会有直耸云天的更高的楼宇出现，到时若能打破航空限高的要求而建，指不定有望高过赫赫有名的迪拜大厦（哈利法塔），拭目以待它的横空出世。

深圳人上班努力干，业余时间则花样享受可以按需参与丰富多彩的各类活动。喜欢运动的，可以参加政府委托社区组织或各单位组织的体育活动，如篮球、跑步、乒乓球、飞盘比赛等，让你在运动里飞翔，青春焕发。喜欢文艺的，经常有公益演出观看，还有各类培训、讲座，让你性情柔和，陶冶情操……深圳人的生活海纳百川，多姿多彩，可以活出自己的个性，活出各自的精彩。

腾讯、华为、大疆、迈瑞、比亚迪、顺丰……这些蜚声海内外的知名企业就在深圳，让深圳人引以为豪，他们不但为深圳创造了非同一般的经济，同时也保障了深圳人的就业，让更多的人有份好工作。前海深港现代服务业合作区、南山科技园、河套深港科技创新合作区、中国（广东）自由贸易试验区、福田保税区、前海湾保税港区等，所有这些也是深圳经济年产值居高不下、飞黄腾达的缔造者。新时代深圳精神——敢闯敢试、开放包容、务实尚法、追求卓越，这十六个字是对深圳人的认可以及鞭策。

深圳政府注重教育，注重孩子们的培养，对学校的扶持从来不敢松懈，孩子们是每个家庭的希望，也是祖国的未来，家国息息相关，不分离。在符合人性化教育的基础上，学风严谨向上、创新进取。学校众多，遍布每个区，不管是公办学校还是民办学校，都具有美丽整洁的环境，一流的教学设备，还有优越的高素质教师团队。很多外地人拖家带口来深圳，除了冲着深圳发达的经济，还有就是冲着深圳优质的教育来的。深圳以“教育成就民生幸福，教育决定城市未来”的教学理念推动了教育的不断完善，一年比一年好。深圳是现代化的国际大都市，具有国际视野，所以与国际接轨，创新了与国外合作的国际学校或国际班，让孩子有机会有渠道通往世界，开阔学习视野，知识无国界，促进海内外学子互相学习交流。

深圳交通发达，地铁站、公交站遍及各处，还有众多的网约车、出租车等的运营，人们出行方便，任何时间段都无须担忧无车可坐。深圳地铁纵贯横穿，所有站点都配备有急救的自动体外除颤器（AED），覆盖率目前居全国第一，为人民群众生命护航，让市民出行安心，不用担心万一意外发生时而手足无措。地铁站以及地铁上都干净整洁，地上不见任何垃圾，人们上车落座时普遍互相礼让，不争不抢。地铁一路无须等待红绿灯，也不会有堵车的抓狂，快捷速达，所以是深圳人出行首选的交通工具。为了让自己和家人过上优越舒适的生活，深圳人民孺子牛般勤劳、务实、耕耘的精神适时体现出来。大清早地铁第一班车就已经有很多人乘坐了，这些人有的赶着到深圳机场坐飞机出差，有的赶着去上早班，大家都趁着身体还有干劲，多干活，多收获，为当下，也为将来。夜晚的末班车，下班的人群和逛夜市的人们，纷纷急着搭乘赶回住所，万家灯火的那扇窗、那张床是大家休息、安放灵魂的地方。

深圳对天灾人祸的急救能力远超很多的大城市，麻雀虽小却五脏俱全的小型消防救援站目前就达到四百多所，遍布深圳社区，起到五分钟就能到达救援目的地的作用，时间就是生命，与灾祸抢时间。在人多车多的深圳，堵车是难以避免的，如今解决了之前可能遇堵不能快速到达救援地的问题，更大力度地保障人民生命财产的安全。三十年前的 1993 年 9 月暴雨，深圳罗湖曾经被水淹，2023 年，同样在 9 月，7 日傍晚到 8 日上午时，受台风“海葵”残余环流、季风和弱冷空气共同的影响下，深圳下起了超历史纪录的特大暴雨，造成罗湖、龙岗区部分地域被水淹的紧急情况，消防部门及时赶到救出了很多人：从一楼凿通地面救出地下室被困在货物架上的人员、背行动不便的老人和儿童到达安全地带……如果没有他们及时的救援，后果不堪设想。参与救援的力量当然还有其他相关单位以及民间组织，深圳力量团结一心。深圳迎难而上，面对这次打破纪录的特大暴雨，8日下午除了小部分严重积水的区域还没来得及排水处理以外，其他被水淹的地方交通都恢复了，再一次印证了神奇的“深圳速度”——快、准、狠。有一天，一位男游客在未开发的高山片区游玩，失足坠落到悬崖峭壁上，上天入地都没有着落点的地方，这种极端的事故，深圳却不畏艰难，爱护每一个的生命，先用无人机找到掉落者，再出动直升机定悬在空中，把人救起来了。

科技创新的深圳，让人感觉无所不能。科技的发展不止能让人们在生活工作中越来越得心应手，还激活了经济的创收，且还能救人一命。

深圳向来喜欢人才，如今对人才的输入要求更高了，高中以上的学校老师、公务员、医生、知名企业从业者普通都要求研究生毕业，若是名校出来的入职机会更大，行业精英和海归硕博研究生，他们的入职机会同样优先。

魅力深圳，是全国各地、海外游客喜欢来旅游的地方，壮观的著名景点非常多，世界之窗、锦绣中华民俗村、东部华侨城、玫瑰海岸、大梅沙、小梅沙、欢乐港湾、甘坑古镇……每天都迎来八方来客，熙熙攘攘，点缀了深圳这片本就繁华昌盛的热土。

改革开放是强国之路，深圳将继续埋头奋力一搏创造传奇！

闪耀的河套深港

深圳很大，大到让人不可能在每一个地方都留下足迹。在一个阳光明媚、天蓝蓝的慵懒休闲的秋日，随着众人进入深港河套区域，眼见之处并没有看到住宅区，都是科研机构和企业区域大楼，由于是周末，工作人员休假期间，加之又在上午时分（深圳的上班族在节假日休养生息，早上爱睡懒觉，诸多事一般都会安排到午后进行），宽阔平坦整洁的街道上除了我们一行人，几乎没有看到其他人，显得有点冷清，与紧邻的住宅多、居民多而热闹非凡的福田中央商务区不同。车少人少的缘故，这里的天地显得更加广阔，让人心旷神怡，这一瞬间竟然让我产生强烈的柳暗花明又一村、悠然见南山、巧遇世外桃源的这些感觉，很奇妙，很美好。道路两侧郁郁葱葱的植物茂盛，簕杜鹃花有粉色的、红色的、淡紫色的，每一种都傲然绽放，挂满整个植株，秋风起，花枝摇曳，绚丽多姿。

何为河套？相信好多人都不知，或者一知半解。从字面上解析，泛指河流弯曲围成大半个圈的河道，另外这样的河道所围成的区域也叫河套。

河套深港不是天然的，是人为修造的。主要缘由1993年9月深圳大暴雨引起罗湖水患灾情以及香港相邻片区发生的水患，痛定思痛后，在1995年至1997年期间，香港与深圳为彻底圆满地治理水患，共同开展河流防洪排涝的工程，将界河到深圳河的河床裁弯取直后就形成了“新土地”，河套就此诞生了。南侧靠近香港那边的区域用泥沙填平，形成了约0.87平方千米大的区域，即落马洲河套；北侧是由福田保税区和皇岗口岸片区连片形成的，约3.02平方千米的区域，两地就此形成了河套深港。

2017年，香港、深圳两地通力合作，把这南北两侧总共3.89平方千米的地区定位为“河套深港科技创新合作区”，让3.02平方千米的深圳园区和0.87平方千米的香港园区，形成“一河两岸，一区两园”的格局。2019

年时，随着国家《粤港澳大湾区发展规划纲要》《中共中央国务院关于支持深圳建设中国特色社会主义先行示范区的意见》的发布，粤港澳大湾区核心地带的河套深港与香港科学园等创新板块形成半小时的科研圈，与广州、东莞、澳门一小时的产业圈，其得天独厚的优越地理位置，交通便利，因此顺势上升为国家重大战略平台，成为粤港澳大湾区唯一以科技创新为主题的区域，承担国际科技创新和成果孵化的职责。目前，深圳园区拥有大批海内外院士及高端科研人才，国家重大科研平台、香港高校科研机构、世界500强研发中心等几百家科技产业进驻。

小河套，大能量，召集了各路高科技人才汇聚在一起，团结一心，共同发力，为国家为千秋万代的世人创造出更多新型的科技产品，让我们活在科技包围的安定生活里，心情愉悦，健康舒适，这让我想起“小河弯弯向南流，流到香江去看一看”这多情唯美的倾诉。

“河套深港科技创新合作区”这十一个耀眼的大字就屹立在路边独立的绿化带上，非常醒目，强烈地吸引了路人的眼光。从这里进入，很快就来到了长富金茂大厦1号楼21层的“粤港澳青年创新创业工场”办公室，

“奋斗是青春最亮丽的底色”“让理想信念在创业奋斗中升华，让青春在创新创造中闪光”等励志语录高高挂在墙上，时刻鞭策着年轻人鼓足干劲，不懈怠，不轻言放弃。青春，无敌的青春，人一生中最好的年华，精力充沛，头脑灵活，身体机能完好，凭着一腔对人和事热烈的情感，不随意瞻前顾后，敢于创新尝试，朝着正确的目标，拧一股劲，毫不顾忌地往前冲，往往能事半功倍。

粤港澳青年创新创业工场是粤港澳青年创业的摇篮、孵化基地，对港澳粤创业的年轻人（尤其是刚毕业的大学生）进行指导、扶持等，给予他们优待的条件非常多，有免费居住一段时间的青年驿站和港澳青年人才公寓，有创业团队实习生的补贴等管家式的贴心服务。大家同根同心，友好交往，互惠互助，齐心共同发展。目前这里孵化研创成功的芯片已经获得国内外大企业的认可，前景一片光明。在孵化企业中创新的生命健康科技、产学研区、人工智能、数据科学区、新科技先进制造区等均战功赫赫。目前，已经累计产生了几百项知识产权和几十个有港澳背景的团队，无创血糖检测、雾霾穿透仪、电子设计自动化（EDA）工具、智能物流及耐高温的环保可降解材料、智能语音识别等多项技术达到国际一流水准。

洁净的落地玻璃窗，我们推窗远望，视野宽阔，一望无垠，能清晰地眺望到不远处的香港落马洲、米埔、元朗以及皇岗口岸（车辆专用通道）、福田口岸（人员专用通道）。不久的将来，河套深港商业隔河对接，人们你来我往，熙熙攘攘，繁华盛景可想而知，近在咫尺的大好位置是其他地方不能比拟的。

为丰富粤港澳创业人才以及外资企业家、各科研机构专家等的业余生活，河套深港科技创新合作区会定期举办一些有意义的活动，如国际创业大赛、学界高端论坛、微型马拉松活动等，多样化的体验，让在这里的人们在工作上取得成功的同时，还能在生活上获得满满的愉悦、充实、幸福感。

河套深港科技创新合作区，是深圳的河套，更是世界的河套，高科技产品迈向全球，期待这里能成为国家科技与世界科技接壤的地方，非同凡响，飞黄腾达之时指日可待！

烟雨梧桐山

人间三月天，无论哪一天都是大自然风光秀丽、璀璨耀眼之时，气候宜人，不冷也不热，所以人们喜欢在这个时期相约户外踏青，三三两两左右相随，或一群人前呼后拥。甚至还可以一人背上个小型双肩包，带上一些干粮和饮用水独自去游山涉水，途中也可跟随偶遇的游人相伴而行，无须认识交谈，自顾自地看自己的风景，做自己的事即可。当然，若你是个热情奔放自来熟的人，也可与他们一路谈笑风生，在饭点时坐一桌聚个餐，再互加个微信，说不准还能因此进个吃喝玩乐的驴友微信群，以后参与更多的户外活动。相逢何必曾相识！

都说踏青能带来好运，归根结底就是在游玩的过程中产生了愉悦的心情，让人有了豁达开朗的思想境界。一瞬间，万事皆可谅解，万人皆看得顺眼，所遇之事便自然而然都觉得顺心顺意了，好运的感觉便由此而生。有个好心情，一切都会好。

为不负春光，3 月中旬的某天，深圳户外微信群里的户外达人张哥将率领我们前往梧桐山万花屏欣赏正在盛开的毛棉杜鹃花。虽然天气预报说当天会下雨，但众所周知，南方深圳这时候的季节下一整天雨的情况极少见，通常都是短时阵雨，且一般都在夜间凌晨时间段下，天亮时，天气放晴，见阳光或阴天，完全不会影响原计划的出行。今儿，早上出发前，出其不意地下了三四分钟不见雨点的飘雨，之后形成了有雾的阴天。我们各自从居住地出发，11 点在梧桐山北门牌坊不远处的茂仔村某小院集合。集合时间之所以比较晚，张哥主要是想着大家不用早起赶时间，睡多一点，精神才能饱满，不至于有人会因缺觉造成路途中头晕目眩等其他身体不适。

梧桐山是国内罕有的位于市区的自然风景名胜区，以滨海山地和自然植被为景观主体，是深圳最高的山峰，素有“鹏城第一峰”之称，横跨罗湖、龙岗、盐田三区，毗邻仙湖植物园。这里常年游客众多，慕名而来的外地游客，以及日常来登山休闲或健身的深圳人。

我从宝安乘坐地铁出发，到达集合点不到11点，大家陆续风尘仆仆地从各区赶来小院集合，罗湖、福田、龙岗等区域的都有，张哥与好几个人是老相熟，一见面就寒暄不停。张哥家的小狗乖乖摇头晃脑地在我们脚边蹿来蹿去，在每个人身上都要蹭几下，好像让我们身上都留下它的味道一样。它通体白色，毛发修剪得整齐有型，温顺，不吼叫，不咬人，不追人跑，毛茸茸的小脸一直扬着笑意，快乐的模样更使它人见人爱，我们时不时地呼唤它、逗它玩。乖乖是一条资深“驴友资深狗”，日常习惯伴随驴友张哥出游，跋山涉水、与陌生人交往对它来说小菜一碟。张哥为户外活动下了血本，车上备有千斤顶、轮胎扳手、充气设备、车尾垫、干衣机、折叠水桶脸盆、折叠箱子、车载烧水壶、车载马桶尿壶、帐篷……就连八千多块钱的户外电源也备有，自驾游的装备之齐全，有你想不到的，没有他准备不到的。

此小院其实就是一大块空地四周用篱笆围起来搭建的简易院子，用质量上乘能抗风雨的钢板作为屋顶，边沿种上一些垂直向下生长的绿植藤蔓，再用一年四季基本都会开花的植物来点缀，让外景生动美观。院内屋顶错落有致地挂了几个垂直向下的竹筒花束，十来根挂满绿意倾泻而下的藤条。院内中间位置摆放了一张很长的空心木桌子，可以坐约十二人，桌面是透明的玻璃，下面空心之处摆放了很多精致小巧的鹅卵石和稀奇的乡土小物件。院子整体随意不修边幅的装饰，充满着浓浓的乡土艺术感，颇有建设者的独具匠心。靠里边有个落地的火炭小炉子，上面正烧着一壶炭烤茶叶水，一名男工作人员从红通通的炉里提起陶土壶，烧好的滚烫的茶叶水散发出阵阵的清香，在空间弥漫开。他为我们每人倒上了一杯，杯子是冲泡工夫茶的那种小杯子，茶水浅黄色，清澈透底，喝一口，清甜可口。

等所有人全部到齐了，我们所有人便去隔壁农户自建房里的小餐厅吃泉水走地鸡火锅，号称喝山泉水长大的鸡，口感确实滑嫩鲜美，蔬菜是农户早上从菜地里采摘的，吃起来味道确实与菜市场买的有些不同，有农家菜的原味。我们各出各的费用，一起开心出游，无经济上的纠纷。

中午一点左右，张哥便领着我们十来人浩浩荡荡地出发了，走的路是他探索出来的羊肠小路，到万花屏的捷径。山路不算陡峭，有些地段有点湿滑，但不足以使人摔倒。我们都穿着登山鞋，手持伸缩登山杖，唯恐走失，我们一个挨着一个跟着张哥乖乖后面走。这条宽度只能容纳一个人走的小路，原来应该是遍布荆棘的，只是走的人多了，就踩出路来了。乖乖很聪明，它有强大的安全意识，它会沿着我们走过的路线不紧不慢地跟着走，一般都跟在张哥后面，像忠诚的卫士一样守护着它的主人。偶尔没跟上，它很快就会插队从我们双脚中间小心翼翼地钻过，到张哥身后。乖乖是一条充满智慧的狗，仿佛有人的思维能力，只是不会人的语言。一群人，一条狗，在高山密林里行走的风景很温馨，很美妙。万物皆有灵，在无边的宇宙空间里各自以不同的物种，不同的姿态存在着。

山上突然下起了像烟雾那样的细雨，果然山中天气多变。我们并没有感觉到有明显的雨滴，无须躲雨，其实也无处可避，林间小路上是没有亭子的，只有林木、荆棘、花儿这些大自然的产物。没一会儿雨就停了，瞬间，漫山遍野有层层叠叠的雾气在流动，像翻滚的云海，放眼望去烟波浩渺，白茫茫一片。张哥喊："哇，烟雨梧桐哟，难得的奇遇。"经他这一喊，我们立刻兴奋起来，有位大叔张开双臂放开喉咙"啊啊啊"地呐喊了好几声，似乎想要把整座大山拥抱在怀里。沉默的大山被惊飞的鸟儿和我们吵醒，生机勃勃地散发着它隐藏着的博大生命力，我似乎能感觉到大树们吱吱往上拔高生长的声音，花儿含苞怒放的裂变声。远处的景物若隐若现，眼前的倒是清晰可见，花草树木的叶片上沾上了雾水，手轻轻一抹，叶片立刻不蒙灰了，叶脉清晰干净。鲜嫩的花蕊、花瓣上的水珠晶莹剔透，因为湿气的侵袭，散发出来的植物清香扑鼻。眼前时不时地出现万绿丛中一点红的美景，还有不知名的野果、野菌菇，大自然的万物太神奇了。烟雨朦胧，如梦如幻的梧桐山，简直就是人间仙境，置身此山中，大家情不自禁不断地发出“哇，好漂亮呀”的惊叹声。“燕子不归春事晚，一汀烟雨杏花寒”“南朝四百八十寺，多少楼台烟雨中”，古诗里描述的烟雨也不过如此。如今的梧桐山烟雨更是美哉，让人优哉。我们在林间花间穿行，沐浴在雾气里，吸取大自然的灵气。有人欢声笑语，有人高歌，有人对着大山呼喊，所有声音都在空旷的山间里回荡。平日里的凡尘俗事全都被我们抛之脑后了，如今我们满心的轻松愉悦，在烟雨中肆意地享受这淋漓的快意。

队伍里有三个男孩子，两个读六年级，一个读初一，他们走在我前面，不时地转过头来鼓励走不动的我，让我不要懈怠，要我一鼓作气地跟着走。他们稚气的脸蛋、天真烂漫的笑容、坚韧的性格完全感染了久未登山、体力不足的我，让我大受鼓舞，使我在接下来的路程中毫无疲惫之感。一个中年人让孩子来鼓励，说来惭愧，是我平时不锻炼不健身的后果、懒于运动带来的后遗症不可估量。

行至半山腰平地，我们停下来歇息，烟雾里湿漉漉的空气，让人身心滋润，大家都不觉得口渴，但张哥还是建议我们喝点水补充下能量，哪怕就几口都行。我们各自都带有功能性饮料，脉动、宝矿力水特、佳得乐、红牛等，当然也有纯净水或矿泉水。我带的几块巧克力和红豆芝士吐司当零嘴分给了那三个男孩吃，他们甜了心头、饱了腹，心满意足地分别跟我道谢了几次，都是有感恩之心的好孩子。年纪大的男孩说："这山里的雨雾好像电视剧《西游记》里天上神仙住的地方一样，云雾缭绕的，好美呀！"说完，他做了几个挥拳舞棍的招式以及孙悟空经典抓耳挠腮、翘首眺望的动作，惹得大家发笑。

我们继续攀登高峰，一路烟雨时下时停，气候凉爽怡人。若起山风，雾气便快速流动起来，排山倒海般，阵势浩大。不久，又走进一片平地，此处路边有山溪流淌，水声潺潺，还有小瀑布，水流倾泻而下，震出哗啦啦的水声，悦耳动听。大家嬉水、拍照，摄影爱好者变着法子拍个不停。而我向来的惯例，从不多拍，每到一处，会选择比较有代表性的景观拍上张风景照，偶尔再让别人帮忙为我自己拍一两张。山溪水清澈见底，我蹲下身洗手，冰凉冰凉的，双手掌心并拢托了一手心的水洗脸，顿时神清气爽。若不是担心可能有肉眼看不见的寄生虫，我真想喝上几口。山溪边上的土坡有棵大树，乖乖跑过去靠着树桩翘起一只后腿拉了一泡尿，随后乐呵呵地回到张哥身边，依附在他腿边张着嘴安静地瞅着我们，没来打扰我们任何一个人。我发现这是一棵具有“枝繁叶茂、苍劲挺拔、荫泽后人、造福一方”精神的榕树，乖乖功不可没了，一泡尿可作天然肥料。

同行的一位老哥在一边与人聊天说，他曾经用一小时不到的时间从山底快走，一口气到达梧桐山好汉坡大平台，而他有个更厉害的朋友，用时不到四十五分钟，惊得我们质疑他是不是夸张了，或者记错时间了。张哥说，他有个忘年交的朋友，八十二岁了，还能不显疲倦地登到好汉坡，而且中途不休息，不补充水分和食物。好汉坡是梧桐山主峰的一个景点，海拔七百六十米左右。真是一山更比一山高，强中自有强中手，这些上了年纪的健将行动如此敏捷，必然有个好身体，想必是越运动越健康了！想想自己慵懒的状态，弱不禁风的身体，我无地自容了。

我们这次没有安排去好汉坡，主要是来观赏毛杜鹃的，毛杜鹃盛开是有季节性的，这个时候就是最佳观赏期之一。

羊肠土路走完，就到达万花屏廊桥了，这里人声鼎沸，游人众多。我们的队伍不再统一行动，大家各自根据自己的兴趣爱好游玩。旁边就是盘山公路，回程随着人流步行沿途下山即可。

梧桐山，山高，雾大，恰好适合孕育喜凉爽湿润气候的杜鹃花。一支独放不是春，百花齐放春满园，万花屏里的毛杜鹃绵延一片，繁花锦簇，竞相开放，一朵朵簇拥着，争奇斗艳，蔚为壮观。大家在花树下闲谈、拍照，手机、摄像机拍照发出的声音此起彼伏。一位披着长发的清瘦美女站在台阶上摆着姿势，她穿着古装戏里皇家女子穿的那种拖地长裙，前身裙摆刚好着地，后面裙摆目测应有几米长，拉长平摊在地上，男子摄影师不断地左右前后来回移动，换着方位取角度，咔嚓咔嚓对着她拍个不停。

烟雨被茂密绽放的毛杜鹃树遮挡了，抬头见天的地方才能感受得到。有些成熟的杜鹃花朵正急促地往下坠落，这凄美与朦胧的烟雨组合在一块的画面意境实在太美妙了，我无法用言语来描述。

身边一个中年大姐，她不断地弯腰捡拾地上仍显娇艳且完好的花朵，小心翼翼地放入一个大红色塑料袋里，袋里放着一个小花篮。她说要把落花带回家，还能多欣赏三两天，枯萎了再扔掉。如此爱花惜花的情怀，让人惊叹！

万花屏山青、杜鹃美、人美，情景交融的场面，闲情逸致相聚的欢乐，让我们久久恋恋不舍，不愿离去。

夜晚的梧桐山会有野生动物出没，有人曾经见过猴子、狐狸、野猪等。为了安全起见，我们不得不下山，必须要赶在夜幕未降临时到达山底下。所有人下山都会走有路灯的宽敞盘山公路，不会再走来时的丛林土路。

梧桐山上有烟雨，
像烟又像雾。

苍茫一片山花现，

人在花下，

乐开怀。

山下，高楼林立，车水马龙，万家灯火渐渐亮起，人间另一种繁华等待着你、我、他！

古镇甘坑客家情

我知道甘坑古镇是在微信朋友圈的九宫图里，她们穿着长裙、旗袍、汉服、民族服饰在巷子里密集的油纸伞下、红灯笼下拍的千姿百媚的漂亮照片，那古色古香的油纸伞、大红灯笼吸引了我的眼球，让我心动了。于是，想去甘坑古镇游玩的念头一直在我心头萦绕，种种原因却始终未能成行。

如今决定前往，甘坑古镇美轮美奂的光景即将在眼前呈现，不免让我感慨一番，想要做的事情，只要在心里一直惦记着，总会在某一天实现的，迟早而已。

甘坑古镇，位于深圳市龙岗区布吉吉华街道甘坑社区，起源于明清时期，是深圳本土客家古村落。三百多年前，广东梅州客家人迁来此地定居繁衍后代，生生息息，直至今日繁荣昌盛的现代社会。“坑”客家语中指的是山涧（山间的小溪流）或小水沟，因为泉眼遍布，水质甘甜，故称为甘坑。客家人分布在五大洲、八十多个国家和地区，客家人的踪迹遍布各地，深圳本土居民普遍也是客家人。甘坑的前身曾经是贫穷落后的百年村寨，在布吉镇所有的村里排名倒数第一。多年前，被深圳市政府列入“扶贫奔小康工程”的帮扶对象，在华侨城集团与政府等的合作下，打造了一座“文化 + 旅游 + 城镇化”多样化的小镇，形成集客家民间艺术、客家田园风光、客家传统美食为一体的旅游景区，成为“中国文创第一镇”。

奉行绿色出行原则，我乘坐地铁，转乘一趟公交车，步行走一段路就到达了古镇。来到甘坑古镇正大门，首先映入眼帘的是高高悬挂正迎风飘扬的一面旗幡，旗幡上赫然醒目地写着“甘坑古镇”四个大字。城墙门楣上方悬挂着好几盏圆柱形的红灯笼，随风飘来荡去，客家古寨景象跃然在目。

穿过城墙，一路前行，就走进了古色古香建筑的甘坑镇里。大门右侧，样式几乎一模一样的小屋子非常多，一排排的，形成了很多巷子，给游人带来古远小巷幽深的那种感觉，脑海里会冒出古人穿行在巷子里的情形，让人遐想联翩。他们没有手机不会低头看，他们专注地行走，用心看清脚下的路，用心体会日常的喜怒哀乐，用心抬头仰望天色。天上鱼鳞斑，晒谷不用翻，他们靠天象判断是否阴晴，适宜干什么，是否要避难。

古炮楼广场聚集了十多个持着长枪短炮似的相机的男士，他们正在为两个穿着民国时期服装、梳着乌黑辫子的年轻女子拍摄，她俩文雅地浅笑着，或坐或站，摆出各种花样姿势呈现在大家的视野里，拿着遮光板的男子随着她们同步移动，他们忙得不亦乐乎。

相约一起来的女友们陆续到达集合点，她们纷纷去洗手间换上了华丽的旗袍服饰并穿上了高跟鞋，描眉施粉，都很认真地对待此次旗袍拍摄的相约。我不参与拍摄，所以素装而来。她们在古巷里一步一步缓慢优雅地穿行，模样端庄祥和、美艳动人，像极了不食人间烟火的仙姑下凡。她们分别在油纸伞下、灯笼下、花团锦簇的围墙边上拍摄了许多照片，男士们不厌其烦地配合拍摄的态度让人感动，难为了这些平时粗枝大叶、火急火燎行事的他们。拍摄期间，引来不少过路人围观，其中有个精通拍摄技术的老哥，主动热心地为我们在场的女友们每人都拍了个遍，包括我这个穿着休闲服素面朝天的人。一个个都被他拍成了妥妥的美人儿。美，能让人赏心悦目；美，能让人净化心灵；美，能让人觉得这世间一切都是美好的，值得留恋的！

美景之下，爱拍摄的女友们爱美之心泛滥，慢悠悠地摆姿弄态，一个镜头接着一个镜头狂拍。不爱拍摄的我，实在不能忍受，抬起穿着运动鞋的双腿开溜了。

我行走于镇里的大街小巷，南香楼、状元府、南洋客栈、巷子集市，蜻蜓点水般穿过这些景点，未做过多停留。门前有台机器人饮品站的小凉帽农场、凤凰谷、皮影戏楼等这些适合亲子游玩的地方，我像一阵风在门前飘过。有条巷子深处有个古井，我驻足了。这古井，现被赋予许愿的功能，挂着的几个木制牌匾分别刻写了以下这些文字：今天的祈福，明天的幸福。愿你：所得皆所愿，所遇皆所求，所求皆所得，所盼皆所期！这些美好的祝愿语让我动容，都是我们平常日子里共同的愿望。井旁边那棵大树上的树干枝杈挂满了祈福的红丝带，因为多，显得层层叠叠，是游客们各自买来亲自挂上去的。旁边有家小店，门前挂着“财源广进　生意兴隆”“百年好合　永结同心”等红丝带售卖，五六元一条。许的愿是否能达成另当别论，反正怀着一份美好的希冀就有了一份期待，让心情因此变得舒畅，让日子过得充满希望。

相隔不远的巷子，有家呈长方形很深的大店面，从外往里看，看不出店里面是干什么的，屋内往外飘散出一股好闻的淡淡的檀香味道，在空中弥漫。靠着店门右边门框处有个播放机反复循环播放着空灵的梵音。大门有一副字体刻在木制板上的楹联，左边门框为家善奉行年年如意，右边则是诸恶莫做岁岁平安。

除了临大街的屋子开门营业以外，后面几排零星几家也在营业，其他的都木门紧锁，透过门缝向里瞧，里屋黑暗，隐约可以瞧见各式各样的物品，估计被商家当仓库用了。所有巷子墙上都繁花似锦，藤蔓茂盛让人有坠入花海世界的感觉。巷头有家地地道道的大埔客家风味的小食店，腌面、腌老鼠粄、腌米粉、笋粄、三及第汤、肉丸汤，这里都有。我作为大埔人，是不能抗拒这些家乡美食的，于是，进店开怀畅吃，久违的原汁原味的家乡味道，让我吃撑了。店家说食材都是从老家每天随载客的大巴车运输来的。在深圳的家乡人，有些人常来甘坑，就是为了吃这些美食。

隔不远还有一家规模较大的客家餐厅，有客家焖猪肉、客家盐焗鸡、砂姜猪手、艾粄、客家酿三宝（苦瓜、豆腐、茄子）。酿三宝的做法是将这三种食材都切成圆柱形的段，中间挖个见底的圆洞，把腌制好的肉馅填进去，填满，再把它们放一块蒸、焖或煎，熟了即可。馅料通常是肥瘦肉相间的猪肉和香菇等混合制成的。还有我最爱吃的绿色蔬菜番薯叶，炒番薯叶时，尽量用猪油，起锅时再滴上几滴原汁鱼露，香气顿时扑鼻，一瞬间让人心生愉悦，留恋世间！

途经一条巷子，最深处有一扇墙刻着一句话语：让城市留下记忆，让人们记住乡愁。这句话说得很好，确实我们都应该追溯历史，不忘源头，这是我们子孙后代每个人都应该有的情怀！有了这个情怀，我们才能不畏艰难，更好地创新发展，勇往直前。

甘坑家风家训馆呈列了好多古代名家的事迹，讲得最多的是关于“孝”的事情，引经据典地告诫人们孝顺的重要性。身为子女、父母的人们，若都能在这充满孝文化气息的场所里熏陶几番，应该都会有所感悟，使子女能善待父母，不随意叛逆呵斥；使父母能善待子女，不随意指责打骂！

甘坑博物馆，馆内介绍的有关甘坑人嫁娶的风俗人情、各个节日所要准备的事宜、客家山歌的作词唱法……这些跟我们家乡的几乎一模一样，甘坑人与我们，其实就是你中有我、我中有你的一家子，并没有因为隔着千山万水的地域而不一样。梅州客家人，永远根连着根，血脉相融！

为了让大家对客家人的一些事情有所了解，在此对博物馆墙上展示的一些内容整理了一下，有复述，也有我个人的一些添补，如下。

客家山歌朗朗上口，随口传唱，押韵的七字一句，一首四句，多用比喻、双关、谐音手法真切地反映了客家人喜怒哀乐的思想情感，是客家文化的重要组成部分。如这首：一条竹篙长又长，阿妹撑船到龙岗。山好水好人更好，拣只靓仔当情郎。在我们老家县城戏院广场那里，就有很多老人放开喉咙对唱山歌，你一句，我一句，对唱的内容得承上启下。当然也可以不着边际的东哼一句，西唱一句，不讲究章法，以开心快乐为主。

旧时的甘坑客家传统婚俗与粤东乡下客家人的传统习俗大同小异，凭父母之命，媒妁之言。按步骤进行：求婚、传庚、下定、过礼、择日、迎亲。过礼就是下聘礼，一般人家“六鸡六盒”，六只活鸡、六盒各式各样的礼品，还有一头生猪，寓意福禄。待嫁女得刮脸，以前的刮脸术大致如此：被刮脸的人端坐着，帮刮的人站着弯腰，用嘴咬住粗线条一端，双手拉住另外一端，使线紧绷的状态，反复在被刮脸的人脸上用劲拉来拉去，把凸显的汗毛一点点绞出来。出嫁前，通常有六天的哭嫁期，待嫁女子每晚在闺中由知心姐妹相陪，学唱各种哭嫁歌。哭嫁歌曲很多，如《哭叹天地》、《哭辞父母》等，这些歌词大多数是沿袭传统的古典作品，待嫁女必须花相当多的精力才能背熟唱熟。唱着嫁歌，触景生情，她们自然就会产生无限的感慨，故哭嫁也称“叹情”。当然，随着时代的发展进步，以及西方文化的引进，这些传统早就没人遵从了。

元宵“上灯”，即元宵节那天，凡添了男丁的家庭，要祭祀祖宗，并悬挂花灯，以庆添丁之喜，而生女孩，则无须上灯。旧时的客家人家庭以男孩为主，重点培养男孩光宗耀祖的能力，家产全部也由男孩一代一代地传承。女孩有无出息无关紧要，养大嫁人即可。新时代的客家人，为人父母的几乎都不会重男轻女了，男孩女孩一样进入大学校园攻读知识文化，钱财也雨露均沾，比例有些不同而已。

我们口语中的中秋节，客家人称之为“八月半”，旧时妇女们当晚通常静伏桌边，等候仙姑下凡。男子则放孔明灯。事实上，这个节日，现在的客家人不重视了，剥个柚子，再随便买点圆圆的“月光饼”或新型月饼吃吃，就算过完了这节日了。

春节是从农历腊月二十三日送灶神升天开始的，俗称“入年界”，入年界这天开始要说好话，行好事。男女老少都得说好话，不能说不吉利的话语。

这天起可以敲锣打鼓了，直至正月初五“出年界”，初六以后就不能敲锣打鼓了，生活也将恢复正常。当然，现在的人已经没有那样守旧时规矩了，任何时候都可以把锣鼓敲响。

这天起到正月初一之前，都可以对家宅进行大扫除，天花顶的蜘蛛网，墙壁上积累了一年的灰尘、乌黑的凳脚，这些平时疏于打扫的地方，都得打扫干净，辞旧迎新。

这天起就开始做好吃的年味食品了，比如用五香粉、桂皮等卤鸭子，一只只鸭子掏空内脏洗干净，晾干水分整只涂上香料和盐腌制，盐必须得多点才能入味；蒸甜粄（年糕）……

在我们家乡，大年三十早上就开始准备除夕晚宴的菜肴了，早餐和午餐顺便吃点垫垫底，留着肚子晚上吃大餐。吃年饭前要把去年的春联、年画这些全部撕掉，然后贴上新春联、新年画，故有“年三十晚过新年，满围哥叔贴对联。上厅贴着生贵子，下厅贴着中状元”之说。客家人大部分不喜好喝酒，平时几乎不喝，只在过年过节时会喝点，通常喝糯米酿的客家黄酒，自酿或外面购买。甜甜的黄酒像饮料，往往让人控制不住就喝多了，酒后劲上来，有些人脸和脖子就会变得通红。饭后，一家人陆陆续续轮流洗头洗澡，剪指甲，从上到下整个身子打理干净，老人小孩穿上新衣服。家长们利索地忙完家务后，便给老人孩子们发利是（红包）。给男孩时，有些妇人嘴里会念叨着：“新年红红火火，大吉大利，读书顺利，以后考状元！”给女孩会说：“生得越来越漂亮来，以后嫁个好老公！”给老人会说：“祝健健康康、长命百岁！”祝福语绝不空洞，都是实实在在的语句。接着一家人围坐一起，边看春节联欢晚会边嗑瓜子、吃糖果，谈笑风生，所有人都会放下之前纠结的不好事情、不良的情绪，都以喜悦的心情迎接新年的到来，希望来年一切顺顺利利！零点左右，辞旧迎新噼噼啪啪的鞭炮声、烟花声此起彼伏响起，声势浩大、震耳欲聋地迎来新的一年，声响渐渐停息时，人们陆续回卧室睡觉。家中必须留下一盏灯亮着守岁，到天明才熄去。

从古至今，客家故事数不胜数，源远流长，一件件一桩桩，说不完道不尽。

离开博物馆，我去了相见欢美食街，在一家小店点了一小份的铁板鱿鱼来吃，主要是为了快要关机的手机充电，这家店有“充街电”，微信扫上面的二维码就可充了，充电费用到时也在此程序里扣钱。美食街口味众多，潮汕、湖南、四川等地的口味也有，迎合了来自各地游客的味觉，酸甜辣咸香，按需选择。

夜幕快降临时，一起相约来游玩的友人们又陆续集中在一块了，大家在镇里的饮料店里喝奶茶聊天，翻看美照，千般万般地互道游玩的体验，夜色开始深沉，互相道别，启程各自回家。

镇里的万家灯火亮起，苍穹下的甘坑古镇显得更加神奇梦幻，归来的人，即将离去的人，都在夜色中或紧或慢地行走着，走向各自的目的地，奔向各自的希望！

夜游欢乐港湾

夏季的夜色来得晚，7点后才渐渐变黑，最后一缕夕阳的余光消失殆尽，夜幕最终降临，热浪袭击的地表慢慢褪去高温，开始少许凉快了。月亮已经高挂在天边了。

这时候，许多住在欢乐港湾附近小区的居民便从各自的小区出发，以慵懒休闲的姿态散步至港湾，吹海风、看风景、吃美食。当然还有很多远道而来的市民，他们乘坐地铁、公交车、自驾或骑共享单车而来。

这天，2021年7月1日，建党节，中国共产党成立100周年，在这伟大光辉的时刻，普天同庆。我像往常那样离开小区散步，经过两个红绿灯路口，穿过临海地铁站，便到达了摩天轮这边的出入口。此时，我蓦然抬头，恰好瞧见了天边落日最后一点霞光散去的光景，无边无际的空中披上的那层金色的光芒瞬间在眼前消失。

欢乐港湾位于深圳市宝安中心区，文旅综合的海滨文化公园，集滨海休闲、艺术体验、文化旅游一体，将海景公园的生态与商业完美融合一起的景区。有高128米的“湾区之光”摩天轮、深圳滨海演艺中心、商业街区、海滨滑板营、港湾沙滩、灯光秀、水秀、童乐园等景点，还有不同时期推出的音乐节、戏剧节、艺术展览等。男女老少，各种年龄段的人来游玩，都有相对应的去处。整个园区，随着季节或各类节日的需要，不断会推出新景点、新设施、新活动的装饰，让人每次去都眼前一亮、耳目一新！

音乐旱地喷泉和水秀都在庆典广场，平日晚上7点30分旱地喷泉，紧接着的就是8点的灯光水秀表演，主题为“鲲鹏之梦”，都只有一场，周末及节假日会在后面加多一场，每场都是15分钟左右，时间不长也不短。时间太长，看客容易中途离开；时间太短，容易让人心生抱怨。15分钟恰到好处，人人都很珍惜，都聚精会神地欣赏完所有的精彩呈现。特别喜欢看这震撼水秀场景的人，可能会意犹未尽，那可以经常来，这景点大方豪气，不收门票的，进出方便。比如我，就是常来的看客之一。

我先赶去庆典广场，喷泉和水秀即将到点依次轮番上演，迟了就看不到了。今天是节日，会有两个场次。7 点半喷泉开始，地面上一个个的出水窟窿往上冒出高高低低的白花花的水柱，灯光忽明忽暗，哗啦啦地水声奏响了夏季的旋律。两个三岁左右天真烂漫的小孩不约而同挣脱父母的手迅速地冲到水柱边，用脚踩住正在冒水的窟窿，开心得哇哇直叫。维持秩序的一位保安人员赶紧过来制止，反应过来的小孩妈妈同时也冲过去抱回自家小孩，再次回到妈妈怀里的他们，不再闹腾，老老实实地跟着我们一起欣赏。15 分钟一到就结束了，人们转过身去，没几步就来到毗邻的水秀表演之地。8 点，“鲲鹏之梦”主题的水秀表演开始，讲述的内容主要是我们深圳这座城市几十年来飞速发展腾飞的故事，表演形式是利用海上歌剧院“湾区之声”演艺中心 L 型的建筑外墙为幕布，采用三维声乐影像投影（3D）艺术构成的光影画呈现，立体声音解说，立体音乐伴奏，与水池中千变万化的喷泉水舞同时展示，场面气势磅礴，震撼人心！高高的喷水柱直耸夜空时，上空恰好有飞机掠过，这奇迹般的美妙组合情景让我心荡神驰，久久凝视。

我沿着海岸线行走，一路几步一景，大家可以各取所需在自己想要游玩歇息的场所里停留。迎面扑来的海风，阵阵凉意驱赶了疲惫之心。海面波光粼粼，像闪耀着光芒的点点繁星，在夜幕下，显得迷幻多姿。我常一个人来这儿行走，从这端走到那端，边走边想着自己的心事，这过程让人心平气和、豁然开朗！在别人看来，我形单影只，但我完全没有孤独的心境，这种独自一人的宁静自在，才是我最喜欢的。

在横空架起的长廊桥上漫步，欢乐港湾景色一览无遗，面朝大海，春暖花开。灯光下眺望，海面上雾气缥缈，苍茫一片。陆地上树影婆娑，鲜花怒放，人流不息。坐在海岸线上的人们肩并肩交头接耳，小孩在嬉戏，阵阵欢快的笑语声划破夜空。草地上的音箱正播放着音乐，在广阔的空间里回荡，在每个人的耳畔里萦绕，天籁之音般悦耳动听。远望像萤火虫似的细长小灯管，成片成片地迎风招摇，星星点点，妖娆多姿，诱惑着过路游人的目光，许多妙龄女子在这里以各种姿势摆拍靓照留念，似乎要把青春留在此处。不远处摩天轮边上的立体巨屏，不停地循环滚动着红色字幕，如下：

热烈庆祝中国共产党成立100周年

伟大的中国共产党万岁

依托香港　服务内地　面向世界

不忘初心　牢记使命

人民有信仰　国家有力量　民族有希望

为中华人民谋幸福　为中华民族谋复兴。

盛世中国，强大的祖国，同心向上，大家共同致富奔小康，过上我们想要的幸福生活。谁都不能阻止我们前进的步伐！

在廊桥尽头，碰见一位满头银丝、容光焕发的老爷爷，他昂首挺胸反剪着双手在踱步。他腰间别着的一部精致的小型录音机正播放着一首熟悉的旋律，应该是担心影响行人，音量不大，与他并排行走的人才能清晰听见。我放慢脚步，仔细聆听，竟然是一首久违了的歌曲，猝不及防地听到，不免心潮澎湃，瞬间激起一股沸腾的热流袭遍全身，似乎要喷涌而出。这首歌曲就是我们小时候常唱的《没有共产党就没有新中国》：

没有共产党就没有新中国

没有共产党就没有新中国

共产党辛劳为民族

共产党他一心救中国

他指给了人民解放的道路

他领导中国走向光明

…………

是的，如果没有英明卓越的共产党的领导，没有他们坚持不懈地带领我们继往开来朝着光明的前程奔赴，今天祖国哪来这般富强繁荣，我们哪来这么多美好舒适的日子！如今，交通发达，条条大路通畅，飞机、高铁、地铁，片刻般就可以把我们送往想要去的目的地；人人各得其所，安居乐业，孩子有书读，老人有所依……国家与人民是共同体，息息相关，有了繁荣强大的国家，才能有我们安定幸福的小家！！

听水台，水自上而下，犹一帘帘瀑布，水声潺潺，引来人们在此逗留看水，聆听水的乐章，弥漫飞溅的水汽偶尔散落在身上，会让人意外地欢喜。年龄较小的儿童认为这个就是瀑布，在此看得津津有味，围绕着跑来跳去，尽情玩乐。

湾区亲海体验式商业街区已是灯火辉煌，人来人往，人们三三两两或购物，或品尝各地珍馐美味，尽显人间烟火气。这里的餐饮店美食多，价格亲民，丰俭任意选择。

巨型摩天轮通身正不停地闪烁着耀眼夺目的五彩缤

纷的光芒，交相辉映，璀璨了整个夜空。28个全天景轿厢正缓慢旋转，向上眺望，目极之轿厢，每个里面都很多人，估计都是满人的数量（每个厢体容纳数量是25人）。我前不久曾经来坐过，也是在晚上，当时的情形还历历在目。腾空上升至最高点时，一望无垠的海景、城市的繁华夜景和万家灯火尽收眼底。我眺望着无边无际的苍穹，竟然脑洞大开，想象着天上漂亮的仙女们正翩翩起舞，老神仙们正抚须笑眯眯地俯瞰着我们人间……身边有对年轻恋人的声音打破了我的奇思妙想，听到女的说："你不是想跟我结婚吗？下次你大方一点，订制求婚轿厢向我求婚吧！"男的立刻斩钉截铁地回应说："好！等会儿下去我就与工作人员预约，明天就来求！"他的声音透出强烈的喜悦。传言摩天轮顶端处求爱能成功，果真是啊。我瞅瞅他俩，女的漂亮，扬眉吐气的；男的一般，低眉顺眼的，这或许又是一对"刁蛮的女友，受气的男生"？我心里暗暗叹了口气，现在的年轻人呀！一轮约30分钟的转程，说长也长，说短也短。

这里的摩天轮可以按自己所需订制专属自己的轿厢服务，如求婚轿厢、美食轿厢、生日派对轿厢等，当然费用高于普通的门票价格。对于讲究仪式感的人，他们需要刻意过自己的专属节日，也就不会觉得贵了，物有所值。付出多点，共同的美好回忆就多点，感情应该更能持久，不容易生变吧？！

准备回程时，竟然与以前的邻居夫妻俩相遇了，他们肩并肩、手牵手，正在互望说着话。他们的注意力完全在对方身上，并没有发现我。多年未见，他们的关系仍然像以前那样相看两不厌，缠绵深情。岁月的增加，烦琐的日常，情绪的积累，都没能消耗他俩的初心，实在难能可贵。执子之手，与子偕老，他俩相亲相爱的情形差点让我泪目，多好呀！携手一生的夫妻感情好，是人一辈子最大的快乐源泉，也是最大的幸福！我没有跟他们打招呼，躲开了，因为我不想打扰此刻正眉开眼笑凝视着彼此的他们。

夜渐渐深，夜游欢乐港湾的人们陆续回家，一路欢声笑语，一路春风得意，一路怡然自得！

大运林公园的风采

大公园虽然大，景点也多，但一般都离居民住宅区较远，人们不可能天天去。社区公园小，景观也不多，但麻雀虽小，五脏俱全，并且毗邻住宅区，人们步行一会即可到达，从早到晚，任何时间段去游玩都可，无须提前安排，无须纠结来回的时间，也无须担心安全问题，大运林公园就是这样的公园。这里说的大运林公园不是北京大运河森林公园，也不是深圳龙岗区那个第 26 届世界大学生夏季运动会时期的大运公园，而是位于深圳宝安区宝安大道甲岸路边上的大运林公园，离宝安实验学校不远，一座充满人文气息，以休闲娱乐健身为主，毗邻居民区的社区小公园。

正门进入的地方，左侧，立着一块巨大的红色牌匾，上行写着：培育和践行社会主义核心价值观；下一行写着：富强、民主、文明、和谐、自由、平等、公正、法治、爱国、敬业、诚信、友善。这真知灼见的二十四个字，全方位体现了国家与人民骨肉相连、不可切割的关系！

往里走没多远，郁郁葱葱一片绿色中隐藏着一块写有“新安商会大运林”几个大红字的大石头，偏黄色，光滑无斑点。石头下方还有一行较小的字体“健身器材——中国体育彩票公益金援建”，人们口中习惯简称为“大运林公园”。零距离无缝衔接的是个宽敞的安乐广场，孩子们喜欢在这里踢球，打羽毛球，这里时不时地会有社区组织的文艺表演，满足了附近居民文艺方面的精神需求。

女人们（妈妈、奶奶、外婆、育婴阿姨等）推着婴儿车，牵着幼儿的手，领着大一点的小孩，随时出发，随时回家。大家基本都是低头不见抬头见的邻居，三五成群聚一块，一边关注着孩子们玩耍，一边拉家常、谈育儿经。跑步、打乒乓球、跳绳、踢毽子、跳舞等，勤于锻炼身体的人们随处可见。自己推着自动轮椅来兜风的那位大叔，他常在树荫下闭目养神，或怡然自得地一会哼着京剧的调调，一会唱着流行歌曲，双手在轮椅扶手上不停地有节奏地敲打着节拍，他完全投入到了大自然的怀抱中，天然氧吧滋润着他的心田，令他身心无比愉悦地哼唱。目前五十八岁的他，前两年因病双腿致残，如今行动虽不便，但完全不影响他快乐的心情，享受生活。

几张乒乓球台，打球者俯身下腰，一下又一下地把球打给对方，你来我往，小小的乒乓球来来回回飞跃，无论哪方输赢，打球者和围观的人都不由自主地唏嘘或喝彩一两声。在一旁围观的人大多是等候上场的人，以比赛形式打球的，会以打几个回合的输赢球数量来判定输赢，输的下场，等候的人上场，以此循环。纯粹玩的，只图健身的，那就是谁先占桌就谁打了，人多时，先来的人就会分一半桌的面积给另外一组人打，一组一球，各打各的，互不干扰，当然，这种情形是极少数。

乒乓球台旁边有间长方形的小屋子，名为“乐善屋”，几乎每天都有义工值守，屋里有饮用水免费提供给大家喝；忘记从家里带纸巾的居民，需要用纸时可以到这屋子里拿取；屋里还有帮大家临时寄存东西等便民服务，贴心周到。另一侧是个“乐善亭”，亭子里有一张圆形石桌，四张圆石凳围绕着，左右两边还有两张长石凳，这场地非常适合围桌聊天和吃东西，或下象棋，当然也是孩子们户外写作业、看书的好地方。

健身器材旁边的几棵大树都用石凳围成一圈，既美观又给大家提供了座椅，这宽敞的石凳常被男人们当成桌子下象棋。下棋的队伍还挺多的，一组组分散在各棵树下，参与和围观的基本都是爷爷辈的人，从来没有见过年轻的男子和女子。他们像专业棋手一样，面色凝重，暗暗考量，每下一个棋子都要预谋一番，总想着一招致对方于死棋。在没有其他棋子阻碍时，棋子象走“田”，马走“日”，车横冲直撞；兵过了河就能前后左右任性走；至于将是最后断杀的对象，能决定谁成败的它，行动却是受限的。围观的人比下棋的人多，这些人中，总有急性子，做不到观棋不语，往往急得指手画脚，双方棋子的行走路线让他们操碎了心。真是下棋的淡定，观棋的着急，正所谓，皇帝不急太监急！

各种功能不同的健身器材，适合各年龄阶段的都有，男女老少各取所需，既可用来健身、玩乐，有的还能起到物理治疗疾病的作用，比如颈椎病，等等。

位于公园中央位置，有一大片种有花草树木的景观区域，草木茂盛，郁郁葱葱，“文明赏花，请勿践踏”“踏入想一想，小草也在长”这些插在土壤里的标语时刻提醒大家不要越位踩踏破坏植物，要保护环境。偶尔会有儿童想跑到上面去玩，一旁的家长立即指着这些标语读给孩子听，孩子们似懂非懂，止步了。事实上，长期没人通行的景观区域，草木间应该隐藏着比较多不为人知的虫子，也不适宜驻足玩耍了。跑步、快走、散步和踩着单车的儿童，他们会绕着这区域一圈圈地活动。不远处有滑滑梯、沙地，这里是低年龄儿童的乐园。从滑滑梯自上而下滑下来的瞬间，他们欢天喜地的清脆笑声在空中荡漾，余音久久不散。

大运林公园还有个特色，挂在树干上的有关廉洁方面的宣传标语特别多，标语边上还会有小清新的各种精美图案，图文并茂，非常让人赏心悦目。现摘录一些，广为传播，熟记于心！

毛毛细雨湿衣裳，点点贪念毁名节。

百里才疏勤补拙，一官俸薄俭能廉。

政治上做明白人，工作上做勤政人，生活上做清廉人，处世上做正直人。

身为人民公仆，心系百姓疾苦，切莫一念之差，踏上不归之路。

永怀为民之心，勤思人民重托，不做损民之事，甘当人民公仆。

挡不住今天的诱惑，将失去明天的幸福。

风正一帆顺，清廉得民心。

一身正气，两袖清风，一尘不染，克己奉公。

…………

这些标语都是美好的愿景，其含义同样引导着我们普通百姓，消除内心隐藏的一些不为人知的不良思想和不良作风，朝着正确的方向前行，且行且领悟。

早上7点以后和傍晚7点半时，乒乓球台边上几棵大树底下，会有一群人在这里跳舞健身，年轻人、中老年人都有，女人为主，男人若干个。早上散场时间随意，晚上的9点左右必须结束，以免影响到周边准备睡觉的居民。音乐声开得不大，又有大树的遮挡，其实完全不会影响到。随着健身养生观念的普及，之前完全拒绝跳广场舞的男人改变了固有的老观念，不但认可，并且还加入队伍中挥动手脚舞动起来，在树影婆娑的光线中，他们跟随前面领队有节奏地翩翩起舞，美了身姿，健了身体，悦了心情，一举多得，何乐而不为。广场舞并非是女人的专属。时光荏苒，后来，我们这个不起眼的小公园广场竟然安装了定向广场舞音响，利用聚拢声音的技术，能把四处漫延的音乐声束缚在舞场区域内，从而解决了扰民的难题。深圳不悔是一座科技创新的城市，首创比比皆是。

夜晚 10 点，公园的灯就会关闭，提醒大家该回家歇息了。这座承担着绿化作用和居民健身游乐的社区公园逐渐安静，在夜色中休养生息，待明日晨曦初现时苏醒，迎接大家的到来，年复一年，日复一日，直至天荒地老。

无言的一段日子

我右手大拇指关节突然疼痛起来，弹起来了难下去，下去了难弹起来。无论指节是上还是下，它都发出咔嚓的声响，且很痛，不能像正常情况时那样自由弯曲、伸展，影响了我的心情和正常生活，我不免心里着急起来。去中医院筋伤科看过，又到社康医院看过，都说是腱鞘炎，也就是民间常说的“扳机手”或“弹响指”。做了几天的治疗后，却没怎么见好，只是疼痛稍微减少了一些。这个病通常弹琴、打球、打字员或骑手比较多得，自己哪样都没有干过，不明白为何自己也得了？难道时不时地踩单车去菜市场买菜、使用手机或电脑打字，也会造成此病？

情急之下，我想到附近的私人诊所看一下，说不定他们的治疗效果会好一些，于是便去菜市场路对面那一排店铺里寻找。果真有，并且有三家，这些诊所屋内屋外贴着的广告宣传，号称苗医、苗药。我之所以会想到他们，是因为我的邻居手痛包括我自己很久之前有个病痛，就是被他们治好的。

这三家诊所之间的距离挨得很近，每家屋里都有好多人在接受治疗。在其中一家苗医诊所，我还发现了现住小区的两个女邻居，想着有熟人也在这里治疗，应该比较可靠，于是我就毫不犹豫地选择了这家。她们俩，一个膝盖疼，一个肩膀疼。苗医是个五十多岁的女人，她简单问了一下我的病况，就判断说是腱鞘炎，与医院医生说得一样。看来她是懂的，我立马放下了戒备心，扫她收款码付钱，付了十个疗程的费用，一个疗程需要敷膏药两个小时左右，在等待的过程中，无所谓认识不认识，只要有人打开话题，大家就此接上，东拉西扯，聊得津津有味，啥都放开来聊，反正大部分不认识，无利益相关，出了这个诊所门，大家就各奔东西，互不认识。包括那两个女邻居，我跟她们俩其实也不太熟悉，只是经常碰面，偶尔对望互笑一下罢了。大家聊尽兴后，便冷场了，各自低头刷手机。

时间一到，膏药除去，苗医提起我的手帮我按摩痛的拇指和周边肌肉、筋络，以及整条右手臂，跟我说手臂那条连着大拇指的筋也得按按、拉拉。诊所这个女苗医感同身受的亲民治疗使我对这次治疗信心倍增。后面还做了针灸，几根针扎在拇指上。

果然，第二天大清早醒来，我就发觉大拇指不痛了，但还是僵硬，不能灵活屈伸，好在治疗还有九个疗程，说不定到时就能痊愈了。眼看手好转，我顿时心情舒畅。但此时胃又胀痛了，好心情随之瞬间消失殆尽。醒太早，闭上眼又迷迷糊糊睡了会儿回笼觉，一直做梦，完全没有睡眠质量可言。自跨入中年，我每天就只有五个小时的睡眠，某天偶尔多睡个十来分钟，对我来说便是莫大的恩赐，这可怕的生物钟，也不知道是什么时候形成的？若次日早上有必须要完成的事情，我会醒得更早，睡三四个小时都有可能。人真是很奇怪，明明在睡眠中，也没有调闹钟，有事要赶早时，自动便提前醒来。生命真是很奇妙！坊间传闻，每天少于六个小时睡眠的人处于慢性自杀中，或许吧。人过四十，肾气不足、血气衰弱、睡眠不足，很多与生俱来的和后天自己的不良习惯所致累积潜伏的疾病就会全面爆发。我既没有殚精竭虑，也没有用脑过度，更没有负重前行，却造成如今这般境地，我想应该与心情有关，莫名其妙的心烦、焦虑长期伴随着我，我的身体健康已被一天天侵犯，命数或许也被提前耗损，日积月累，寿命肯定就缩短了，无缘于长寿了，但愿有奇迹。

8点再次醒来后我赶紧起床洗涮，擦客厅、饭厅桌面上的粉尘，简单收拾了一下，然后从冰箱拿出儿子前一天下午回学校前去壹方城买的面包当早餐吃，这是他特意留给我的，有好吃的他都不会忘了我。在这个世界上，真心对待我、心疼我的人就是他了。长大成年后，娶媳妇了会不会被枕头风吹破母子感情，不得而知，毕竟娶了媳妇忘了娘不是个例，而是普遍存在。或许他自身不再依恋母亲而变得亲情淡漠。即使真有那么一天，也无妨，人活到最后，陪伴身边的从来都是自己而已，一切都无所谓!

狼吞虎咽地吃完面包，我就出发去苗医诊所那里敷膏药，手指明显不痛了，我对她的治疗越来越有信心了。我不紧不慢地走着，一路上看尽人间烟火。经过菜市场这段路，看到双手提着大袋小袋的大妈大爷们，有的人脸上荡漾着满足快乐的微笑，脚步轻盈；有的人愁容不展，似乎遇到了难以化解的纠结事情。想想自己，其实也不是那么快乐，虽然脸上也挂着笑意，但并非发自内心的愉悦，自己何时才能真正彻底做到排遣忧伤的情绪呢？不纠结身边人过往的事情给自己带来的伤害，才能身心健康，这些大道理我都懂，可是实施起来却不容易。但我知道，并且坚信，不久的将来，我是一定能彻底地与这些难以释怀的伤痛告别的，会过好不多的余生的，转身离去，远离，就眼不见心不烦了！

路边几家早餐店、馒头包子店、肠粉店、汤粉汤面店、煎饼煎饺店，家家门口都有人等着买，生意都挺不错的。人以食为天，生活过得好的现代人，懂得了享受生活，不想在家操劳做早点。早餐店的生意一般都很好，每单的利润看起来不大，但由于买的人多，积累起来就很可观了，并且他们成本低、开支少，夫妻俩或一家子干，顶多请个钟点工在高峰时间帮下忙，他们的利润收入甚至会超过一家规模不小的餐厅。有点规模的餐厅各方面损耗都大，请的人又多，店租也高，成本太高，利润反而不多，当然生意火爆的餐厅除外。馒头含碱护胃，胃不舒服的我，忍不住也买了个柔软的广东馒头来啃，一块钱一个，若用手一捏，就成了个小小的面团，一两口就能吃掉。果然，吃了胃立马就舒服了。北方馒头大，结实，也是一块钱，但硬邦邦的，我吃不来，所谓一方水土养一方人。

偶然得知这苗医家确切的一些情况，她的医术是她母亲传承给她的。她家在深圳开了几家这样的诊所，这些年，在深圳赚了一些钱，用这些钱在老家县城买了地皮，建了一栋楼出租，还买了几间铺面，每年有不菲的租金收益。

她家之所以没有在深圳买房，是因为当初想着在深圳赚上一点钱之后便打道回府，却没想到她的事业越干越大，赚钱很多他们舍不得放手了，所以不打算回老家了。她家这几年也动了要留在深圳安居乐业的心思，一直在攒钱，打算在南山或宝安买房。以她家生意红火，加上老家租金的收入，应该很快就能实现在深圳买房的愿望。

人比人气死人，所以无论是谁，都不要随便去与人比较，否则无法好好地过自己本来的日子。

人有时真不能貌相。她经营的这家诊所，店面不大，除了地板贴了瓷砖、墙粉了白灰这两个基础装修以外，没有任何其他装饰。她着装简朴，一身衣服和鞋子质地一看就很普通，而且，她总是面带愁容，不知为何?

大拇指彻底不疼了，也没那么僵硬了，能伸直一点，我知道这个是要慢慢恢复的，急不来，就像十月怀胎一样，需要时间，所以我不纠结。我把剩余的四个疗程的膏药用来敷膝盖了，膝盖偶尔不适，说不定敷了也会有效果。膏药是通用的，不管身体哪个部位疼痛，都可以敷上去。有一次我晚上才去，去的也比较晚，当店里只剩我一个人时，这会儿，可与她面对面近距离交谈了。我忍不住好奇地问她，你收入也那么不错，为何你穿的用的看起来都很普通?还有你看起来总是很不开心的样子，为什么?她跟我说，她整天在店里治疗病人，走来走去，衣服和鞋子容易脏、容易坏，所以没必要穿很好的，只在过年放假回老家时才会穿贵点的。她老公脾气很坏，两人在一起就会吵架，关系搞不好，让她很糟心；还有就是她儿子交了两年即将年底结婚的女朋友很照顾她自己娘家，老让她儿子出钱出力帮忙，这事也让她糟心，所以她开心不起来。原来如此，家家都有本难念的经呀!

她家境殷实，每天又帮人治疗疾病，过得充实，收入又不错，我觉得她实在没必要为这些大众化的问题整天愁眉苦脸，与自己较劲，何必呢？她当下的状态，让我想起曾经看到过的一句话：人字有两笔画，一撇写前半生，一捺写后半生。前半生写执着，后半生写释怀。生活，一半烟火，一半清欢，一半清醒，一半释然，不念过往，不畏将来。何必呢？

唉，贫贱夫妻百事哀，但有钱的，也不见得就一定幸福！幸福的家庭相似，不幸的家庭各有各的不幸，起因不同，结局也不同。人生就是一场酸甜苦辣、悲欢离合的苦修行，一切的一切都得自己一点点地承受，就如身上的病痛、精神上的折磨，没人可代替。

对股市一无所知的我，一不小心稀里糊涂地进入了股市，从此如入泥潭，越陷越深。因为我完全不懂，又听信他人，总是在跌的状态中一笔笔地把手中的股票亏损割肉卖掉，前前后后让我亏了将近九万元，把自己留存的一点钱差不多要亏完了，剩下一点也套住了，成本价高，完全没可能解套。事实上，一般人很难把控股市的变化，不能一味听取别人的建议。股市里的钱就是数字，亏损卖时根本感觉不到钱正在消失，不再属于自己。直到数字变得很少时，这时候才有了钱的概念，突然就觉醒了，才深刻地意识到钱没有了，再也回不来了，此生再也不能拥有这些钱了，这才开始悔不当初，然后越来越心疼亏掉的那些钱，无法面对这种结局。股市，如果是现金交易，一张张粉红色的百元钞票在手中数着，实实在在地看得到钱的存在，我是不会犯这种亏本卖的错误的。我相信类似我这种情况的炒股人应该有很多，不止我一个。如果当初我能清醒地意识到一般人都是自私自利，不会轻易帮助别人得到好处的本性，那么我就不会去听信他人的瞎指导，也就不会造成现在失去这么多钱财的可怜局面了。我当时不急于用钱，这些股票完全可以慢慢等待上涨的机会，根本无须急着抛卖。我的愚钝、轻信害了我，而且是以几万块钱的消失为代价，一下子让我掉入深渊！但愿余生遇上的都是良善、特好心的人。

但凡听到有人说想进入股市“玩一把”的，我都会立刻劝阻，让他们不要碰，远离、远离！股市深不可测，会因为国内外发生的某件事情就改变涨跌的行情，炒股的风险相当大。即使有人在牛市时幸运地分到一杯羹，最终后面还是有可能亏损掉的，除非此时马上见好就收。可是一旦赚了钱，都会觉得这钱来得如此容易，能当下就理智收手不再倒腾的人能有多少？

现在回头想想，来之不易积累的这点钱，都是在自己眼皮底下一笔笔消失殆尽的，心痛，心痛，万念俱灰！但我没有哭，也不曾落泪，不是因为不悲伤，而是因为过于心痛以致不想坦然面对。何况，泪其实早就已经流尽了！

让人煎熬的事情，不去想，不去念，放下才能拥有健全的心态，好心态才能引来好运，好运到，万事自然皆如意。

但愿未来可期！

没完没了的胃病

因为我不想面对有可能出现的不可逆转的检查结果，又加之自己本就有拖延症的毛病，以及没有关照自己的习惯（长期照顾两个孩子导致的后遗症，忽略了自己），所以对自己身上不断冒出来的各种病痛总是掉以轻心，不愿及时去医院检查治疗，一拖再拖。就拿胃病来说，胀痛发作时，通常随便先在放药的抽屉里翻找差不多对症的药吃上一两次，病情缓解，健忘的我又没能做到持续多吃几次药巩固疗效，两三天或一段时间后又复发。几次之后，实在没法忍受疼痛了，又非常担心恶化转换成癌症时，才不得不前往医院去瞧瞧，以求定论。反反复复如此折腾，由最初的轻微急性胃炎发展到慢性胃炎，又发展到胃息肉，我的身体每况愈下，抵抗能力越来越差了。以前一瓶老干妈辣酱一天吃上三分之一都不会有任何不适产生，而今吃两三口之后就会有轻微咳嗽或喉咙痛；麻辣火锅、重口味的煎炒食物，以前放开吃都不会不适，现在吃上几口，胃就马上胀痛，且很快上虚火、咳嗽或牙龈肿痛。年纪不算很大，容貌也不显老，但我感觉自己的身体各器官功能却在悄然退化衰弱。

深圳是一线城市，人多，谁没有个小病小灾的，所以医院总是比菜市场、超市热闹。菜肉、生活用品都可以随时随地在网上购买，而看病，除了个别有上门的私人医生诊治以外，其余的人都得亲自前往，面对中医的望闻问切或西医三下五除二简单问个大概后开的各种检查单子。

去医院看病，一进门首先面对的便是排队，每个进行的事项全部都得排队等候，没完没了的排队。现在互联网发达，可以网上预约挂号，但挂号的人何其多，到医院取了预约号之后，还是要排队等叫号，只是不再是以前那样傻傻地无聊地站着排，在等候厅坐着刷手机等候即可。除了广播叫号之外，叫号显示屏同时也会滚动轮到的号码。

我的胃病折腾我很久了，具体几时开始的，我完全不记得了，之前胃镜检查的单据也没有保留，无踪迹可寻，没法确定得此病的时间。有一次清理手机图片时，发现有一张截图日期显示2016年，是关于胃病治疗方案的，意味着我应该从那年就开始了。以我的习惯，如果完全用不上的图文，我是一定不会保留的。一晃，竟然有七年之久，无法想象我这些年是怎么熬过这些没完没了的胀痛的。如果当初能按截图里推荐的治疗手段去执行，说不定早就好了，不会延续至今，苟延残喘似的。我这人总是这样，很好学，但懒散拖延，亦不能持久，三分钟热度罢了。手机里很多图文，都是当时觉得非常有需要才保留的，但事后一般却不会再去翻看，过多几天也就彻底忘记了，直到手机卡顿，清理图片释放空间时再次浏览到，一切都已经时过境迁，用不上了。这时候的我又不免生起一丝悲凉，觉得自己怎么可以总是这样呢？曾经买过一本《赤脚医生手册》，买回来后就翻看过两三次，每次也都只是看一会儿，书到现在都还是全新的，几乎没有被翻过的痕迹，想想真是对不住作者满怀心血的书写。我特别佩服那些好学，又能及时学且能持之以恒的人，他们真的很自律。

这几年，陆陆续续在宝安人民医院、南方医科大学深圳医院（简称南科大）、香港大学深圳医院（简称港大）做过几次无痛胃镜，顺便把肠镜也一起做了。跨入中年，排泄系统多少也是有毛病的，禁不起医生“干脆胃镜肠镜一起做好了”的劝说。做一次无痛胃肠镜得一千多块钱。后来听一个医生朋友说，胃肠镜是没必要经常做的，某些医生为了效益而劝导的很多非必要的检查，病人要学会判别，适当拒绝。他还说，他的一个导师，已经退休在家的教授医生就是因胃痛而经常去胃镜检查，起初只是普通胃炎，检查多了，最后竟真得了胃癌，走了。病急乱投医，人总是在不知不觉中犯这种错误，就连医生他们自己也这样，何况我们这些不是从医者，更加无所适从了。我从轻微的慢性胃炎发展到胃息肉、胃糜烂，胀痛没完没了，偶尔一两天不犯，就是天大的幸运、奇迹。这几年一直瘦，以前不知所以然，现才知是由于肠胃不好吸收不了营养才造成体瘦。如今症状加重，吃不多，稍微吃多几口，胃部就马上胀痛无比。

胃药品种吃太多了，铝碳酸镁咀嚼片、多潘立酮片、泮托拉唑钠肠溶片、替普瑞酮胶囊、匹维溴铵片等是医院开的，还有自己去药店购买的沉香化气片、洁白胶囊、三九胃泰颗粒、益气和胃胶囊等，满满一抽屉几乎都是我个人的胃药，无论是哪种都没能让我的胃彻底好起来，不知道是我没能坚持吃（通常只吃一两天），还是已经成为不容易治好的顽疾了？

我的胃病应该起源于年轻时总是饭吃到撑造成的，当时无论是正餐还是零食，总是要吃到胀，不能再多吃一口时才罢嘴，强迫症般。吃东西无法控制分量，拼命吃，于我可能是摆脱烦恼的一种方式，如此恶性循环就造成了消化不良，然后还使人懈怠，没有精力过多活动，犯懒。据说有些抑郁症患者或有抑郁症倾向的人喜欢暴饮暴吃，难道我也是吗？抑郁症，我是断然否决的，但抑郁症倾向，我对这个说法则犹豫了，或许有些吧！有房有车，有儿有女，表面上大家看到的这些，是不能判定我是否幸福快乐的！孩子小时候，我是怎样的心境，我已经忘记了，就如我记不住是怎样把俩孩子拉扯长大一样。我是个经常处于没有思维能力、没有记忆能力状态下的人，糊里糊涂。就说幡然醒悟过来的这几年吧，我是绝对不快乐、不幸福的！若说有快乐的瞬间，那也是沉醉在书海里遨游和写作时，或追剧、看某些综艺节目、独自去影院看电影时，又或俩孩子偶尔显得乖巧懂事时。如果没有这些诸多的快乐瞬间，估计我真的早就成为抑郁症患者了。或许我本就是一个多愁善感的人，天知道！

2023年6月的某一天，我终于下决心要去割掉胃息肉。我拿着最后一次做的无痛胃镜的打印报告去南科大二楼消化科找医生开住院单。戴着口罩的女医生问我几时做的胃镜，在哪家医院做的？我说，就今年的1月10号，在你们南科大做的。她稍微把头转向我摊在桌面上的报告单据，用余光扫了一眼，并未拿起来看，便马上低头开住院申请单。我对医生冷漠不负责任的行为非常失望，我是多么希望她能拿起来看上几眼，判断息肉是否像我说的那样需要割去，哪怕应付似的看一眼都行。这种情形，之前在其他大医院也都有碰到过，包括号称高起点、高水平、高质量、卓越、创新、信任、关爱的港大也是一样。其实港大刚营业那段时间，服务还是挺好的，只是现在也变了，变的不是医院，而是里面的人变了。社康医院规模虽然小，但是医生的态度普遍非常友好，对患者能笑脸相迎、关怀备至，可惜那里没有做手术的条件。作为病人，我们都希望能够得到主治医生对自己病情的重视。而医生他们上班时间天天面对患者，司空见惯，已经麻木，不为所动了！她在空白的病历单上写了个电话给我，说打这个电话就可以预约床位。我本想问她，我人都在医院，为何不能亲自到住院部现场预约，偏偏还要打电话约？看她按了下桌面上的一个小型设备，我猜想应该跟叫号有关，就作罢了，没问，把到嘴边的话吞回肚去了。

从门诊出来，我马上打电话，一次占线，一次没人接，第三次终于接通了，预约上了，还是得需要排队等候床位，有空床了，工作人员会致电通知我。三天后，医院电话打来通知有床位了，我因为当时突然质疑报告单上关于活检的判定，感觉模棱两可，干脆就放弃了这次入院的机会。以前各种检查的报告单，我都是随意浏览，甚至不看的，而现在由于病痛越来越重，我才开始注重起来。我害怕因疏忽而造成身体的伤害，到时难以恢复；若运气不好，还有可能带来严重的后果，造成余生的折磨。我倒不是怕死，而是怕死不了活受罪。

第二天，我又拿报告单匆忙去南科大消化科找医生咨询，接诊医生答疑解惑了，我就打消了之前的疑虑，再次致电预约床位。又过了两天，医院来电通知，我终于敲定了住院的日子，定在 7 月 5 日，真是一波三折。

南科大位于深圳市宝安中心区，与前海一条小河之隔，环境优美，规模大，设施先进，停车位充足，这些硬件的优越，引来深圳各个区域的人来此看病，人流涌动，熙熙攘攘。空旷的大门广场前，汽车进出口处，几乎时刻都有车辆在通过。这医院离我居住的小区很近，我每次去看病，不赶时间，我就步行去；若着急，我就踩那辆粉色的时尚单车前往。打车就纯属浪费金钱了，起步价远远未行驶完就到达了，我又没有实现财务自由，奢侈不起。

7月5日上午，我简单地收拾了一些个人必需品：毛巾、牙刷、纸巾、拖鞋等放入双肩包，准备出发时，天色突然变暗，疾风骤雨，哗啦啦下了一场。自端午节后，深圳的天气都这样不稳定，时而烈日当空，时而大雨纷纷，时而阴雨绵绵。7月的天，像孩童的脸，说变就变。雨很快就停了，天也很快由阴暗秒变成通透耀眼的亮色，蔚蓝的天空随之呈现，天是毫无杂质的纯深蓝，云是无瑕疵的纯白。我好喜欢这样明朗的天空，能让人心情舒畅。我感觉猛烈的阳光很快就会出来，赶紧背起包急匆匆就出发了，想赶在烈日出来前到达医院。可刚到半路，阳光就明媚起来了，在十字路口等红绿灯通过时，脸就被晒得火辣辣的烫，幸好过了马路后的人行道上，两边都有密集的大树形成的树荫遮挡，才避免了一路暴晒。一个人独自走路去住院，有独行客义薄云天行走江湖的感觉，很悲壮！

到达南科大住院部一楼，等候厅凳子上已经坐满了人，厅中承重柱子边上突出来的部位上也坐满了人，座无虚席，后到者不得不都站着等。志愿者指引，我在取号机子上拿了号排队，等叫号。半个小时不到，就轮到我了，交了两千块钱押金，就办好住院手续了。我乘坐空间宽敞且锃亮的不锈钢电梯到九楼消化内分泌二区护士站办理床位，935号房，41床，很幸运入住的是二人间的病房，没有阳台，但靠近视野广阔的公用大阳台，几步之远。这里三人和四人间的，虽然有个小阳台，但其实作用不大，病人及家属通常都在屋内待着，空间明显比二人间的显得拥挤，舒适感不太好。每间病房门口侧边墙上都有一个颜色搭配得非常养眼的装饰横杆，浅蓝色，靠门口那端悬空挂着一个长形框，里面放着一小瓶粉红色的消毒液，大小刚好合适，明显是定制版的，上有一行提醒的文字：仅供手部消毒，请勿口服。

房间很大，光线充足，干净利落，很舒适。有个米白色的衣柜，上下多层，左边柜门写着41床、右边42床；一台挂在墙上的电视机，对着41床。我的床位还有人在那半躺半坐着，是一个胃出血的老奶奶，她满头白发，脸上布满皱纹，笑容可掬，应该是病痛解决了，开心了。紧靠着床边椅子坐的是她丈夫，瘦高个，一口长期抽烟导致的黄牙，让我不敢再看多一眼。他们的东西遍布在床上、桌面上，完全没有收拾。男人见我背着包，应该猜到我是新的入住者，赶紧解释说他们还没有离开是因为办出院手续的人多，时间要等很长（事后才得知无论怎样多出院的人，也多不过门诊、急诊部的人，并且出院手续的办理简单快捷，即使排在最后一个，没多久也会轮到的）。他们纯属比较自私，为了方便自己，没有考虑他人。还好我不是重病患者，否则就麻烦了。

临窗的另外一张床上空无一人，但有私人物品摆放着，明显是有人住的，我当然不方便坐在他人床上。幸好床边那也有一把凳子，我就到那坐着刷手机等他们离开。这凳子是折叠的，质地不错，牢固可靠，可以展开拉长成一个人躺睡的小床，刚好满足了陪护人员睡觉的需要。

也不知过了多久，他们俩还是没有离开，他们那个去办出院手续的儿子肯定忙其他事情去了，才没能及时来接走。这种情形，我也不敢提出来让他们先行离开，把床位腾出来给我。我很无奈，只能继续等待，还好有手机看电子书，否则真的会无所适从，抓狂。当我再次留意他们时，发现老奶奶正在床上吃饭，津津有味地吃得很香很满足的样子。床中间那张可收起可展开的小桌摆得满满的，有菜有汤，还有水果。我瞧瞧手机的时间，快中午一点了，我起身赶紧到本栋五楼饭堂吃午饭。

这里原是宽阔的平台，后经改造成了病人和家属的饭堂，解决了住院部人员的吃饭问题，不用点外卖了。在这里能吃上现做的热饭、热菜、热汤，并且他们还很细致地为不能吃米饭的病人提供了白米粥、米汤、小米粥、面条等容易消化的软食。负责收碗筷的那个五十岁开外的阿姨说："这个饭堂去年才开始营业的，与医务人员饭堂是同一个体系，他们工作人员可以互相调岗、轮休。"整个平台都用上了，宽敞空旷，饭堂里面有桌椅供就餐，屋外也有，更舒适，环境很优美，有花有树，有亭台，有咖啡屋那样的桌椅和遮阳伞，浪漫温馨。因为靠近海边，凉风习习，让人怡然自得。

按照规定，如没有特殊意外，我明天就要做手术，今天只能吃容易消化的半流质的清淡食物，我点了一份汤面，交代女师傅不要放青菜和肉，我一点都不能吃，到时丢掉浪费了。清汤寡面的，可能为了好看，她放了点葱花点缀，葱花在汤面上漂浮，绿油油的，煞是好看。我只吃了一大半，就感觉胃很胀了，想着没剩多少了，吃完不要浪费，又多吃了三四口，胃立马就痛了。瞅着其他人潇洒地吃香喝辣，我馋得都快流口水了。我深刻地意识到人的身体健康真的太重要了，一旦得病不能随意吃喝时，精神是很受折磨的，人以食为天呀！

中午快 2 点时，他们的儿子才姗姗来迟。老奶奶扶着铝合金四脚拐杖辅助器缓慢地一步步向前移动，原来她右脚也有问题，缠着厚厚的纱布，悬空吊着，靠左脚移动迈步，行走艰难。她老公和她儿子两人双手提着大包小包的东西，自顾不暇，帮不了她。事实上，即使他们空手也无法相帮，路还是得靠她自己思量着走。人老了，各种疾病紧跟着来，真是让人无奈又无助。身体承受的痛苦，只能自身承受，无人可替代。我们每个人都得经历这些生老病死的自然规律，无一例外。他们的背影渐行渐远。

一直在门口不远处公厕门口等候打扫我这床位的清

洁工阿姨，她一见到老奶奶他们离开，立刻拿着清洁工具过来，她拿起抹布正准备抹桌子的那一瞬间，另一床的病号正好回来了。她是个神采奕奕一副骄傲神情的瘦高个中年妇女，暂且称她为M吧。M很吃惊地说："现在才打扫卫生，难道他们才刚走？这太过分了！"她继而盯着我又说："你为什么不催他们离开呢？"看来，她对前病人或家属很不满，有怨气。我弱弱地回答："是她儿子晚来，能有什么办法。"她转身，用烦躁的语气对清洁工说："阿姨，你一定要打扫干净一点，刚离开的那个男家属太脏了，整天吐痰喝酒吃东西，烦死他了。"阿姨应声好。抹桌子、床头、床沿，一条抹布抹到底，中途没有去厕所冲洗一次，在我们眼皮底下都这样，那无人时岂不更马虎？唉，公共场所的卫生哪个不是这样？表面看起来一尘不染，裸手一擦，满手乌黑。接着，她拖了地，打扫了厕所卫生，离开了。衣柜，表面瞅着很干净，但我还是用纸巾擦了一遍，纸巾果然没黑，证明确实干净。柜门长期关上，脏的东西没有机会入侵吧。

我赶紧到护士站叫人帮我换床上用品，正在低头忙碌的护士身不离凳掉头往里面一排屋子的地方高喊："小罗，41床病人现在离开了。”看来，所有人都知道这事，所有人都在等待那个老奶奶离开，只有她离开了，大家才能开展接下来的任务。护士话音刚落，一个身材不高、戴着口罩的年轻女子出来了，她到护士身后十来步远的一排柜子里掏出白色的床单被套和枕套。她、清洁工、保安以及按医生护士指示跑腿送药、送单据、引领病人去做检查的那些人，他们都不属于医院的人，属于医院请来的物业管理公司的人员，据说一个月才三千元左右的工资，不包吃住，一般月休四天。干这些工作的人一般年纪都比较大，像她这么年轻的，我还是第一次见到。这些工作毫无技术可学，工资又低，她来这里干有什么意义呢？或许她是新人，来这里过渡一下而已，很快就会有关系调到其他的好岗位吧！

她三下五除二熟练地拆装，很快完成了，最后还贴心地把枕头被子摆放得端端正正，把床单拉得平平整整，毫无皱痕。我跟她说我都来了，马上就要躺下，实在没必要多此一举整理这么好，她没听，还是认真完成她该做的工作。虽然她戴着口罩，但我从她一直笑意盈盈的双眼里感知到她全程都是带着微笑干活的，心态真是好！

我把自己丢到床上，舒舒服服地摊了个大字，几个小时的等待，终于有床可以躺下休息了。房间只剩下我和M了，她就毫无顾忌地开始数落起离开的那个老奶奶的老公，说他这几天每天三更半夜都喝酒、吃花生、咳嗽、乱吐痰……搞得她睡不好，烦得要死。她越说越气愤，简直恨意难平。她是个英语老师，不是来治疗疾病的，而是单纯地检查身体，利用暑期住院来个全身上下的大检查。暂时没有检查项目时，她就溜回家去，她家就在医院对面的小区，近在咫尺。医院规定住院人员是不能离开医院的，但有些没有病痛症状的人申请离开，主治医师或护士一般也会同意，但要求晚上必须得回来病房住。她停顿了一会儿，又说还好你来了，你一看就是个爱干净的人。她这一说，让我感觉有种无形的压力，生怕接下来的有些事情不能如她意，让她失望。还好，她明天上午就要出院了。

她从白色透明塑料袋里掏出一个湖北荆州烧饼，掰了一半要递给我吃，说她回医院时到市场那边买来的，还热乎着呢。我连说谢谢，告诉她我不能吃。市场那家号称家传秘方、传统工艺的烧饼，我也经常买来吃，外焦里韧，非常好吃，让人回味无穷。那饼有好几种馅料，最贵的双拼肉馅的15元，其次是牛肉饼11元，最便宜的是香脆可口的全芝麻白糖甜饼6元，这也是我最爱吃的，百吃不厌，几乎每次都买它，其他馅料的不喜欢吃。这家小店除了卖烧饼还兼带卖武汉热干面、小炒，据说每个月能挣到两三万元，比家庭作坊似的小型企业赚得多。看着她吃得陶醉的模样，香喷喷的气味又在空间里弥漫，我馋得不得了，赶紧打开电视看节目，分散自己的注意力。

主治医生、护士过来简单地向我了解了一下情况，让我去做相关的检查，于是，我开始奔波于楼上楼下。晚上7点半左右，护士来病房通知我明天下午2点半做胃镜割息肉的手术。

除生小孩住院过，这还是我第一次住院。窗外，月朗星稀，不远处闪烁着璀璨光芒的摩天轮高高耸起，在迷茫的夜色中，轮廓仍然清晰，只是见不到在上面的人影。M的床靠窗边，她在床上坐直且伸长脖子就可观赏得到窗外的部分景物。她说："今晚月光皎洁明亮，但星星稀少，是因为上午下了场阵雨的原因。"她叹了口气接着说："昨天去另外一个病区去看望朋友，那边有个长期酗酒得严重肝病的人，全身发黄，疼的打止痛药，疼痛的模样真的很惨烈，住院一个月不到人就走了，才三十多岁。”她说完，就陷入了自我静思的情怀中，沉默不语了。

人间又一悲剧，人的肉身真是如豆腐般不堪一击。我最羡慕寿终正寝时无病无痛就撒手人寰的人，他们是何等的幸运，身体不用经受任何万箭穿心的病痛，多好呀！体质弱，大大小小毛病多的自己，此生应该没有那样的福分了。真担心到时老了的自己会不会是病得生不如死的那种，若真如此，我希望在病来如山倒之前来场意外，痛痛快快地离开这个世界吧！

我跟她共度一宿，相安无事。她平和的睡眠气息与下午一度咄咄逼人的样子感觉完全不同。教师也是普通人，爱恨情仇与大家一个样，不会因为育人的职业就变得不一般。

第二天上午，M大清早就回家去了，说吃完早餐再过来办理出院手续，因为8点以后才能办理。她前脚走，我后脚去厕所洗手，光洁的陶瓷盆下水道出水口处，一口白痰赫然在目。无疑，百分百是M吐的，她走时曾到这里漱口。我脑袋“嗡”地响了一下，昨天叽叽喳喳地愤怒指责别人的她，在今日也干了同件事。漱口时，肯定多多少少会顺带往盆下水口处吐口水、吐痰，这都正常，但是得冲干净，不能有残留呀！有些人就是这样，眼里容不得沙子，只是针对别人，对自己却放任。当然，也有可能她当时走神了，没有留意到，百密必有一疏，人都会这样。

M是几时走的，我不知道，因为我又到别处去做检查了。做无痛胃镜须空腹六个小时以上，不能吃任何东西，连口水都不能喝，当我怀着饿得咕咕叫的肚子再次回到病房时，新病友已经来了。她是个毗邻八十年代的七〇后，微胖，圆圆的脸蛋，戴副黑框眼镜，文质彬彬，举止文雅。不可思议的是她竟然是我之前在西岸官邸居住时的住户。虽然当时的我们并不相识，但能在这里碰见，茫茫人海中的相遇，这也太有缘分了。她仍旧住在那里，而我已经搬离多年了。她说前几年周边都在建房，吵个不停，非常苦恼，差点也卖了搬走。梅花香自苦寒来，终于等到基本风平浪静，尘埃落定，宝安中心区成为炙手可热的黄金地段了，这片区域的房价也是宝安区最贵的，一套一百平方米的三居室都高达上千万元，而我们当时买只要几十万元，不到一百万元。她至今还能拥有，她是幸运的。暂且叫她B吧。

彼此都有曾经是住户的情怀在，我们无话不谈，像多年不见的老朋友，又像相见恨晚的知己。她是个在深圳出生长大的孩子（深二代），金融专业毕业的本科生，爱画画、爱养猫、爱旅游的现代女性。谈及画画，她兴致高昂，在我要求下，她打开了手机相册，略带一丝羞涩地向我展示了多张她画的油画，景物画得栩栩如生，人物画得眉目传情，不输专业画家的水平。我对她提议，把画拿去装裱保存或参展。她咧嘴会心一笑，笑容平和甜美，她说画画只是满足自己从小的爱好，不曾想过其他。她相册还有一张纯文字的截图，上面写的话是：最最可怕的，其实不是贫穷本身，而是那些让人无法察觉的诱惑，它会缓慢侵蚀你的思想，蚕食掉你有价值的东西，最后把你完全颠覆成为一个废人。想来，她应该是个有思想觉悟的人。

她因为血糖过高，需要住院治疗。每张床的床头墙上贴有一张点餐的二维码，提前一天订，第二天会如约送来。她订了明日一整天的餐食，专为血糖高的患者定制的套餐，二十多块钱一份。不做检查和治疗时，她也是溜回家去，她要照顾在家里的三只小猫咪。

饿得难受，我干脆去阳台上吹海风、看风景。几步就到达了，目及之处的工地正发出巨大的轰隆声，一声声在空旷的天地里回荡，这是在建的南科大二期工程。工地上临时搭建的工棚到处贴着警示的标语：

精心施工建精品，与时俱进创辉煌。

学一分安全知识，多十分平安保障。

安全第一，质量为本。

…………

干活的工人们一抬头就能看见这些标语，一定能受到非常重要的提醒，时时刻刻让他们不要掉以轻心。

等二期建好，相信这座医院各方面都会越来越完善，医患关系更加和谐。

手术室外的等候厅永远都是那么多人，座无虚席，有排队等待查胃肠镜或手术的患者，有陪同的家属，人来人往，熙熙攘攘，如闹市的街头。可怜肉身的我们，除了要经受生活上的各种不如意，还得遭受身体各种的病痛，想想人活着终究是一种痛并快乐着的修行，有意义又无意义。

我被推进手术室，当睡意来临要失去知觉时，我知道麻药已打进体内生效了，马上任由医生护士摆弄了，祈祷我遇到的他们是技术过硬、负责任且有职业道德感的医务人员，希望他们能好好地对待我！然后，我就什么都不知道了。

当隐隐约约听到有人说话的声音时，意味着我早就离开了手术室，目前在等待清醒的屋子里了，等完全清醒后，他们便把我推回病房，躺在床上的我像捡回一条命一样的虚脱，除了感觉还是胃痛之外，脑袋一片空白。接着打点滴，一瓶又一瓶，营养的、消炎的、护胃的，看着液体一滴滴进入体内，我欲哭无泪。如果时光可以倒流，我一定从小就开始好好爱护、好好经营好自己的身体，让病痛远离自己，直至油尽灯枯、寿终正寝，无病痛安详地离开这人世。

晚上睡前，一直与B聊天，她接了个电话，讲了很久，挂电话后马上告诉我是她老公打来的，说他以前的男同事跳楼自杀了，从公司楼上跳下去的，他有两个孩子，大的有十多岁了，小的还年幼。在电视、报纸和网络自媒体里才会报道的悲惨事件，现在突如其来地听到身边人讲，我都懵了，悲剧还真的指不定就会落在谁的身上呀，人生多变！俩人一阵沉默不语。

伴着胃痛，在三更半夜时，我迷迷糊糊进入了梦乡，一觉睡醒，天已大亮。医生护士上班后来查房，问我术后的身体状况，又叮嘱我早上可以喝点米汤了。我穿着医院发的病号衣服去饭堂买了一碗米汤，记得是四块钱一碗，比稀饭贵一块钱，很奇怪为何米汤会比有米粒的稀饭贵？米汤很烫，我小心翼翼的双手端着，躲闪着旁人，拿回病房，放凉了才能喝。才吃几口，胃又胀痛了。不明白为什么？想到医生办公室询问的，最终也没去。事后，其实很后悔，为什么不去问呢？为什么要纠结于那个年轻的女医生冷漠的态度呢？不耻下问，办公室那么多人，她不可能不回答我，不可能不理我的！问了说不定就有了处置的方案。

这晚，B从家里回病房时领来了她母亲、老公和女儿，她特意把一家人都带来让我认识的，说实话，当时我挺感动的。她母亲在我床边坐着，他们一家三口则在她床那边，他们仨一直在聊天，你一句我一句，家庭气氛非常融洽和谐，非常让人羡慕！

B送家人离开后回来，我提醒她以后不要光顾着一家三口相亲相爱，也要顾及一旁的母亲，不要冷落了她。B若有所思，她用感激的眼神看了我好几眼，我顿时颇感欣慰，我知道她懂了！有时旁人的一句话，能让人意识到之前的错误，从而醒悟，不再迷糊，改正过来。

住院期间，除了打点滴，就吃了几剂绿色长条包装的名叫铝镁加混悬液的药，一种白色膏状的液体，说抑制胃酸作用。另外值得一提的是周末从寄宿学校回家的儿子对我的牵挂，对我满满的关心，他是高三学生，放暑假比较迟。他猜测我可能不可以吃苹果这些，但还是带了一个给我，说万一嘴馋很想吃时，就有得吃，哪怕吃一口也行。

9号上午出院，我拒绝了儿子要接我出院的请求，我自己打车回去了。回到家，用钥匙开门的瞬间，我的胃又胀痛不已。好多天之后，怀疑是不是马上要得胃癌的我再次拿起检查报告单来看，这下才清清楚楚地看到了关键字眼：多发胃息肉，伴有胃糜烂。

原来我的胃胀痛不是胃息肉引起的，而是胃糜烂，为什么我会一直忽略胃糜烂这三个字，一直盯着胃息肉不放？

我不是一般的愚钝，我的糊涂无药可救！

老有所依

五十岁的萍姐从深圳某公司会计岗位退休了，在深圳干这工作二十多年了，如今终于可以从密密麻麻的数字中抽离出来了，可以放飞自己，海阔天空任意遨游了，余生可以按着自己的性子、喜好安排起居娱乐，再不用夜寐前调闹钟，早上被闹铃吵醒，匆忙赶着去上班了。

她是个做事细腻认真、对工作很负责的人，工作中从来没有出现过重大失误，偶尔出点小错，也能在核查中及时发现并改正。她单位想要返聘她，并且承诺加工资，福利也增加。但萍姐不为所动，她表示钱永远赚不完，她干累了，想闲下来，趁现在腿脚还好，精力也充沛，多出去玩耍娱乐，好好参加之前因为没足够时间而没法去的活动，开心健康地度过剩余的人生。

萍姐办完退休手续，迈着时而快步走、时而停下来回望万般不舍似的步伐终于走出了单位门口，路口转弯即将看不到公司大厦的身影时，她最后一次转身，饱含深情地望了最后一眼，玻璃幕墙在阳光的照射下闪烁着迷离耀眼的光辉，她顿时百感交集，有眼泪涌出。别了，从此之后，办公室里不再有她忙碌的身影；别了，曾经多年共事的同事们，别了……

她走在沿街的人行道上，路两边郁郁葱葱的树木枝繁叶茂，跨越路的距离，两边树的枝头勾搭形成了一道彩虹门式的拱形篷顶，完全遮挡了炎炎的烈日，树荫下行走的凉快让人心旷神怡。萍姐走到路口时，停下脚步，抬头仰望着对面一栋大楼广场高高挂起迎风飘扬的五星红旗，她像小学生升旗礼时那样聚精会神地注目了许久，一股强烈的暖流涌遍全身，她在心里感慨，祖国的繁荣、昌盛、强大，让大家都过上了国泰民安的好日子，真好呀！有强大的国，就有安定的小家。

她从老家来深圳的这些年，几乎是陪伴着深圳一起成长的。深圳已由当初破落的渔村发展成了如今高楼大厦鳞次栉比的一线大城市，她目睹了当时“深圳速度”三天一层楼的国贸大厦建成，以及现在高耸入云的平安大厦的落成。萍姐也从最初租住的破旧低矮的老房子到如今住在自购的花园商品房里，一路跟随着深圳翻天覆地的变迁，过上了越来越富有的幸福生活！

萍姐是广东韶关人，她户口在二十六岁时就从老家转来深圳，然后在这里结婚生女，渐渐地购了房、买了车，一家人牢牢地扎根在深圳了。“除了深圳宝安，我哪儿都住不惯了！”这话萍姐常挂在嘴里对别人说，这里成了萍姐第二故乡，永远的故乡。

萍姐现居住在宝安中心区的某小区，早些年一平方米不到一万块钱时买的，这个小区是她最喜欢的，所以一直在这里住着。小区在地铁口边上，附近又有公交车站，出行方便，周边有几家大型综合商场，壹方城、吉之岛、天虹、华润万家（后来关闭了），购物闲逛都极其方便。华侨城欢乐港湾也在眼前，高耸的摩天轮感觉触手可及。萍姐说，有生之年都住在这个小区了，在这里生老病死，不会再搬家了！

他们家有三套房子，第一套是二十年前近十万元购买的位于宝安西乡某村三居室的小产权房，目前喜逢拆迁棚改，品牌开发商接手建造，不久的将来，这里将建成人车分流的高层花园小区。另一套也在西乡，是一套两居室的商品房，当时一平方米不到两万块钱买的，意在给她女儿李佳蓉当嫁妆随嫁的，但她女儿没有要，说她还年轻自己会去赚钱买，后来出租，每个月的租金萍姐收。李佳蓉是他们唯一的女儿，乖巧懂事，对萍姐夫妻俩体贴关心。

萍姐有租金收，虽然不算多，加上退休金，她个人使用足够了，还会有剩余，生活目前妥妥地无近忧无远虑。她女儿女婿时不时硬塞来的一些钱，则是锦上添花了。她女儿在福田上班，中层管理人员，住在公婆家里，婆家就在公司附近。节假日两家人通常会聚在一块过，不是萍姐夫妻俩去女婿家里，就是她女儿带上老公和公公婆婆回娘家，两家都是独生子女家庭，如今两个小家庭早变成了一个相亲相爱的六口之家了，双方父母都把对方的孩子当成自己亲生的，如此一来，没有婆媳问题，也没有岳父女婿之间的隔阂产生。

萍姐在不探亲不旅游的情况下，日子过得很随意，没有要赶的时间，也没有领导管制，任性自在，想干啥就干啥。早上睡到自然醒，任意几点起床都可，个人洗漱完后就抹桌面灰尘、洗水杯，然后喝几口温热水，随便吃几口饼干糕点或蒸包子馒头，简单快捷地吃完早餐，就去阳台上修剪盆栽，给它们浇水。这些事务全部搞完，她便到阳台上的摇摇椅坐下来，对着椅边小圆桌台面上的小度智能音箱叫几声小度小度，我想听某某某的歌曲，小度立刻娇滴滴地回应好的……话音一落，音乐声便响起来了。这小度音箱小小的一个，但功能挺全面的，会听指令执行任务，让它放音乐就放音乐，让它讲故事就讲故事，让它播放新闻就播放新闻……随时切换。科技发达让人们的生活过得有声有色、多姿多彩。她在音乐声中安详地闭目养神、刷手机、与人聊天、跟着旋律歌唱，如此休闲，这在以前是想都不敢想的。以前她觉得上班让人踏实，感觉幸福，现在才知道，不上班一样能充实快乐，并且自由自在。是真的好。

只要不出远门，她每天坚持喂楼下的几条流浪猫，风雨无阻，哪怕是台风下大雨的天，她也会瞅准风雨停一会儿的机会迅速下楼投喂。其中一只不怕人，黏着她，在她面前毫不顾忌地打滚翻肚皮撒娇，又几次一路跟随至楼下大堂，如此黏人，催生了她对它的喜欢之情，她一直很想抱回家收养，又一直犹豫着。她经常到处游玩，东奔西跑的，肯定做不到好好照顾它、陪伴它，何况她女儿已经在备孕，也不适合养猫咪了。

没有被人类在家里养过的猫，一般不会那么黏人，哪怕你天天投食相喂，它们还是会很警惕，有些胆小的，投喂的人离开视线了，周边没人了，它才敢出来吃，并且每吃一口都要微微抬起头来环顾四周一下，好像担心会被偷袭伤害，一听到有响动立刻就弃食逃离。这条黏人的猫咪无疑是家养猫了，它是被主人抛弃还是它自己意外跑出来找不到家无法回去的？如果是被主人弃养的，那就太不应该了，猫咪的寿命不会太长，普遍十多年，长的二十多年，既然做不到养它短暂的一生，当初就不该收养。被人类养过的宠物猫咪，户外生存能力极差，它们不仅要面临食物、水的短缺，还得面临由舒适环境突然变成流浪环境而导致的疾病。在深圳，来自各地的年轻人有些受了当下“养宠物是高端生活标配”的影响而养猫狗，不管是真心爱还是盲目追潮流，她们都以养宠物为自豪、为高大上、为体面排场。一旦工作变动或搬住所，或失去他人的资助，又或猫狗生病没钱治疗，她们就容易狠心丢弃，能克服困难持续养的人不多。在深圳已经安居乐业的市民，生活条件好，养的宠物一般不会随意抛弃。出于对这些流浪在外风吹雨淋缺少吃喝的猫咪的怜悯，萍姐外出旅游时，会让“相伴度青春”群里的姐妹们接力投喂，绝对不会让它们饿到。我喂流浪猫就是受了她的影响才行动的。

她有个四人微信群，群名叫相伴度青春，群员都是同个小区年纪相仿的已退休女住户，如果群里有人提议相约去喝早茶、买菜、逛公园、跳广场舞等，她一般都会积极参与，几乎场场必到。这群是在她退休后主动寻找志趣相投的有缘人组织起来的，不用上班后，她爱游玩、爱享乐、爱美食的本性就完全释放出来了，毫无保留的。个把月左右，她们会一起去 KTV 唱歌，平时就喜欢哼唱歌曲的萍姐还是个麦霸，老歌、现代流行歌曲都能唱，每首都唱得顺溜，动情好听，情怀不一般。她们经常一起去宝安公园、莲花山、梧桐山等爬山、野餐，在宽阔的地方翩翩起舞，虽然没有音响，但心里哼着音乐节拍照样舞动出了妩媚的舞姿。只要不下雨、不生病，她们每天都一起去跳广场舞，小区、社区公园、不远处的海滨广场、体育馆这些地方都有她们的倩影。与宝安区政府毗邻的海滨广场环境优美广阔，来跳舞的人员特别多，集结号式的队伍，声势浩大，相当壮观。她们偶尔也会追潮流赶时尚，花点钱去舞厅学跳莎莎慢舞、交谊舞、拉丁舞、摩登舞等舞蹈，这些舞蹈难度比广场舞大，能锻炼人的体力、灵敏度。因有这些舞蹈的功底，她们还被某组织看中，加入了他们中老年的舞蹈表演团队，有机会参与正式的舞台演出。如今，她们的生活既有诗情画意，也有流行的时尚，日子过得有滋有味。

这四人中有一个刘姨并非小区业主，而是租客，房子是她女儿与其他两个女同事合租的三室两厅，各占一个房间，虽然房租近一万元，但三人分担也不算太贵，能承担。她们在大公司上班，每个人房补就有三千多元，足够支付房租，不用另掏钱添补。刘姨是离异女人，应她女儿要求来了深圳，在这个小区住了有三年了，早餐午餐，三个女孩自己在外面解决，下午下班才结伴回来吃刘姨精心准备的晚餐，做饭所有费用也由她们三个出。刘姨自己有社保退休金，虽然不多，但加上年轻时积累的存款，也足够她花销，甚至还能有多余的钱为她女儿将来想在深圳买房安家出份力。对于养老，她是没有一点忧虑，虽然在深圳目前仍在租房居住，但她老家有房子做保障，随时可以回归，所以她没有心理负担，深圳有房没房，关键是要想得开，只要不纠结，日子一样可以过得舒畅幸福。退休金、女儿、存款以及一起玩耍的老姐妹们，这些都让她觉得有依靠，不至于无着无落。

在深圳，像刘姨这样跟着子女来深圳生活的老人非常多，他们有的帮着带小孩，等老了做不动了，子孙为了方便照顾老人，干脆就不回老家了留在深圳养老了；有的等年纪再大点动作不利索时就要求回去落叶归根。无论在哪都是有依靠的，区域不同而已。

“2022 年深圳南山半程马拉松”比赛即将举办，本次赛事主会场在深圳湾体育中心。当天最低气温 6 摄氏度，爱运动的萍姐还是克服寒冷去围观了，难得的体育盛事，不能随便缺席。为了赶在 8 点在深圳湾人才公园东门鸣枪起跑的时刻到达指定位置，她早早就起床打车赶过去。现场赛跑者个别人长衫长裤，普遍都是短衣短裤，迎着晨曦，在寒冷的风中奔跑，由曾经的羽毛球世界冠军领跑，16000 名参赛人员紧跟其后尽情奔跑在花草树木点缀的美丽的深圳街头。深圳湾、南头古城是折返点，街边有很多补给站，提供茶叶蛋、水果、姜茶、鸡汤、玉米、饮用水、药品等这些给需要的人，志愿者们忙个不停。男子组的冠军以 1 小时 4 分 45 秒的成绩冲破终点线，成绩可嘉；女子组冠军以 1 小时 16 分 45 秒的成绩胜出，赛出了专业的水平。萍姐在微信朋友圈详细报道了这次活动的盛况，让没有去到现场的亲朋好友们都有所了解，她喜欢在朋友圈洋洋洒洒地分享平常生活的状况。她开心幸福的标配是：亲人好友，天天惦记，常常聚会，一起出游，喝点奶茶红酒，碰碰杯，并说说愿景，倾诉下心事，拍拍美照，发发朋友圈，露齿开怀大笑乐逍遥！

萍姐加入了宝安义工联的义工组织，经常报名参加各类志愿活动：图书馆书籍整理摆放、医院大堂指引员、人流多的十字路口的交通协管、被人乱停乱放的共享单车的摆放……穿着红马甲义工服的萍姐忙得不亦乐乎。深圳是志愿者之城，随处都可见义工忙碌的身影，他们见人就笑的亲切面容，柔声细语的解说，贴心周到的服务，温暖着这座城。义工服务利人利己，方便了他人，同时也开阔了自身的眼界，充实了生活，结交的朋友也更多了，因此带来的心情愉悦不可估量。

社区经常举办公益课程，国画课、书法课、美声课、葫芦丝课、面点课等，她也常报名参加，活到老学到老，既学到了知识，又丰富了多姿多彩的生活，陶冶了情操。医学讲座也经常有，通常都是人们常患的疾病的讲座和养生讲解。社区为居民量身打造的这些课程让很多人受益，大家的幸福感和归属感随之也越来越多。

做义工、上公益课、跳舞等这些活动中她结识了好几个志趣相投、年龄相当的人，并且成了好朋友。谁若生病了，子女上班不方便请假照顾的，就近的朋友就会主动帮忙照顾。他们中有个女性朋友前不久在南方医科大学深圳医院做手术，因为离家远，她老公腿脚又不好，萍姐家离得近，便自告奋勇地承担起送饭、跑腿的事宜。她在家里做好了饭菜就送过去，到病房饭菜还热乎乎的，一连坚持了几天，直到朋友家不好意思再接受，子女请假轮流照顾了。

萍姐夫妻和她亲家夫妻四人每年安排至少三次远程旅游，省外或国外，领略国内外大自然秀丽的景色，体会各地的风土人情。西藏拉萨、稻城亚丁是萍姐一直向往的地方，之前一直很惧怕高原反应不敢前往，如今她想挑战自己，已经报团了，同去的还有她老公和亲家，一切费用，他们的两个孩子抢着要负担。

退休后的萍姐，还有其他老姐妹老兄弟们，他们每天生活都丰富多彩，很充实自在，换来了身体的健康和心情的美妙，夕阳无限好。

最美的风景

壬寅虎年阳春三月，大自然正是绿叶青葱、繁花挂满枝头的时候，美丽的鹏城呈现在大家的眼里。

一天，业主群里向来就热心的老党员，从政府机关单位里退休的刘叔提议为提高邻居们的认识度、和谐相处的凝聚力，在花园小广场里搞一场各家自制的美食分享活动，时间定在本周六下午5点半，当晚餐吃，立即得到大家纷纷的赞同。刘叔马上第一个接龙报名，才几分钟的时间，就有二十多名邻居迅速接龙了。一看大家踊跃参与的这阵势，担心人太多，会造成混乱，刘叔赶紧说限定三十个家庭，先报先得，人齐便截止。没多久，人就满了。

这天不到5点半，大家火急火燎地都提前到了，美食的诱惑果然势不可挡，人以食为天。广场上已经摆了好多张长桌，一次性的碗筷、纸杯、纸巾、饮料等，这些是大家另外出钱统一买的，网上下单，直接送来广场这里。大家把食物在上面一一摆好陈列，一个圆形不锈钢大盘里重重叠叠铺满了金黄的煎鸡翅中，目测有几十个。在深圳，鸡中翅不便宜，一斤没几个，这家邻居真是舍得，并且众所周知，煎鸡翅是个细活，需要用平底锅中小火两面不停地翻来覆去慢慢地煎制，一大盘得用好长时间才能完成。舍得花钱买又愿意花那么多的时间用心烹饪，这家邻居的大爱舍得之心，着实让人敬佩！还有一大锅棒骨萝卜汤，一大锅红枣、枸杞、干淮山片、薏米煲的清补凉广式糖水，一大盘堆满了切好的苹果、橙子和几串提子的果盘，煎蛋饼、卤猪脚、卤鸡爪、饺子……各种各样，琳琅满目。菜肴颜色搭配好看，各种香味弥漫，麻辣味、甜醋味、煎鸡翅、煎饼的烤香味和五香粉、孜然粉的香味。每个人都对各家带来的美食充满着期待，馋得直流口水。未等刘叔说开动，孩子们已经迫不及待双手戴上了一次性的透明手套，拿取看中的食物就津津有味地吃了起来，“哇，好吃，好吃！”的赞叹声从他们满嘴食物的口腔里吐字不清地说出来。有的孩子心急，把嘴塞得特别满，一说话就有食物渣子喷出来。过家饭就是香呀，爱不释手！

当刘叔说美食分享开始时，我们这些成年人也像孩子们一样，吃相完全没有斯文样，狼吞虎咽般地品尝着邻居们手艺的美食。其中一盘韭菜盒子，我挺喜欢吃的，味道够鲜，咸味够重，面皮韧性十足，符合我的口味。旁边一个稚嫩的声音响起："阿姨，是不是很好吃？我做的。"我认出来了，原来是隔壁栋在读初二的那个漂亮女孩蕾蕾。我没想到向来娇滴滴、十指不沾阳春水的她，如今竟然不怕劳累，不怕把手弄粗弄脏，动手做起吃食来，而且还那么好吃，这让我很惊讶。"阿姨，我也是刚学的，请您多多指教呀！"我说："好呀，到时去我家，咱们一起学着做。"我一定会邀请她来我家的，美美地让她吃上几顿。

没多久，在场的人员就把桌上的所有食物席卷而光，一点都没有剩下，满桌残渣。我们一边收拾，一边欢声笑语地互相交流着美食的做法。各种声音回荡在小区上空，若在平时，这相当于噪音，而在此时此刻，却犹如一曲曲天籁之音，让人侧耳细听，无限动容！

事后才得知，那盘鸡中翅、清补凉糖水都是刘叔夫妻俩做的，他们认为汤汤水水与煎鸡中翅一起搭配着吃，就不会上火了。慈眉善目的刘叔刘姨，果然与外貌一致，相由心生，确实是心善之人！

晚上，登录微信看业主群，才发现群里正聊得热火朝天，很多人在点赞美食活动中的各种照片，这时有个邻居点赞说：“这是最美的风景！”在线的邻居们的情绪瞬间被这句话点燃，纷纷复制粘贴跟着点赞“这是最美的风景！”素来鲜少或从来没有说过话的群员，都忍不住纷纷出来冒泡点赞。没人出来反对这刷屏霸屏的严重现象，此刻，大家心中饱含的都是满满的邻里之间的友爱之情。

有朋自远方来，不亦乐乎；小区邻居友好相伴，更是不亦乐乎。抬头不见低头见，远亲不如近邻，互帮互助，小区是个有爱的大家庭。

刘叔在小区住了好多年了，经常当义工无偿与物业人员一起冲洗道路，修剪花草树木，清理角落隐藏的垃圾，带领大家一起健身运动、户外游玩……有生之年力所能及为大家做点事，让大家以及他自己都有幸福的归属感，这是他的心愿！

祖国的大好河山，是最美的风景；小区里绽放的木棉花、簕杜鹃花是最美的风景；世间美好的人和事，也是最美的风景；刘叔的心愿更是最美好的风景！

哦，美琳

“昨天所有的荣誉，已变成遥远的回忆。辛辛苦苦已度过半生，今夜重又走进风雨。我不能随波浮沉，为了我挚爱的亲人。再苦再难也要坚强，只为那些期待眼神。心若在梦就在，天地之间还有真爱。看成败人生豪迈，只不过是从头再来……”，男歌手如泣又坚定的歌声在轿车有限的空间里响起来，显得有些急促。几年前，为了时刻激励沮丧的她自己，同时也为了激励我加把劲看淡所遇的窘境，美琳把《从头再来》这首歌曲设置为她和我的手机来电铃声。

电话接通，传来美琳喜悦愉快的声音：“阿珍，你怎么还没到呀，宝安来我们光明这边并不是很远呀，现在都快9点半了，我还等着你来帮我接待客人了！”

“美琳，你昨晚不是叮嘱我们路上要注意安全，不要开快车吗？我们得遵守呀，你这当新娘的等不及嫁人啦！”我打趣她道。

美琳，姓何，是我多年前可以挤在一张床、同盖一被子无话不谈的好朋友，她现在的家在光明新区。一路宽敞平坦洁净的沥青大马路，路边绿油油的灌木丛、高大威猛的参天大树、盛开的花儿、雨后春笋般拔地而起的高楼大厦鳞次栉比，今非昔比的光明区整体给人感觉是干净利落、井然有序、风景秀丽的，与之前有点破败脏乱、萧条的景象截然相反。自2007年光明新区成立以来，经过政府大力的建设治理，绿色生态示范城区、品质光明平安光明的新区已悄然形成，成为深圳最具发展潜力的地区之一。光明天翻地覆的变化让人赏心悦目，令人振奋！一路畅通，我们很快便到达了美琳家，她的婚礼就设在他们家的别墅里。这别墅是他们前两年拿了结婚证之后买的，买房的资金是他们俩共同做生意赚来的，婚礼推迟是因为想在新别墅里举办，所以一收房拿到钥匙他们就马上装修，如今一切都弄好了，马上就举行她这辈子最后一次的婚礼。她以前公开跟大家说过的，这是她今生最后一次结婚，如果将来李伟比她先离世，她也不会再婚，会为他守寡至死，她的余生除了李伟以外，再也容纳不了其他男人了。

美琳当初悲痛欲绝地与前夫结束了第一次婚姻，消沉了半年之久，不工作、不与人交往，除了购买生活必需品不得已出门以外，其他时间都闷在家里自怨自艾，在生不如死的状态里沉沦，无法自拔，任何人都无法劝解她。后来，她女儿因病住院，看着病床上消瘦沮丧、悲观落泪的女儿，她的心都要碎了，就在那一刻她才大梦初醒般清醒过来，认识到了自己这几个月痛不欲生，纠结过去伤痛抑郁的行为严重影响到了女儿的身心健康，她才痛定思痛大彻大悟起来，从此放下前夫带给她的所有伤害，不再悲伤和仇恨，并且发誓从此心态要豁达开朗、阳光明媚、奋发图强，从容应对发生的一切事情，好好活着。她终于做回了她年轻时面对困难不沮丧不放弃，积极解决问题的个性，她要在她女儿面前树立一个充满正能量附带光辉四溢的好妈妈形象。

经亲戚引荐，她辗转到光明区开店，经营批发家居用品的店铺，不久机缘巧合与做同行生意的现任丈夫李伟认识了，同在外漂泊营生的两个苦命人因同病相怜而互生好感，做了朋友，而后成为好朋友，一段时间的接触后，互生情愫，当感情越来越浓厚，非对方不可时，就订了终身，从此不离不弃！

李伟也是二婚，头婚妻子四年前因病去世了，这几年既当娘又当爹的他一边照顾着他的女儿，一边苦心经营着店铺的生意，其中的艰辛困顿太多太多，让他饱经风霜，面露展不开的愁容，形成苦相。他性格温和，为人处世不带恶意，做事不急不躁。美琳是因为前夫诸多的恶行忍无可忍而选择分手，担忧孩子跟着他学坏，她取得了女儿的抚养权，在她娘家父母经济上的帮衬下，才安然度过了那段苦痛又无任何收入的日子。两个带着不一样伤痛的人结识走到了一起，彼此都很珍惜对方，巧合的是两人的女儿竟然一样大，都是十三岁，都在生机盎然百花盛开的春天里出生的。或许相似的点太多，两个女孩极其投缘，自诩为双胞胎，互相亲热地称呼彼此的小名，关系融洽，比亲姐妹还亲。缘分呀，缘分……美琳每当提及她现在幸福的一家子时，经常感慨如此说！

美琳把隔壁转让的店铺盘过来，在一墙之隔的那扇墙开了个拱形的门，合并成一个大店，让李伟把店从龙华区搬过来。他们起早摸黑共同跑业务、拉订单、看守店面，辛勤努力做好每一天的生意！团结的力量，同心同德，他们的生意越做越好，有一段时期，订单源源不断，并且有了酒店宾馆的大订单，让他们大赚了好几笔，积累了资金。登记结婚后就用这笔钱买了别墅，买这别墅纯属凑巧，本来他们想着两个小孩，买套临街市近的四居室套房就成，但在看房过程中，男中介说你们资金充足，不如一步到位买个大别墅，以后不用考虑置换又搬家。一家子都动心了，就随着他去看，没想到这一看，四个人都喜欢得不得了，就这样买下了。再后来，他们那个店其中一个房东急用钱把店转卖给了他们，也就是说现在的店，一半是自己的，一半是租的。

美琳家的别墅是一栋欧式建筑的三层半独栋别墅，亚光色瓷砖的外墙，奶白色的窗棂，屋内装修、饰物、家私等亦是欧式风格，精致高雅，这些都是美琳喜欢的，她说她娘家屋子是中式的，所以想换个欧式的。前庭后院所有植物都是收房时就种上的，长势很好，前几天下了一场大雨，刚好洗去了这些植物表面的粉尘脏污。前庭有个小水池，水自上而下在循环流动，水声潺潺，鱼儿们在欢快地畅游。后院郁郁葱葱的青青草地、不知名的大树、盛开的大红花、簕杜鹃、山茶花等，一朵朵怒放的生命在争奇斗艳，空气里弥漫着花草树木奇特的清香，沁人心脾。有一座人工假山，建造得别具一格，蜿蜒小路、悬崖峭壁、野果野花，山顶尖上有对展翅欲高飞的大鸟，一雌一雄，惟妙惟肖；中央有轱辘转运水轮，在通电状态下带水不停地360度慢慢转动，寓意红运当头、时来运转！假山旁边有一套欧式的奶白色桌椅，上面有把银灰色可收可打开的大伞遮阳。院子里还有几棵荔枝、龙眼果树，枝繁叶茂，以后肯定果实挂满枝头，想想就满心欢喜，到时我可以来这里大饱口福了。真没想到整天在生意场上打滚的美琳夫妻居然也有这番品味高雅的鉴赏能力。

美琳、李伟的婚礼没有请很多人，就请了常联系的亲戚朋友，以及关系比较好的生意上的朋友。随着客人陆陆续续地到来，已是人声鼎沸，热闹非凡，祝福声、谈笑声、孩子们玩闹的欢叫声、连续扎破一个又一个气球时响起的啪啪声（代替鞭炮烟花），一派喜气洋洋、欢天喜地的美好祥和的景象，让这栋房子别开生面、精彩纷呈起来。我跟在美琳身边帮着招呼来客，顺便帮她提提白色婚纱裙子的拖地裙摆，她本来就长得清秀，梳妆打扮后更显得娇美，气质优雅，完全不像有个十多岁孩子的妈妈。新郎李伟虽然长得不帅，但五官端正，个子也高，一脸憨厚老实的模样。感情好的夫妻，相处久了是会有夫妻像的，我觉得他们俩就有，在一颦一笑的气质上显现出来了。想当初美琳也是个人见人爱的漂亮姑娘，能歌善舞，是公司里的风云人物，奈何遇上个花言巧语、行为不端的前夫，过了十几年痛不欲生的生活，所幸抽身离开，解脱了。如今碰到了对的人，过上好日子了！

这期间，美琳左邻右舍的邻居前来祝贺，无论男女，一个个都是光鲜亮丽、彬彬有礼、儒雅大气的人，给人印象极好。李伟现在也是别墅的业主了，并且家产丰厚，但他身上丝毫显示不出养尊处优的那种神态，曾经饱经风霜的痕迹已经深深地刻印在他面容上了，无法消散。

美琳抽空轻声对我说，下次再来光明时，她一定会放下生意好好陪我去光明转转，光明农场游玩是其中之一。光明农场其实我之前带孩子有去过，逛过它的山林、果园，摘过草莓，坐过马场的马，看过挤奶牛身上奶的场面，吃过光明的乳鸽。若有机会能再次去，我也求之不得的，到时一定得去玩上次没有去成的草场滑草。

美琳，突然想起来说："对了，阿珍，我的手机来电音乐在认识李伟后就改了，你的为啥还没有改？几次提醒你了！”她说完，不容分说拿起我的电话，有点气恼的当面帮我设置了我喜欢的某歌星唱得欢快的歌曲。其实我只是觉得《从头再来》这首歌有点好听，就懒得去改了，仅此而已。

宴席开始，屋内外的圆桌上摆满了令人垂涎三尺的美食，有烧鹅、龙虾、鲍鱼等，最显眼的就是著名的光明乳鸽，烤得又焦又脆的鸽皮真让人看着就流口水，还有特意去光明农场买来的醇香的鲜牛奶，也是让人顿感口干舌燥，想喝上一口！

这些还散发着热气的食物，香味、鲜味一起迸发，大部分是大酒店里订制做的，刚送来，小部分是美琳家厨房弄的，亲戚朋友和钟点工阿姨帮忙做的。

在向亲朋好友敬酒之前，李伟拿起话筒当着大家的面大声地对美琳深情表白：“老婆，以后无论是贫穷还是富裕，健康还是疾病，不管什么情况，我余生都将永远爱你，对你好一辈子，爱护你一辈子！大家见证！”说完，他把已感动得瞬间哭成泪人儿的美琳拥抱在怀里，紧紧地。他们的一双女儿也幸福得哭了，梨花带雨般向前与父母相拥在一起，没有血缘，胜似有血缘。刹那间，大家雷鸣般的掌声响起，在蓝天白云下荡漾开来，幸福的味道四处飘散！

二婚夫妻并非都是貌合神离，各怀鬼胎，也有真情真意，相爱相守余生的。美琳，你是幸福的，并且相信你会永远满满当当地幸福着！

天黑时，别墅里挂的彩灯亮起，闪烁的光芒，照耀着已经换上中国大红礼服的美琳，她脸上一直荡漾着幸福甜美的笑容！我猛地发现她小肚似乎隆起了，难道怀孕了？

哦，美琳，你又要当幸福的妈妈了吗？

如果岁月能静好

仓促忙完自己的事情，我紧赶着去了李凤娇家，她前一天晚上在微信上说让我去她家帮忙几天，她快要愁死了，不知道咋办才好？临了还补充一句，反正你现在无所事事。我作为她的好朋友，当然是愿意的，想都没想就马上应承了，何况她也曾经用心帮过我。

反正你现在无所事事，这句由衷的实话击中我了，反思自己还真是这样呀！年龄递增，时光流逝，自己迄今仍是碌碌无为，毫无建树。其实一直想改变现状，又不知从何下手？转念又一想，或许平凡才是人生的常态，开门七件事柴米油盐酱醋茶，吃喝拉撒睡，居家过日子的标配谁能躲得过？所以只能尽力乐呵呵过好每一天了，快乐的要更加快乐，苦的要苦中求乐。

我跟她差不多半年没见了，虽然同在一个城市，但平时各自忙碌，烦恼地过着自己的生活，没时间也没机会见，其实更多的是懒得见，多数中年女人的毛病，几乎都衍生变成君子之交淡如水！情义不会消失，永远深藏于心里，只是不常见而已。曾经你侬我侬一刻都不愿分开的姐妹情，那是年轻时。那时的我们都单身，没有旁人干扰，也没有居家过日子的各种俗事缠身，心境单纯，孩子似的天真烂漫。哪像现在被诸多的不如意之事糟心，随之产生的心如止水、心灰意冷的淡漠想法，让人不想去刻意维系谁，抱着一切顺其自然的想法！但若真有事，却仍然会一马当先的付诸行动，大力帮助！

凤娇家在龙华新区，好多年前买的一套一百多平方米的小产权房，从此她一家人就在这里扎根落户了。“我们能在深圳安稳的落脚，不用租房，这还得归功于阿珍！”她每当碰到我们大家都认识的人时，总是不由自主地会啰唆这句话。这房的确是因为我的牵线而买成的，当时我在这附近上班，这栋小产权房是我部门经理与他的几个朋友集资买地皮建的，对外只卖几套，近水楼台先得月，我就赶紧揽过其中的一套，因为我想到了她，说不定她会需要买，她那时刚结婚不久（她比我大三岁）。果不其然，她当即就订购了，买房款是她与她丈夫一起东借西借凑齐的，二十万元不到，迄今应该涨了十多倍了吧？我不太清楚，没去打听。所以她挺感激我的，说如果当初没有买，那么现在他们根本买不起，其实她当时确实没有买房的意识，只是因为我提出来让她买，她就买的。至于我，其实也是没有这个意识的，让她买只是跟风罢了。

风娇开的门，一看到我，满面愁容的她马上就落泪了。她瘦了很多，给人感觉弱不禁风的样子，半年前风韵犹存、精神抖擞的姿态消失殆尽，一丝都看不见了，生活果然是磨损人的。我扶着颤巍巍走路的她回了她屋子，让她躺下休息。她脚疾严重，行走剧痛，走不了几步。她家眼前急需解决的问题就是要有人照顾她孙女，她早婚的独生儿子阿熊不到三岁的女儿朵朵。朵朵顽皮好动，除了睡觉能安静下来以外，其余时间上蹿下跳，一刻不停歇，就连看动画片也不安分，学着剧里人物的动作比画挥舞，经常噼噼啪啪碰翻桌面上的东西。更让人担忧的是她丝毫不懂得分辨安危，在厕所里打开水龙头玩水已经摔倒过几次了，曾经有一次摔成轻微脑震荡。

她还经常爬到阳台防护栏杆上面去，坐在悬空的不锈钢栏杆上，双脚用力地在空中晃来荡去，双手还使劲摇晃栏杆，说要荡秋千，要像超人一样变身飞跃。万一防护栏安装不牢固，受此重力整个倒塌砸下去，后果不堪设想，她自己伤亡，还会连累到楼下的人。朵朵所有这些危险的行为吓得她心惊肉跳，一刻不得安宁，她脚疼又追不上。自她丈夫前年出意外去世后，她就是一家之主，承担家庭所有的重压。高中毕业后当了两年兵的阿雄，回来深圳后就在家附近找班上了，当了社区辅警，工作忙，没多久就结婚生孩子了。

她上个月住院治疗脚疾，阿雄请了假一边照顾她，一边照顾朵朵。她住院半个月了，还是没能完全康复，大家都心想着伤筋动骨的，可能需要时间慢慢恢复吧，所以就出院回家修养了。阿熊不能再请假了，他的岗位不能长期让同事顶班。朵朵妈妈是她娘家唯一的女儿，她回去照顾自己病重的妈妈有些日子了，如今老人家前几天已经去世了，要办完丧事后才能回深圳来。独生子女的家庭就是这样，父母还身强力壮时，子女独享父母的爱；父母老了，有病痛了，就得独自照顾，没其他兄弟姐妹可分担。

我这次来就是帮忙带朵朵几天，以及料理她家里的一些事情。小家伙是个活泼好动的孩子，真的没见她安静过，她不累吗？她精力旺盛，又娇生惯养。她经常把整个屋子翻得乱七八糟，我跟在她屁股后面收拾；她上蹿下跳，我得在她身边看着，怕她出危险；吃饭、吃水果还得喂，不喂一口不吃。我跟她讲道理，她听不进去；我假装生气对待她，她也完全不当回事，有时还顶嘴。没过多久，我就筋疲力尽了，累瘫在沙发上不想动了。真是难为了凤娇，难怪她刚刚说话声嘶哑，估计总是叫喊才造成的，跑不过就用嘴巴喊！我很严肃地跟凤娇说，以后一定要把朵朵这些毛病纠正过来，否则时间长了就会形成习惯，潜移默化附带其他不良习惯是非常可怕的。小时候不及时纠正，大了到时想改正就难了。她说他们也意识到这点了，等朵朵妈妈回来，就开始好好地管教朵朵。

想想凤娇当年掌管着公司全部的财务工作，工作能力强，为人处世泼辣讲理，长得虽不是美若天仙，倒也清纯可人。最关键的是她有追求物质奢华、心比天高的骄傲个性，可如今过的却是普通得不能再普通的生活，这实在让人唏嘘。或许，人生就是这样的不如意，终究都是平凡人，能出类拔萃和大富大贵的人毕竟凤毛麟角，少之又少。

阿雄的工作性质比较机动，通常没有固定的岗位，属于哪里需要就去哪里的状况。他参与的工作也多样化，治安巡逻是其中之一。阿雄今晚比较晚回到家，回来时朵朵都已经睡了，他显得非常疲惫，与我们聊了一会儿，便去洗洗涮涮，晾晒衣服，然后与我们道声晚安就回屋睡觉去了。我们很快就听到了他熟睡的鼾声，他几乎倒头就睡。凌晨12点左右，阿雄接了个电话就要出去，是他同事打来的，说社区路边有一醉汉在闹事，骂我们辅警狗拿耗子多管闲事，还要打我们的人，他要去帮忙。阿雄后来是几点回来的，我们并不知道，反正1点时我起来上厕所，发现他屋子门开着，空无一人。

阿雄后来说，那醉汉在一家工厂里上班，周末放假，一个人在大排档吃夜宵，与微信好友在视频里猜拳斗酒，输多就喝多。阿雄他们看他酒气很重，担心他酒精中毒，为安全起见，就把他送去了医院，折腾到半夜。

…………

朵朵妈明天就要回来了，又恰逢阿雄同事与他调休，他今天休假。凤娇在社区群里聊天时说她儿子今天休息，要去商场买点朵朵喜欢吃的零食。话一说出，群里即刻陆续有人提出让阿雄顺便帮买一点东西带回来。最后，凤娇列了一个长长的购物清单复制粘贴发给阿雄微信上，物品种类繁多，数量也各不相等，看得人眼花缭乱的。我瞬间不忍心了，如此细致的购买工作，阿雄一个男人怎么应付得来，就算是个细心的女人说不定也难以不出错地完成。我代替凤娇在微信群上说，就阿雄一个大男人去买，他完不成这么多，你们急需的才买，其他的等你们自己方便时再去买吧。

凤娇说这里有好几家像她家目前这样缺人手状况的，阿雄之前也经常帮邻居稍带过东西，不碍事的。群里很快有几个主动说自己其实不急着要，不购买了；还有几个改写了清单，很快清单就没有之前那么长了，缩短了很多。信息全部再次确认之后，我转发给了阿雄，让他照着买就行。

阿雄回来时，我已经在楼下等他了，我是来帮拿东西上楼的。他把车开在方便大家拿取的位置上，然后在群里吆喝了一声，很快大家陆陆续续马上都来拿了，走时都千恩万谢地感谢阿雄！来拿东西的，基本都是腿脚不好的老人，或者儿童，如凤娇说得基本一致。活着的我们，的确要面临各种突如其来的变故，在让人措手不及时，能有个人相帮，相当于救人于水火之中。

一个大约六岁的男孩，很瘦，脸上呈菜色，神情落寞，弱不禁风的样子，唯一让人感觉灵动的只有他那双扑闪扑闪的大眼。他来拿一卷厕纸，虽然不重，但因为体型长，不方便竖着提着走，他就横抱在胸前，竹篙般瘦小的双腿慢慢地迈着步子，艰难地往前走着。我原想帮他的，阿雄说他不会答应让人帮的，他很坚强，自己做得到的事情绝对不愿接受别人的帮忙。我只好作罢。接着他又说，男孩的父母感情不和离异快两年了，他爷爷与他奶奶离异也有十多年了，早就没有了来往。奶奶再婚后又离异多年，单身至今。男孩从呱呱落地开始，就由他奶奶带着，直至现在。他爸爸已经再婚，与现任妻子住在外面，很久才回来一次看看。

唉，可怜的孩子！离异家庭的孩子，如果小孩判给爸爸的，小孩一般都过得苦，因为男人再婚后往往顺从现任妻子，不敢费心照顾前妻生的小孩。甚至有的完全不管不顾，这些男人可以无怨无悔地出钱出力当好继父，抚养再婚妻子带来的小孩，却不敢对自己前妻生的小孩伸出援手。女人，无论是好女人还是坏女人，通常情况下，处于后妈身份时，一般都会成为“恶毒的后妈”，能好的，简直大海捞针。所以我始终认为孩子年纪还小的夫妻离婚，孩子得判给当妈的，才能过得好！

来者对阿雄连说感谢的话语时，他总是呵呵一笑，说这么一句，不用客气，咱们是邻居，这点小忙，算个啥呀！

“如果岁月能静好，在短暂的人生里，我们大家都能顺心如意地活出精彩，那多好呀！”阿雄若有所思地转头对着我说。

岁月是否静好，取决于心态，凡事想得开，不纠结，不计较，从容面对一切，过好每一天，便算岁月静好了。我拿起手机，在微信上回应了他这么一句，此时此刻，我觉得用话语说是苍白的，用文字方能昭显话中用意，源远流长！

阿雄看了信息后，抬头与我相视一笑，一切尽在不言中！

糖水里的甜味

二十多岁时，在罗湖上班且已暗下决心将永远在这安定下来的我，经不起好友吴敏姿的极力拉拢，辞职去了她所在的公司上班，龙华某工业园区内一家电子厂，就这样，我与龙华意外地结下了不解之缘。

龙华位于深圳地理的中心位置，深圳客家人聚居地之一，街上随处可以听到讲客家话的人，提着日常用品的阿姨、抱着小孩的少妇、无所事事溜达的大叔，这些一晃而过的身影，在视野里渐渐远去。

我与敏姿同在一个办公室，她是采购部的采购人员之一，而我在人事行政部门，各司其职，互不干涉，各忙各的。我们俩在工作上很少交集，只在下班时才“鬼混”在一起，我们俩的宿舍在同一间，三人一屋的套间，“鬼混”这词是她自诩的。我们俩一起上下班、去饭堂吃饭、节假日在外面街市闲逛打发时间，简直就是形影不离。用她的话说，吃喝拉撒睡玩几乎都在一块，形影不离地陪伴，不是“鬼混”，是什么呢？

敏姿是个性格开朗乐观的人，聪颖、勤奋向上、胆大心细、行事果断，绝不拖泥带水，与我的慢性子格格不入，两个性格差异的人能成为好朋友，让大家都觉得不可思议。工业区里有个大广场，那里有两个篮球架，她常在太阳下山，还剩余晖的黄昏时分约我去打羽毛球和篮球，喜欢体育运动，这个爱好我们倒是完全相同。我们都喜欢去糖水店里喝各种款式的糖水，她说糖水里的清甜沁人心脾，能让人心情愉悦，还能让脑袋特别清醒开悟。

我们俩的认识不一般，是在校园里偶遇的。某个周末，我独自一人去深圳大学游玩，这是我一直向往的校园，我一到，就深深迷上了，到处转悠，享受其中可望不可即的欢乐！那时候校园里走动的人并不多，我不认识路，瞎走，看到有路就走，不会考虑这路将通往何处，终点在哪里？我不知不觉竟然走入了一片上坡的树林中，深入时才发觉，当时除了我，根本没有其他人，我害怕了，赶紧掉头往回跑，还好是条直路，没有转弯转角，不至于迷路。一口气跑到路口，才敢停下来歇口气。气喘吁吁中，看到一女子正朝我这边走过来，即将上坡进入林中。我赶紧拦截她，告诉她不能去的缘由。她其实还有两个同行的伙伴，只是她们懒，寻了块凉爽之地逗留，不走了。就这样，我们俩认识了，喜欢校园氛围的我们，相见恨晚般马上互留了地址和公司电话，后来常打电话联系，节假日也会经常相约到深圳范围内的景点游玩，成了无话不谈的好朋友。

人生何处不相逢！如今我们俩在一起共事了，距离拉近了，友情也不断升温。

不久，街市有家离公司二百五十米远的糖水店转让，她立刻嗅到了商机，拖着我一起去跟老板议价，而后当机立断地盘下了这家店。我有点担忧地提醒她，你转过来又做同样的生意风险太大了，这老板之所以要转让就是因为生意不好，店的名声已经臭了，来过的顾客已经先入为主有了成见，一般很难再来光顾了。可她信心满满，让我绝对不用担心。她说这家店位置好，人流涌动；地利更好，有一侧靠墙，行人车辆都不能通过，可以充分利用这块露天的空地来摆几张时尚潮流的桌椅，每张桌边上再撑上一把帐篷似的特色大伞，洋气的风格一定能吸引周边的工友来光临，来欢度工作以外的休闲时光。我们再开发一些新品味，满足顾客多样化的选择。之前的老板是因为他们没有全心全意去经营，再加上请来的人不负责任，是这些原因造成的。转租过来后，一定要把店面整成毛坯，重新装修，彻底改头换面，与之前的陈旧划清界限，焕然一新，让过路人眼前一亮。

我想起之前我跟她来这家店最后一次吃汤圆糯米酒糟时的情形，汤圆都没有煮熟，我们去厨房找师傅理论时，发现他嘴里正叼着烟漫不经心地在锅里搅拌，一副流里流气的样子，厨房台面、地上又脏又乱。敏姿看到这情形，想到之前来这家吃过好几次，马上反胃，差点呕吐。她气得要找老板，店里唯一的服务员说老板很少在这里，偶尔来看看。事后才得知，这家店是个四十多岁的香港老板为他年轻女友开的，他基本不过问店里的事情，只管出钱。而他女友喜欢没日没夜地打麻将，每天在打麻将之前会来店里瞄一瞄，顺便吃碗糖水，嘴一抹就走了，把店完全交给厨房那个师傅打理。这师傅又因为年轻，也不怎么懂得该怎么做才是正确的，糊里糊涂随性发挥。如此开店，不亏钱倒闭才怪。

敏姿向她有钱的姑表哥借了一部分钱，加上她自己的全部积蓄，以及我手头上的一点点皮毛，在一天之内就搞定了转让的所有事宜，便开始计划装修的事情。她说要跟我共同创业，一起经营，一起赚钱。对做生意毫无兴趣的我没能同意，但表示跟以前一样与她形影不离，会去她店里帮忙。接下来，她把公司的很多工作提前安排或做好，请了三天事假，连着周六日共五天的时间来忙活店里事务。她把老旧的桌椅锅盆碗筷等全部扔了，带头引领着装修队的师傅们凿墙撬壁，敲敲打打把店里外打造一番。经过半个月左右紧锣密鼓的装修，全部搞好后，敏姿又每个地方都仔细地查漏补缺，最后重新购置所有的锅碗瓢盆、桌椅等。又几天后，清新舒适又显得高端的糖水店便呈现在所有人眼里。白墙上挂的几幅让人看到就怦然心动的字画很文艺，也很温馨，比如“时光不老，我们仍在”。

正能量阳光的人的磁场总是能引来相似的人来，物以类聚、人以群分有一定的道理。敏姿很顺利地租了套环境不错的三室两厅的房子当员工宿舍，又很顺利地招聘到了可靠且值得信赖的一个厨房师傅和一个年轻的服务员小妹，他们俩作为店里的主力军，另外还有一个不包吃住的钟点工，按时计算工资。敏姿和我每天中午一下班就急急赶去店里帮忙，不午休；傍晚下班后一直干到打烊才回宿舍睡觉，幸好年轻，身体精力皆好，否则人真可能累坏病倒。店一般在上午 11 点开始营业，到晚上 12 点，下午师傅和服务员有三个小时左右的休息时间。

节假日敏姿那靓丽的身影都会出现在店里，进进出出，忙个不停。我除了偶尔出去，一般也在店里帮忙。糖水店主营糖水，另搭配一些特色小吃，糖水有好多款，银耳莲子枸杞糖水、绿豆沙、西米露、酒糟汤圆等。小吃有煎鸡翅、煎饺、糯米糍等。店里装修漂亮，里里外外又干净整洁；糖水用料新鲜，分量又足；小吃地道，味道好吃。食客们一传十、十传百的效应引来了很多人来，客似云来，店里外桌椅经常不够坐，不想等候的人就打包带走，我们忙得不可开交。不到两个月的时间，她把糖水店左右两边的小店面也转租过来打通成一间大店面，扩大了经营，请了好多人。爱喝糖水、爱钻研的她，自己创新了好几样低糖又好吃的糖水，让人赞不绝口。

在这期间，能干的敏姿被公司提干为采购部经理。再后来，她在龙华、布吉、龙岗等地又开了几家，成为糖水连锁店，名噪一时。实在是太忙，不能分散精力了，为了不影响两边的工作，她便辞去了公司采购部的工作，一心一意专职做她自己一手打造出来的糖水店生意。

我偶尔调侃敏姿，你的成功是能力加运气，百分之八十是能力，百分之二十是天时地利人和的运气！她每次听后都嫣然一笑，不置可否。

如今的敏姿早就在龙华结婚生子，与她丈夫一起继续在商海里打拼，成为有房有车族，并且还是多间店铺的业主，户口也早迁入深圳，孩子也在龙华出生、长大、读书。她成了地地道道的新龙华人，曾经艰辛，最终过上安稳舒适、自在富裕的好日子。

敏姿在青葱岁月时经历的那些奋发图强的事迹一直深深地烙印在我脑海里，没有因为时间的流逝、健忘症的毛病而淡忘。我们的友情也将天长地久，就像糖水那样滋润弥漫着彼此的心田！

筑梦领航城

经常坐飞机出差的黄哥和喜欢坐飞机去各地旅游的黄嫂，在 2019 年 3 月终于下了决心卖掉了福田那边的大房子，卖的钱用来买了离宝安国际机场非常近的领航城小区的房子，又将剩余的钱买了房子附近的一间写字楼作为公司办公室，在房子装修期间，公司就从福田搬来这里办公了。原有的一套房置换了现在一套房外加一间办公室，非常成功的置换。他们家再也不用像之前那样每个月都要交办公室的租金了，没有了这个租金压力，夫妻俩都变得神清气爽起来，整天乐呵呵的，见人就笑，好像彻底没有了世间的烦恼一样。正如黄嫂所说，她不求大富大贵，不求房多钱多，只求有一处稳定的栖身之所；钱不在乎多，只要没有借贷够用就行。

他们一收房就急不可待地装修，一切都弄好后，很快就举家搬来了。他们俩搬来领航城主要是为了坐飞机方便，在这里住再也不用像之前那样提前好长时间出发到机场了。黄嫂经常跟旅游团出游，为了节省费用，充分利用手中的钱多玩几个地方，她一般报的都是团费比较便宜的，这种团的航班往往是大清早或者晚上的，家离机场远，出行就相当麻烦。现在的小区离机场相当近，掐点起床掐点出发问题都不大，就冲这个便利，他们俩早下了决心就在这个小区住到老，再也不搬家了，何况年纪大了的人本身就不喜欢随便动迁，伤神劳损的，折腾不起。再者，宝安日新月异飞跃式繁荣昌盛的发展也早就撬动了他们原先死守福田的心思，用他们的话说，作为落户了三十多年的深圳的一分子，我们也要来享受宝安的利好，分得一杯羹！他们同时也会力所能及把生意做好，贡献多点税费，总之绝对不做宝安的蛀虫！

因为意识里认定了宝安，所以内心就无比欣喜地接受了宝安，随之深深爱上这片热土，黄哥很快就融入了这里的生活，与住户们打成一片。他与住户们最初的认识不是在抬头不见低头见的路上，而是在小区热火朝天聊天的业主微信大群里，聊多了，大家自然互相就有了一些了解，人以群分，又会有人组建新的微信交流群，志同道合的人就聚在一块了。新建的小群有游山玩水的、搓麻将的、打篮球的、打乒乓球的、游泳的、唱歌跳舞的、爱好文学的等，甚至还有约饭群，一帮吃货说要AA制吃遍深圳美食。大家从网络世界走到了现实生活中线下见面寒暄了，互相串门，出外聚餐玩乐。

从小在家乡城市里长大的黄哥常去图书馆阅览书籍，古今中外的名著基本都看过了，长期在书的海洋里熏陶的缘故，因此热爱文字。在这些文字的熏陶滋养下，他心里总是被温情感动着，且参悟了许多灵魂深处的东西，天长日久，促使他形成了文质彬彬、从容淡定的优雅气质，与人交往善意真诚、大气舍得、亲和力强。无论线上还是线下，大家都对他有好感，都喜欢与他接触，所以邻居们以他为耀，纷纷邀请他进了众多的微信小群，他盛情难却都进去了。他最爱的群是文学群，群名相当霸气，文学走天下，群里包括他总共有八个人，二十八岁至五十三岁年龄不等。六个哥们，两个姐们。三十岁的群主浩瀚是个断断续续在报刊上发表了不少文章的作者，群就是他组建的，陆续进群的也都是热爱文学的人。除了黄哥没有写过文章以外，其他人都有写，手头上积累的文章都相当多，存于电脑里或U盘上。黄哥其实在灵感来时，或受某些人和某些事感触颇多时，便会在脑海里迅速地编写起来，但由于工作忙，经常出差外地奔波，所以他从来没有把在脑海里写过的那些文章真正用笔或键盘记录下来，都存于他的记忆里了。

大家平日里都需要上班，只能在空闲时聊天，为了能八个人同时都在线上，方便集中沟通，浩瀚根据大家的休闲时间点，定了晚间8点半左右为固定的开聊时间。他们看过的书多，谈古论今，娓娓道来，说到动情处嫌打字慢，就用快速能表达感情的语音来说，还是不能抒发高涨的情绪时，便不约而同呐喊着谁家方便去谁家见面聊，或下楼去小区花园里老人小孩都不爱去的、较为偏僻的地方侃，各自带着书资料去印证自己的观点。喜欢文学的人，他们对文学的痴迷热爱，圈外人是无法体会、无法理解的，就如热爱唱歌的人一样，一遍遍地吊嗓子练声都不觉得厌烦。

群主因为常写文章，所以有写作经验，他刻苦摸索出一套把文章写好的方法，主动无私地与大家分享，没有一点藏着掖着的小气行为。他引导鼓励群员多写练笔，争取将来与他一样把文章投稿发表。群里聊天，每次都由群主说这句鞭策的话语来结束：路漫漫其修远兮，吾将上下而求索！

在浩瀚的开导下，黄哥终于茅塞顿开，像从死胡同里走出来的人一样，迈向了通往罗马的大道，他开窍了。他从小到大爱看书，爱摘抄好词好句，其实就是喜欢文学的一种体现，直至年过半百了才开悟。通往文学的路已经打开了，星光灿烂，曙光在望，潜伏且蓄满在他体内已经太久的文学能量，一触即发，他终将要付诸行动了！认知到这点后，他无论是出差外地还是在宝安，只要一有空，他就拿出笔记本电脑把之前脑海里的那些文章凭记忆一字一句都敲到电脑的屏幕上。由于有现成的脑海里的草稿，再用上浩瀚教的方法延伸内容，承上启下串联一起，他写起来如行云流水，又像竹筒倒豆子一样哗啦啦地毫无阻力，非常顺畅洋洋洒洒地写了一篇又一篇。清空了脑海里存储的文章后，他开始了新的构思、新的创作，从此热衷于写作，一发而不可收拾，越写越喜爱，越写越得心应手，唯文字不能活也。

有一天，黄哥在群里说：“‘不积跬步，无以至千里，不积小流，无以成江海。’我们的空闲时间除了安排外出、健身、接触体验各种生活以外，其余的时间都应该用来努力写文章，散文、小说、诗歌都行，争取在次年能写成一本书的份量，各自结集，一起出书，一起签售。”没想到这提议说出了大家的心声，立刻得到了大家异口同声地叫好，两个姐们甚至激动得各发了百元红包祝贺。黄哥说：“出书，这梦想虽然小，但也应该被绽放，也必须得实现。”为时刻激励个别懒散懈怠的群友，他们决定把群名改成以小区名命名为“筑梦领航城”。“只要我们下定决心，够努力，不畏惧码字的辛苦，以后我们还将写出更多的书。将来，还可以考虑在小区成立领航城文学社，开展文学活动。到时还可以给小区孩子免费辅导，上些作文课，让孩子们提高学识和写作能力。”浩瀚道。

筑梦领航城，这群名真实表达了所有人的意愿，大家除了纷纷叫好，更多的是就此在心里对自己暗暗地许下了诺言：必须把书写出来，没有回头路，勇往直前，圆梦，圆梦！

六岁儿子让座记

暑假的一天，晴空万里，微风习习，阳光温和地普照大地，难得不酷热的好天气，那是因为昨天下了一场大雨后带来的少许清凉。我跟儿子乘坐地铁去欢乐谷玩，许久没去那里了，儿子显得很兴奋。至于女儿，她跟同学出去玩了。

欢乐谷在南山区，一座集观赏性、娱乐性、参与性、趣味性于一体的现代主题乐园，园内有很多游乐项目，分九大主题区，小孩们尤其爱玩魔幻城堡、玛雅水公园、欢乐时光这三个主题区。

灯光照得如白昼的地铁站宽敞亮堂，素雅干净，地上见不到一点垃圾，空调冷气够凉爽，这样的环境让人感觉舒适，所以我很喜欢，出行来回一般我都会选择坐地铁。路途不用等红绿灯，又不会堵车，速度又快，一路顺畅地把我们送到各自的目的地，万一不小心坐过站，走几步到对面坐返程地铁，无需再补钱，地铁是多好的交通工具呀！

等候坐地铁的人基本都能一个跟在一个后面，自觉排队。这次我们来得比较早，排在了前面，很快地铁风驰电掣般嗖的一声到来，我们依次而入。有个别人从旁处穿插，挤到前面争先恐后抢先进入地铁内抢座位坐。其实不是上下班高峰期，是不会人山人海般拥挤，无须如此抢座位。即使上车时无座位，中途总会有人下，迟早都会有座位的。即使等不到，地铁平稳，不颠簸，又是市内的短途，站着又何妨！果然，我们进去时，临近的两条长凳上各自都还有一个空位，光滑锃亮的不锈钢凳子正迎接着乘客就座了。我们俩走过去，儿子说：“妈妈，你坐吧！”我当然不会自己坐，而是让他坐，毕竟个子不高的他刚满六岁，担心他站不稳。坐下后的儿子仰头问我：“这次姐姐为什么不愿意来了？”我说：“她大了，有了自己的主张。”

地铁过了两站时，进来一位穿着宽松孕妇裙的孕妇，肚子不是特别大，不是快临盆的样子。她一把抓住通道上的扶手钢管，然后四处张望寻找空位，但此时已经座无虚席。靠近她的几个人本能地闪开，避她几步远，担心碰到了她，导致她不适或摔倒。我下意识地跟随着孕妇的目光往两边座椅迅速地巡视一番。儿子左边刚刚有两人下车，我还没来得及坐，就被我身旁两个打扮时尚的女郎抢先占有了，她们俩涂着血色口红，脸上抹着厚厚的脂粉，一双手的指甲表面被隆起的颜色鲜艳的指甲油胶点缀着。她们快速地抢坐让我一时傻眼了，她们俩同时抬头望了我一眼，竟然冲我胜利似地笑了一笑，立即又把头低下去，静音刷手机视频，再也没有抬头过，十足的低头族。右边靠边上坐的两中年女子眼睛睁开了一条缝瞥了一眼孕妇，又眯上了，继续睡觉。另外有个精神矍铄六十来岁的男人，他炯炯有神的眼睛盯着孕妇肚子看了好几眼，可能觉得根本不大，不至于让他这个老人让座吧，所以也没能站起来让座，他最后把目光落在了别处。

孕妇脸色很差，似乎不舒服，她把头部靠在了钢管上的手背上，显得非常疲惫虚脱，抓住钢管的手因为太用力，指关节泛白，手背青筋暴起。

“阿姨，我的座位给你坐吧！”传来儿子稚嫩的声音，只见他边说边站了起来，很快来到我身边靠着我。

“谢谢，谢谢小朋友！”孕妇惊喜地看着儿子说道，“我还真的站得受不了了，小朋友，谢谢你哟！”她右手叉着腰挺着肚子，慢慢挪动步子走过去，一坐下，她就深深的长舒了一口气。

“不用谢，阿姨！”儿子斩钉截铁说道。

就在这时，其中一个中年女子猛地站了起来，急着说：“小朋友，过来坐我的位吧，你别摔跤了！”

“不用了，阿姨，我看你穿着比我妈还高的高跟鞋，你肯定脚痛了，你自己坐吧，我不会摔跤的！”

在场的，除了那位老人面不改色仍然望着别处以外，其他人都齐刷刷地看着我儿子，面露悔色，尴尬不已，而后又迅速把头低下，继续盯着手机屏幕，继续眯眼。这个老人，他一定觉得不让坐是理所当然的，因为他自己本身就是需要别人让座的老人。社会上有太多虽然年纪比较大，但其实健康状态良好，甚至比多数的年轻人、中年人还健壮的“老年人”，他们可以在打折的商超里精力充沛地挤到人前，手疾眼快地抢夺大优惠商品；也可以在长长的队伍里精神抖擞地排队领取商家免费赠送的一盒鸡蛋或一卷纸巾。然而一旦坐公共交通工具时，却一上车就立马显得老态龙钟般的虚弱不堪，等着青少年、中年人让座。当然多数老人是通情达理的，不会这样。

地铁又到了下一个站，刚停下，儿子就攥着我的手，“妈妈，妈妈，我们到那边去站！”我没有阻拦，他小小的手如钢铁般那样坚韧，有力量，拉着我勇往直前去了另外一个进出口等待到站下车。

地铁上，人员是流动性的，有人上有人下，有人舒服地坐着，有人轻松地站着，千姿百态。到站了，我们出了地铁门，儿子瞬间好像如释重负的样子。我问儿子为什么刚刚要换位置站，他说那个阿姨坐下后一直望着他笑，他很不好意思。

六岁的儿子眨眨眼，天真无邪的眼神清透明亮，他郑重其事地表示，以后再碰到需要座位坐的人，他还是会挺身让座的，老师教导他们要做一个讲文明礼貌、懂得谦让的好孩子。我也郑重地说：“让座可以，但你也得保护自己，不能让自己受伤，也不能太委屈了自己！”

走过这条路这座桥

一晃，在宝安已经安居乐业有二十多年了，我在这里成家生子女，从年轻到如今中年，从黑发到现在发丛中暗藏几绺的白发，从一无所有到成为有房有车族，户口也从老家县城迁来此处。两个孩子从襁褓到读四年幼儿园、六年小学、三年初中，十三年的学业都在宝安完成，他俩是与宝安共同成长的00后，彼此见证了各自的成长，各自的辉煌，各自也将继续奔向更广阔的天地，未来一定会更加荣光!

宝安从曾经的贫穷落后到现在日新月异的繁华盛景，这翻天覆地的变化，吸引了很多其他片区的人来此定居，我居住的小区就很多是南山、蛇口那边搬来的。一个地方待久了，自然就成了本地通，能知晓哪条路通往何处，哪辆公交车途经哪儿，哪个市场有自己爱吃的特色菜卖，哪里的餐饮好吃又不贵，哪个商场东西又好又不会贵，哪里可以走路不累就能到达某目的地，无须坐车。

宝安的景区，离我不远的我都去过，宝安公园、新安公园、欢乐港湾……各有千秋的美色“秀色可餐”，让我时不时地就前往探索一番，有一种像哺育中的孩儿对妈妈那样依赖的情怀！

某天晚上坐公交车回家，当时精神抖擞，无须闭目养神，干脆利用这空闲时间刷各个群的消息，一沉迷，就没能听到车上系统报站的语音，错过了下车的站点，在到达宝安实验学校站时才猛然察觉，我赶紧下车，再不下，要把我拉到南山区那边了。宝安实验学校就在站台不远处，是宝安区第一所九年一贯制公办学校，位于宝安中心区，校园大，环境优美，我家两个孩子小学至初中都在这所学校就读，他俩先后在这里毕业之后，我就没有理由来这边了，虽然离得近，但这边没有与生活息息相关的商场、市场这些。

一下车，耳边就传来悦耳动听的音乐，放眼望去，原来不远处广场灯光明亮，一群男女正在欢快地挥舞着手脚跳广场舞、交谊舞等，几个小孩穿插其中转来转去，场面热闹非凡。这里离周边小区有些距离，所以音箱声音开得蛮大的。这广场原来隶属于新城联检站，检查进市区人员边防证的地方，深圳不分关外关内时撤关了，这里就变成了附近居民户外健身娱乐的场所了。不远处高耸的摩天轮闪烁着的五颜六色的光芒远远映照着，苍穹下的夜景璀璨夺目！

往前走，这条路上有座小桥，桥下是新圳河，前几年经过截污工程、河道清淤等改造，水清了，一眼就能瞧得到水底，也完全没有了之前的臭味，河岸两侧一年四季都有绿叶葱郁的植被点缀，从不枯萎。岸边的人行道的树下常见中老年人在此吹拉弹唱、跳广场舞，有水的地方便有凉爽的风，微风扑面而来，使人神清气爽。

关于这条路这座桥，曾经发生过一个真实的事件。几年前，具体年份月份记不清了，依稀记得是在我孩子读小学六年级时，那时候《宝安日报》有个反映民声的栏目，负责人为此还建了个名为“家在宝安”的 QQ 群，宝安市民可以把路上所见的破败道路、路面影响出行的违章建筑、不合理的道路布施等问题都可以拍照作为依据，发在群里或私发给群主或管理员，如实反映问题。

他们收集信息后会一一登记造册，然后向相关部门转达，并且跟进事项的进展，尽心尽力给市民一个满意的处理结果。当时小桥一端末尾与路连接的斜坡处破烂了，面积还挺大的，坑坑洼洼，非常不好走，又刚好处于下坡路段，显得更危险，一不留神就有可能踩空或被沙石、水泥块绊倒摔下去。这条路、这座桥是通往学校的必经之路，许多学生步行或骑单车都得从这里经过，一天往返多次，安全隐患非常大。我一直想向有关部门反映这事，苦于无处可说。《宝安日报》推出这个民声平台，我终于有地方可诉说了。我把这事反映给群主，他耐心地听我诉说完，又很细致周到地问了我至关重要的地点位置，然后表示会以最快的速度向有关部门反映，一定会尽快处理好，保障学生往来的安全！

没隔多久，一天中午孩子放学回家吃午饭，一回来就很惊喜地对我说那座桥和路坏了的地方都修好了，而且很平整、很漂亮，走路、踩单车都很顺畅了，不用停下躲闪了，也不用害怕一不小心就摔倒了。我心想，难道是我的反映起到作用了？如果是，这解决的速度也太快了，还真是三天一层楼的深圳速度呀！我随即跟他讲了事情的始末，孩子伸出手，拍了拍我肩膀，说："好样的，您造福了大家，谢谢妈妈！”

今夜，意外下错站经过这里，走到当年修补好的这个路段时，我不禁来回多走了几步，心中有些感慨，路和桥依旧在这原地，它们天长地久地每时每刻都在迎接着人们从它身上走过，黑夜白昼，风雨不改。而我们人类的每一个人的岁月却不知不觉一直在消逝，渐渐地越变越少。之前最后一次来这里时，我是满头青丝，而今却是发中藏着几绺白发了。当年路上经常碰见接送小孩的那些爷爷奶奶、外公外婆辈的人，说不定他们有些已经功成身退回老家颐养天年，有些可能已经不在人世了。物是人非，今日不见当年人。

曾经走过这条路、这座桥许多年，这些记忆，早就抹不去了！

书，伴我走天涯

书能通古今，知古识今；书是浩瀚的海洋，纵横千里；书是天地间的灵物、心灵沟通的桥梁；书，没有国籍之分，是世界的产物、人类精神的食粮。读一本好书能开启人的智慧，打开人固守的心扉，提高人的素质和教养，同时开阔人的视野和认知，让人感悟，受益匪浅，从而能走好人生的每一步，不糊涂，不将就，辨是非，明事理。对于我来说，书是我忠诚的伴侣，如影相随，可以静静地在枕头边陪我同居一床，也可以策马奔腾陪我走遍天涯。

高兴时要看书，在书中沉淀积累快乐的源泉。烦恼时更要看书，在书中排遣心里的不快和痛苦，从而自得其乐，还能在精神上得到质的升华，让眼前一切豁然开朗，所有苦恼随之消散。

学生时代，有的老师说，书是人类进步的阶梯，是人类沟通的桥梁；有的老师说，腹有诗书气自华，读书万卷始通神，万般皆下品，唯有读书高；有的老师说，静坐自无妄为，读书即是立德，读一本好书，就是和许多高尚的人谈话。或许就是因为这些老师总是强调读书的好处吧，潜移默化地带动了我，让我从小学四年级就开始大量的接触《少年文艺》《儿童文学》等读物，校园里学生们互相传阅，我都会看，一本不落。非常幸运，图书馆就在我家隔壁，隔一条街道的距离，它勾魂摄魄般吸引着我，让我时时刻刻都想着要去看书，我常泡在图书馆一楼的阅览室里不愿意回家。阅览室提供的一般是报纸杂志类的，不用借书证就可以看。到初中时，我便办了本借书证，好像是花了十二元钱押金，不太记得了，巴掌大的绿色小本。办证这事我父母根本不知道，他们忙于生计，哪里有闲心管我们兄弟姐妹。有了证之后，我就去二楼图书室借书看，我这才知道这里有很多砖头般厚的书籍，多年之后才认知到，我之前借的那些书其实就是属于文学方面的书。我想起鲁迅的《从百草园到三味书屋》，我也想写篇《从家到图书馆》的文章，可惜当时只是空有热血沸腾的思想，并没有实施，是个思想巨人、行动矮子的人。

漂亮的图书管理员阿姨总是能准确无误地找出我要借的书，然后认真地把书名一本一本登记在借书证里，写上借书日期、归还日期。图书馆的书被市民借阅已久，所以都比较旧，摸起来手感也不好，黏糊糊的，还充斥着陈旧的杂味，但我丝毫没有嫌弃的心理，仍旧爱不释手，当宝贝一样爱护着。翻页时小心翼翼，不看了也不会为了方便下次看而在当前页折书角隔着，我会拿个长尺子或书签相隔。有时能借到刚到不久的新书，散发出来的油墨香味又浓又醇，让我深深陶醉。随着日子的推移，特别是在上初中之后，借书证密密麻麻地登记着我借书的记录，日积月累，不知不觉中我竟然看了不少的书，《平凡的世界》《青春之歌》《第二次握手》《悲惨世界》《老人与海》《红楼梦》等，书中的内容循循善诱，使我浅短的视野变得开阔，同时开启了我闭塞的心智，让我思维灵动起来，学习变得相对容易，不再吃力。

《红楼梦》里的“一朝春尽红颜老，花落人亡两不知”“任凭弱水三千，我只取一瓢饮”，贾宝玉和林黛玉凄凉的爱情悲剧让情窦初开的我懵懂地认识到了爱的真谛，心想，将来长大后的我一定得好好珍惜喜欢自己的他！

我来深圳打工时，担心人生地不熟一时找不到深圳的书店买书，我就随身带了几本自己在书店里买的书。旁人都笑我，不买漂亮的衣服带上，却带几本增加重量的破书出远门，脑子有毛病。我对书的热爱，不需要别人理解，不需要别人感同身受，我自己坚守自己的爱好就行。所以无论他们怎么取笑打击我，我都不会在意。让书随身伴我走遍天涯海角，这是我喜欢的！

在深圳罗湖工业区上班时，我第一次领的试用期工资其实不多，钱一领到手，我做的第一件事就是向人打听去深圳书城的路线。等到周末，大清早我就独自一人坐公交车去。深圳书城很大，我站在门口的楼梯上，我感觉到了自己的渺小。身边人来人往，进进出出，手里拿着书的人挺多的，看来深圳并非是传言中的“文化沙漠”。

此时，蔚蓝的天空很纯净，蓝蓝的一片，无瑕疵，像水洗了一样，毫无杂色，纯一色的白云一团团簇拥着挂在空中，纹丝不动。太阳已经很猛烈了，不远处一栋大厦的玻璃幕墙因阳光反射而映照出闪耀略带丝丝缕缕金色的光芒，这是我第一次如此认真地观望深圳的天空。同一片蓝天，之前还在老家大埔，而现在身处几百千米外的深圳，感觉很梦幻、很奇妙。我昂着头，迈开大步，像升旗仪式里的军人一样心中充斥着满满的仪式感，以坚定的步伐进入书城里面，眼前一片光明！

深圳书城，我来了，这是我第一次认识你，接触你，近距离地亲近你，你敞开博大的胸怀接纳我，传递给我知识。一排排整齐的书柜上陈列着无数国内外的作品，应有尽有，新书的油墨香弥漫整个空间，嗅着这个味道，让我沉浸于其中。我在书海里遨游，挑选、翻阅着书籍，满心欢喜。书非借不能读也，书非买不能读也，只有花了自己的血汗钱购买的才能好好读，好好珍惜，感知到人性这个弱点，为了鼓励自己多读书，不懈怠，所以才会经常花钱购置。我来时的路上碰到有卖早餐的，嫌贵没有买，空着肚子的我却在买书时像土豪一样大气奢侈，一口气购买了一整套《张爱玲文集》等等。到收银台结账时，收银的女子打单时抬头望了我一眼，露出惊讶的神色说："你一个人看吗？这么多，又这么重，等会怎么拿回家呀？"我取下背在背后的书包在她面前晃了一下说："放书包里背呀！"她忍俊不禁扑哧一声笑了说："背着书包的学生角色，你还喜欢呀，真难得！"

从此，公司集体宿舍里的睡铺便成为我的书屋。床是双层的单人铁架床，上铺因为要爬上爬下，不便利，除了分到的人不得不住以外，通常不会有人主动选择。大家一般都喜欢下铺，因为可以当凳子坐，换衣服也比较方便。我则不同，我都是主动请求住上铺，因为有洁癖，又喜欢安静。工作之余的休闲活动都在外面完成，回到宿舍也就只有洗漱的事情了，我一般不会去坐人家的下铺，以免舍友心里不痛快。女人都比较不喜欢被人窥视，三面都装上床帘，床帘一拉就阻隔了外面的世界，小小的床便是个人独立的天地了，宿舍里的吵闹也就影响不到了。我在这片小天地尽情地看书，细细地翻看，慢慢地咀嚼文章中之精髓。有了书的陪伴，日子过得很快，很充实，也很快乐！

后来有了孩子，有了固定的住所后，我就开始订报、订杂志，订过的报有《南方都市报》《深圳晚报》《宝安日报》，陆陆续续订的杂志有《钟山》《花城》《十月》等。看书、写作，这些我都没人指导，也没人给开悟，全靠自己天生的热爱，因为热爱，所以才让我不由自主地行动！就像某男人爱上某女人一样，因为爱，所以行动。曾经听说有个男人走路长期驼背，后来爱上了一个女人，担心她嫌弃他的驼背，他用一个星期的时间硬是纠正过来了，走路从此昂首挺胸。爱的力量是无穷无尽的，体内的潜能也能在需要的时刻被激发出来。这世上能让人坚守的，无非就是真心喜欢，或者因为责任。

若远行，不管去哪里，我都习惯在行李箱里装上一两本书，以便随时翻看，怕它们弄皱弄坏，我都是里三层外三层地用袋子包裹好，再放到箱里的小夹层里，避免晃荡损坏书页。我认真看书的样子，经常让人误认为我是不是要参加什么迫在眉睫的考试，其实我什么都不为，只是单纯地喜欢看书而已。这样多好，既不耽误游玩，又能充分利用间隙看会书，两不误！

书是净化灵魂的良师益友，于我而言，一日不读书，胸臆无佳想；一月不读书，耳目失清爽。白天，我抽空看，晚上，我睡前看，累了就掩卷睡去。书伴我走天涯，我不可一日无书！

除夕，过大年

每年的除夕，是举国欢庆的日子。成年人卸下一年到头来忙活的生计担子，求学的孩子们放下书籍作业本和各种辅导班、兴趣班的学习，大家轻轻松松欢欢喜喜地过大年。

南方客家人常说的除夕过大年，无非就是在这一天下午开始贴好对联年画，然后关上大门一家人团团圆圆地围坐一起吃肉喝汤，饭后洗涮搞干净一切，长辈们便要给洗好澡、换上新衣服的孩子们发贺岁红包，接着看春节联欢晚会，一边谈笑风生，说说过去，描绘未来，一边嗑瓜子，吃糖果糕点等。子夜零点迎接新年后，家里人陆续回屋睡觉，留盏灯亮着守岁，直到天明才能熄灭。

随着时代的变迁，除夕年夜饭早就不满足于以往那样仅限于自家至亲一起吃团圆饭了，大家都不再遵循如此单一的老观念，不再故步自封，而是走出家门，不是到某亲戚家就是到某朋友家相聚在一起吃年夜饭，跨年；或者相约到某酒店把酒言欢，省去了人们围着炉灶做饭的辛劳。

在深圳，越来越多的人过年时选择留在深圳度过，让老家的父母来，或把在外地的子女叫回来，不再像以前那样，一到过年许多人就舟车劳顿驶离熟悉的深圳，以旅游似的心情回老家过年。

这年的春节，我们一家子也留在了深圳过年。除夕那天下午 5 点左右，我们贴完自家的春联年画后，便到某酒店与朋友一家族的人相聚一块吃年夜饭。路上，行人车辆比往年这个时候多了很多，商超还在营业，路边小型的餐馆、杂货店等倒是关门放假了，有的店门口贴有大红春联，有的没有贴，缺少了过年的喜庆。铁闸门上都贴有一张纸，写着年后开工的日期，顺祝顾客春节快乐之类的祝福语。一路随处可见树枝上挂着红包的年橘和菊花的盆栽，红包里面有没有包钱，不知。

朋友家是个大家族，兄弟姐妹多，四代同堂全部到齐了，一个不落。两张超大转盘的圆桌，座无虚席，年幼的孩子们则在茶几那边吃喝玩乐。有一条面露着笑容的小狗，它一直乐颠颠地围着他们转来转去，蹭蹭这个的腿，舔舔那个的衣服，甚至亲亲他们的小脸，宠物也感受到了人类过年的喜庆。为避免可能存在的年龄代沟，让大家彼此都放松，都有个好体验，把青少年分一桌，把已经结婚生子的人以及长辈分一桌。

丰盛的年夜饭被陆续端上来，肉类海鲜应有尽有，还有我们爱吃的客家年糕，切成片状煎制，色焦黄，鲜甜可口，吃起来让人口齿留香，回味无穷！人多，每人吃上一二块，三下五除二，盘子就见底了。好吃的东西，以食为天的我们，从来都是百吃不厌，多多益善。年夜饭少不了喝酒祝福，然而广东这边的人对酒的兴趣很浅，不怎么喝，能喝的人极少，大家浅尝几口意思一下也是为了干杯，为了互说新年祝福语。

通常情况下，人们的情感维系是越多越好，当然，不排除有些人在一起多了后，彼此了解太通透，产生失望、远离之心；或因为过于熟知，所以说话做事没轻没重，互相怠慢，关系瞬间变得岌岌可危，而后可有可无，导致后来不怎么来往，甚至再无联系。大家将来是否也会这般，不知？！世间万般种种，都情有可原。

饭后，服务员收拾干净好桌子，朋友拿出厚厚的几沓崭新的人民币，面额有少量的20元、50元，大量的100元，当着大家的面分别装在红包里，然后像洗纸牌一样交叉混合在一起洗了洗，再放到玻璃饭桌上一字摊开，红红的一片。孩子们、孕妇等十多个人排好队围着桌子转圈，依次任意抽取红包，每一轮抽一个，他们每个人都是立马拆开看，若抽到100元的人就人逢喜事精神爽，不由自主地眉开眼笑，乐不可支，大家也会“哇”的一声赞叹好运；若抽到50元的人就“啊”的一声，有点失落，但无可奈何；若是20元，统统沮丧的反应，脸上不由得都挂着不愉快的神色。转了十多圈，才把红包领完。大过年的，不想让领到少的几个人不开心，朋友便主动另外拿好几张百元大钞补给他们，最后皆大欢喜。这种以玩游戏领红包的方式非常新奇，我们第一次碰到，感觉好玩，也有意义。

全场最年长的老者便是朋友富态十足的母亲了，她子孙满堂，一个个又都很有出息，是个非常有福气的大家庭，所以她整个人状态非常优雅贵气。

朋友家族里年幼的孩子有好几个，晚上不便在外头待久，我们便在10点前就结束了这次除夕晚宴，各自趁着夜色回家。皎洁的月亮，繁星点点的夜空，苍穹下的我们正欢天喜地地过大年，它们知否？

回到家，一进门我干的第一件事便是打开电视，火急火燎地把频道调到央视，春节联欢晚会正热烈地进行着，主持人喜洋洋的高亢声调、歌舞升平的画面感染着我们，一屋欢声笑语。

非凡南山

南山区位于深圳中西部，人口近二百万，集科研、体育、教育、旅游等于一体，每年生产总值常列于深圳首位，经济繁荣，人们安乐，这鼎盛的南山区，是深圳市重点发展的区域之一，素有“中国科创看深圳，深圳科创看南山”之美誉。其与福田、宝安、龙华等区相邻，交通便利，公交、地铁辐射广阔，商务和居民出行方便。环境优美、设施完善的新式花园小区众多，让人们每一天都心情愉悦地陶醉其中，幸福感爆棚。

作为深圳市高科技中心、高科技产业扎堆聚集的区域，上市公司到目前就有两百多家，百分之七十五以上的公司与高端装备制造、生物产业开发、新一代信息技术产业等相关，走在中国的前列。全国人民通用的网络社交工具 QQ、微信也是位于这里的腾讯公司开发的，其自建的腾讯大厦就在南山区高新科技园里。世界顶尖通信设备生产商华为、中兴、TCL、康佳等公司在这里也都有办公楼，他们硕大的公司名称牌子耸立在各大厦的高端处，很远的地方都能瞧见，遥遥相望，成为深圳一道亮丽的风景线，是深圳人的骄傲。住在宝安区的我，小区后门那条马路，挺胸翘首也能望见腾讯大厦那个戴着红色围巾的大企鹅标志，每次见着心中都难免感慨万分，为深圳的南山蓬勃发展点赞。1999 年推出的腾讯 QQ，把位于全国各地的人们聚集在一起，通过网络隔着时空与亲戚朋友在线文字交流、语音沟通、视频电话，省去了不少电话费，实实在在地为民服务。QQ 邮箱和 QQ 音乐这两大功能，至今仍被大家频繁使用。2011 年推出的一款名为“微信”的通信软件，除了有 QQ 那些社交联络功能以外，还有收付款功能，让人们口袋、随身包减压了，并且全方位起到了现金防盗防抢的作用，让大家安心出门在外。曾经风靡一时褒贬不一的“微商”，让有勇气不厌其烦发朋友圈、发群里拉人头加入以及争先售卖产品的这一拨人挣得盆满钵满。一位女性朋友，她就是其中之一，短短几个月竟然挣来了老家县城一套房子的首付款，把“不耻下问”的招数用到极致，让人惊叹。微信公众号文末“喜欢作者”的打赏功能，据说也让个别厚着脸皮赚钱的公众号主，用某件事情煽动读者打赏，一时间就收割到了六位数，甚至七位数的高额打赏，富了这些人。幸而现在人头脑越来越清醒，理智了，盲目打赏的人少之又少了。

无论是QQ还是微信，都促成了天南地北不计其数互不认识的网友们认识结交，成为朋友，甚至凭着一腔热忱和信任做成了一单单大小不等的正当生意。当然也有因此上当受骗的，大家要懂得荐别。

享有盛誉的深圳大学（简称深大）也在南山区，另外还有南方科技大学，这些大学都是全国高考生喜欢报考的学校。其一，深圳是国际化的大都市；其二，学校好，环境好，硬件设施先进完善，位置好；其三，深圳是亚热带气候，没有冰天雪地的寒冷冬天，也没有让人崩溃的高温夏天；其四，不排外，来了就是深圳人……所有这些都极具强大的吸引力。深圳大学，是以深圳市命名的大学，本土大学，受到深圳政府的重点扶持，以自立、自律、自强为校训，校风严谨，又不失个性。深圳大学培养了不少出类拔萃的人才。校园里面那一片片郁郁葱葱的荔枝林，每年枝头都挂满沉甸甸的果实，收获的季节，行走在树下的师生，伸手可摘，可大饱口福，市民也跟着享其美味。有些荔枝树枝上挂有刻着字的透明亚克力条，一串串，随风摆动，自由奔放，那些优美的语句深深地打动了我：

抬起头，放眼望，

已然亮起美妙的光，

治愈了我之后的很多年。

…………

诸如此类饱含诗情画意的句子很多，非常触动人心，让人欢喜，流连在树下仰望，不舍离开。很明显，这些都是学生之作，真没想到，这些常捧着奶茶喝的大学生们竟然还能有这般柔软的心底，人不可貌相。

南山区临海靠山的红壤沙土适合种植荔枝，吃荔枝的季节来临时，“妃子笑”“桂味”“糯米糍”便纷纷登场，荔枝的香味、甜味、晶莹剔透的果肉，让人唇齿留甜。荔枝保鲜期极短，早上采摘，新鲜诱人，下午颜色就明显发生变化，表皮开始晦暗，失去光泽，口感也随着失去了鲜味。“一骑红尘妃子笑，无人知是荔枝来。”

唐玄宗兴师动众，命人快马加鞭千里迢迢送荔枝进宫给杨贵妃享食的行为，如今想来也情有可原了。

世界之窗，占地近50万平方米，由欧洲区、大洋洲区、亚洲区、非洲区、美洲区、世界广场、世界雕塑园、国际街八大区域组成的景区，以缩小版的世界著名文化景观和建筑奇迹而著称。景点有130多个，美国科罗拉多大峡谷、悉尼歌剧院等，在这里都可以看得到，绚丽夺目。虽是微缩景观，但不缺宏伟壮观之势头，是国内外游客到深圳必参观的地方。这里除了这些景观展示以外，还有很多后来陆续开创的游玩项目：亚马逊丛林穿梭、阿尔卑斯冰雪世界、重返侏罗纪等，让人玩得既惊心动魄又快乐无限。大型文艺异国风情表演内容丰富、场面浩大，震撼人心，记得很多年前，我曾经与远道而来的亲戚一家子前往观看，节目进行还不到一半时，天空突然降雨，在场人员都不舍得放弃精彩的表演，冒雨观看，所幸雨不大。经常旅游的观众，东奔西跑，经验丰富，都带有好收纳的小型雨伞或雨衣。而我们想着离家也不远，这些防雨装置完全都没有准备，但我们仍然坚持观看，还好没下多久雨就停了。演出结束散场，亲戚们都极为赞叹节目的盛况，夸他们的专业水准高。

海上世界，集休闲、娱乐、餐饮、购物、酒店、商务办公、文化艺术、度假、居住等于一体，涉及范围广，面面俱到，游客能玩得尽兴。这里有一艘超过14000吨位，名为明华轮的邮轮，船长168米，宽21米，高9层，1973年从国外购得，起初担任接运国家领导访问国外、华侨往返的作用，1983年停泊在蛇口赴驻外人员和华侨据点此处之后，便停止了它奔波的使命，它是我国改革开放历程的见证。没有见过、坐过邮轮的人们，不妨来看看这个辉煌无比的庞然大物，这里的夜晚灯光璀璨，音乐喷泉腾空飞跃，这里一定会让你别有一番滋味在心头的。

欢乐谷，被评为国家AAAAA级旅游景区，是个集观赏、娱乐、参与的趣味主题乐园，在这里大人小孩都可以玩得不亦乐乎。欢乐谷分为欢乐时光、魔幻城堡、冒险山、金矿镇、阳光海岸、飓风湾、香格里拉、西班牙广场、玛雅水公园等主题区，游乐项目高达一百多个，趣味性的项目非常多，是青少年喜欢来游玩的地方。

锦绣中华，是目前世界上面积最大的实景微缩景区，占地450亩，分为锦绣中华和民俗文化村两部分，是展示中国自然风光和人文历史精髓的大型文化旅游区。

八十二个景点按中国版图位置分布，大部分以 1 ∶ 15 的比例缩小版建造，每一个景色都显得气势磅礴。被现代人视为名列世界八大奇迹的万里长城、秦陵兵马俑在这里也别具一格地精彩呈现，还有故宫、杭州西湖、长江三峡等名胜古迹，昭显中华上下五千年历史风云。远程俯视，园区如一幅巨大气派的中国地图，甚为神奇。在园区各处安放着形态万千的陶艺小人，总数达到五万多个，每一个都惟妙惟肖，独具匠心，非常惹人注目。漫步在绿树成荫、花团锦簇的路上，随处可见民族风情的民居展示、民族艺术的演绎、民族节日的呈现……让人目不暇接，大饱眼福，惊喜不已。锦绣中华，“一步迈进历史，一天游遍中华”之称的美誉名副其实！

深圳野生动物园，依山傍水，环境优美，是中国第一座集动物、植物、科普、森林等多种特色和观赏功能的风景区，飞禽走兽众多，动物们并不是圈养在笼子里或狭小的空间里的，而是回归广阔的大自然环境里放养的，它们都有完全属于自己的宽阔的领地，领地里的环境就是大自然本来的样子，花草树木都齐全，另外人为增设一些供它们玩耍歇息的场所，它们可以自由玩耍，安居，不用经受暴晒雨淋。外围用栏杆等防御装备与人类隔离开，它们安全，我们也安全。憨憨的惹人怜爱的大熊猫、信步游荡凶猛的老虎和狮子、上蹿下跳的猴子、盘绕在树上或在地上爬行的蛇、用鼻子吸水然后把水甩到自己身上的大象、不知名的其他飞禽走兽……应有尽有。园区分为三个区域，猛兽区、食草动物区、表演区（步行区）。野生动物有几百个品种，来自全国各地和世界各地，有普通常见的，也有世界珍禽名兽和我国一二级保护动物。偶尔才去一趟的人，会发现每次去都会有不同的新物种出现，让人耳目一新。

深圳湾公园，是深圳市大型临海公园。这里有自行车道、休闲道、海滨栈道，还有辽阔的草地。很多青年男女和孩童怡然自得地绕着海边一圈圈地骑行着，习习的海风吹拂着他们的脸庞，欢笑声阵阵。湛蓝的海面微波荡漾，在阳光、月光映照下波光粼粼。我跟孩子们与亲戚一家子也曾经在这里伴着和煦的阳光骑行、散步。月朗星稀的夜晚来临时，在这草地边上，摊开一块野炊垫，我们愉悦着一边道家长里短，一边吃鸡爪等美食，孩子们追逐玩耍的欢声笑语在苍穹下回荡，幸福的时光就在此时此刻，我们的心境若能每时每刻都像现在这般通畅快活该有多好呀！

荷兰花卉小镇，以荷兰景观、荷兰艺术文化气息为主题的景区，彰显欧洲复古小镇风情，后来又增加了许多我国现代化元素，玩乐项目更加丰富了。这里是婚纱摄影用地，也是奇花异草和宠物市场，小猫咪、乌龟、鱼、小白兔、鸟等都有售卖。特色小吃、饮品等随处可见，吃喝玩乐一应俱全。掠过屋顶又飞至广场盘旋的一群鸽子，场面浩大，扑棱棱展翅的声音昭显了生命的动力。这里的花卉既是深圳市民平常日子购买花束绿植装扮点缀精彩生活的地方，又是春节大量年橘、年花采购之地。

承办过 2011 年第 26 届世界大学生夏季运动会的深圳湾体育中心，是大型体育赛事和明星演唱会举办的场所，也是南山区经济创收的场所之一。南头古城、海岸城购物中心、欢乐海岸、人才公园，还有大南山、小南山这两座居于城市腹地里的山峰等，这些都是南山别具一格的拥有，生活在南山的居民何其幸运！

名目繁多、欣欣向荣的南山，非凡地傲立于深圳的尖端，生生不息，源远流长！

居宝而安

一晃，我在宝安居住了二十四个年头了，在这里成家生育子女，安家落户，从青春靓丽的年纪到如今跨入中年，成了不是本地出生的新宝安人。

二十多年前，我在西乡径贝村居住，家附近十字路口有间面积不大的报刊亭，从小就爱博览群书的我常去那里买杂志、报纸拿回家看。有时刮风下雨或懒得换衣服出门时，我便不能及时阅读到最新读本，不能获知时事新闻和即时发布的新消息，所以就下决心订一份报纸方便每天及时看。一开始征订的是有工作人员来社区推荐的厚厚一大沓的《南方都市报》，看多了便感觉这里面所登载的信息与在宝安常住的我几乎不搭边，遥不可及，完全不符合实用的原则。后来订了《深圳晚报》，虽然是属于深圳的报纸，但总觉得还是未与我的生活息息相关。直至有一天，我在报刊亭买《读者》杂志时，不小心碰到了旁边重重叠叠堆放的报纸，上面几份滑落地上了，捡起来拍报纸上的尘土时，一眼瞅见一条有关宝安的广告信息，一看报头名称，原来是《宝安日报》，之前一直想订，却又因为它分量比较单薄，感觉内容少而弃订。摆放报纸时，我快速扫了一遍在眼前呈现的页面，发现上面几乎全是有关宝安的信息，此时此刻我才猛地醒悟过来，原来我一直想看的报纸就是这样类型的。我是个晚熟的人，凡事都是后知后觉，几乎没有先知先觉过，常被了解我的人说成傻。我又何尝不想聪慧，可是天生就较为愚钝，不是我本人愿意如此的。

到年底，我果断去报刊亭要来了《宝安日报》发行员的电话。发行员骑着很拉风的摩托车风风火火地到我楼下，在我面前熟练潇洒地扭转车头，“嘟”的一声急刹车停了下来。他相当年轻，长得也帅气，留着超短头发，一脸憨笑地对着我。他热情地跟我客套了几句，我毫不犹豫地向他预订了次年全年的报纸。他走时从车后座装报纸的绿色袋里抽了一份当天的报纸送给我，眨眨亮闪闪的眼对我说，今天的信息肯定有你喜欢的。说完，他开动摩托车，呼啦一声，又洒脱地离去了。他离去时匆忙丢下一句话，明年的报纸不是我送啦，我下个月就要去新单位报到了。不能再见到可爱的他，心中颇感遗憾。人生就这样，迎来送往，有人一转身，此生再也无缘相见。

有买有送，我当然开心，何况送的是报纸哟。当晚，小孩安睡后，我静下心来翻看报纸，发现竟然有条征稿信息，我顿感眼前一亮，惊喜万分！难怪那个帅哥对我说今天的报纸肯定有我喜欢的信息，看来这小子会看人，会预判人。曾经有过文字变成铅字经历的我，当即兴致勃勃地写了一篇。投递过去后，我每天去报刊亭买《宝安日报》，因为在年底，不能订报。没几日就发现我的稿子刊登了，首战告捷，这是我第一次在这个报纸上发表文章。没想到，一次订报的机缘，还有那个帅气好心的哥们，让我有了这次发表文章的机会。从此我就与《宝安日报》结下了深厚的缘分，像两个点连成线。

次年元月第一天，报纸如期而来，静静地躺在原来《南方都市报》配套送的报箱里，这里从此成了《宝安日报》遮风挡雨安放的方寸之地。楼栋不锈钢大门左侧一扇是固定住的，报箱就显眼荣耀地挂在此处上方，另一扇是常年打开的，所有人进出都在这里，当时整栋楼就我家有订报。我从报箱开锁拿出之后，经常顺便绕着社区走走当锻炼。随到之处有适合坐下来的地方，我便会在此逗留，迎着自然光线，吹着自然凉风，心情愉快地一张张翻阅着，浓浓的油墨香扑鼻而来，使我沉浸在字里行间里。报上刊登了一则则本土信息，不出门都能知晓宝安大事小事。

我专注读报的行为引来了一些人的围观，凑过来跟我拉家常，了解一番，不知不觉带动了隔壁家、楼上、楼下以及其他楼栋的一些邻居征订，他们也订了跟我一样的《宝安日报》。原来，读报也是会跟风的。

有了报纸，大家见面时就会互相告知好消息，都是与生活息息相关的，比如哪里有新房子在卖、哪里有厂房出租、哪里有理想的招聘、哪里又开了新商场搞打折或促销活动……林林总总，应有尽有，总会有一条信息刚好是自己所需要的，让你怦然心动。邻居开工厂的张哥，就从报上得知西乡那里有间完全符合他需求的空厂房出租，便立即拨通电话联系，经实地考察完全满意，谈妥就迅速搬去了。随后，他的生意风生水起，红红火火，如日中天，扩大了生产，财富随之而来！再后来，他又从报上的宣传信息敏锐地嗅得先机，在宝安中心区买了幸福海岸、熙龙湾等几个楼盘的房子。当年这边荒凉冷清，行人没见几个，建好的房子也不多，许多人没有胆量买。随着宝安图书馆、壹方城购物中心、欢乐港湾等陆续横空面世，这地段变成了炙手可热寸土寸金的繁华地段，后面这区域还被划为前海，级别又上了一个阶层。张哥因势成了收租丰厚的包租公和私企大老板。谈及他现在过的好日子，他逢人就说《宝安日报》功不可没！如果不是它，肯定就没有他今天的辉煌！

确实，当年通讯不发达，没有微信、快手、抖音等这些快速传播信息的平台，我们所有资讯几乎都来源于《宝安日报》上贴心的那些报道。看报，真的能改变一个人的命运走向！

我们和隔壁邻居杨姐，后来也跟上了张哥的步伐，快速买了与张哥相隔不远的西岸官邸小区的房子，我们买时已经比他的贵了很多了，他是最便宜买下房子的那一批充满智慧的人，眼界宏观，能放眼未来。大家仍旧成为不远不近、抬头不见低头见的邻居。没几年，我们家有段时间经济低迷，就很冲动地以不赚钱的价格卖掉了这套房子周转，后来方知这是非常错误的选择，但已无力回天。所幸现在定居的地方离那也不远，还是经常会在街上碰得到他们几个，见面还是情长话长。

迄今，黄昏后的欢乐港湾，摩天轮灯光璀璨，我常携着不同的心境、不同的情怀独自在海岸线行走，让思绪肆意荡漾飞扬。阵阵凉爽的海风，树影婆娑、繁花似锦广阔的优美环境，总能让我流连不愿离去。当摩天轮升至高耸的最顶端时，我透过玻璃幕墙俯视宝安，万家灯火，满目辉煌。如果朝着流塘方向展望，《宝安日报》的办公大楼会隐约就在眼前呈现！

如今宝安的崛起，多元化的发展，让这里生活工作的人们越来越富裕，过上了好日子，幸福感、归属感也随之而来，晨起夜眠，岁月静好！

与宝图，缘之深

打小就与图书馆缘分深厚，小时候，家与图书馆一街之隔，近在咫尺的便利方便了酷爱看书的我，一抬脚就去到图书馆阅览室，看书、做作业和发呆，回家时顺便到图书借阅区借上一两本带回家看，待到期日之前再还回去。

斗转星移，长大成人后的我离开了家乡，来到了深圳宝安区的新安街道，在这里安家落户了。记得初来乍到之时就向人打听宝安图书馆的位置，不了了之，最终还是自己在新安二路那里闲逛时发现了，自此与宝安图书馆（简称宝图）结缘了，我不假思索地办理了一张读者证。整洁安静的图书馆便成为我休闲时光里常到的去处，书籍填充了我的知识，提高了我的认知，精神也得以升华，亦为我的生活增添了不少的乐趣。再后来，陆续有了两个孩子，我又带着他们俩来，一家三口成了宝图常来的老读者，馆内的儿童书籍差不多被我们翻看了个遍。

图书馆门前宽阔的大广场，也是孩子们从图书馆出来之后的玩乐之地，做游戏、与其他小朋友追逐玩赛跑等，欢声笑语荡漾在广场无尽的空间里，久久不散，这种感觉非常美妙幸福。我们有时还会顺便去毗邻的新安影剧院看场电影再回家。出趟门，在同一个区域就能看书、玩耍、看电影，一举三得的日子成为孩子们周末和寒暑假里最快乐、最幸福的时光。

2013 年，宝安图书馆搬到寸土寸金的宝安中心区这边，地理位置优越，毗邻前海，周边环境风景秀丽，地铁 5 号线宝华站 D 出口就在旁边，交通极其方便。新馆面积大，环境好，建筑设计独具一格，高端气派，涉及面广，分布合理，设施齐全先进，成为宝安人民打卡的热门地方，每天都有很多人到此。馆内二楼的自修室常常一座难求，许多人来这里各取所需，静静的学习，包括在校学生。

图书馆是由地下两层、地上四层加一夹层组合成的，馆内有阅览室、少儿图书馆、婴幼儿图书馆（内设置有周到细致的玩耍场所，是幼儿玩乐的天地）、期刊阅览区等等，可谓包罗万象。还有自助图书馆，方便市民随时借还。图书馆负一二楼时不时地举办公益展览、公益讲座、公益培训等，使市民在这里能接触到各种各样的知识领域，充实丰富了业余生活。我也曾经参加过那些别开生面的公益讲座，比如摄影、国学讲座等，领略到了很多自己不曾触及的知识，同时也认识了一些志同道合的人。

我现在居住的地方与图书馆的距离不远也不近，步行去有点远，坐地铁或坐公交又感觉路程不长，实在没必要，于是家里那辆粉色酷派的自行车便派上了用场，踩着它招摇过市，轻松欢快地经过壹方城购物中心、宝安区政府大楼、海滨广场，便到达了图书馆。视野广阔的图书馆便呈现在眼前，正大门左侧有个水池，水干净无杂物，一眼瞅到底。池中央立着一些醒目的牌子，上面记载着社会主义核心价值观里的24个字：富强、民主、文明、和谐、自由、平等、公正、法治、爱国、敬业、诚信、友善，昭显家国情怀的语言，让人读起来心潮澎湃。此处常有人驻足默念，甚至当场背诵，此情此景，让人感慨万分，家和国息息相关，有强大的祖国，就能国泰民安，人们就能其乐融融的安居乐业。再走几步，是一片辽阔的像湖泊一样的大水池，有水时，显现水面雾气缭绕，如梦如幻；无水时，是一片让人心旷神怡的大平地。

大门右侧有婴儿车临时停放处，墙上意味深长地贴着一些图文并茂的图片，其中两张最触动人心，让人沉思。其一：运动能医假病，醉酒不解真愁，意在提倡戒烟限酒，坚持适量运动，求得身心健康。其二（画面呈现穿着裙子、披着长发手捧花束的女子）：平和的你，才最美丽，意在提示女人们最美的状态是保持不骄不躁、积极乐观和自律的平和心态。一个家庭，女人起着至关重要的作用，常言好女人旺三代，女人的素养、行为往往就是家庭的风水，持有平和的心态，夫妻就能和美，家庭气氛就能和谐，父母与子女的关系就能关爱，甚至亲密无间，这样就不会产生行为非常过分的子女，拿所谓的“孩子在叛逆期”来开脱是很牵强的，也是误导人的。而女人要一直持有平和的心态和行为，身边一定得先要有好男人，好男人造就好妻子，好妻子造就好风水以及好子女，一家人紧密相连一起，互相成就。身心健康、快乐成长的孩子，断然不会成为危害家庭、危害社会的人。

为了排除一切有可能引起安全事故的隐患，也为了营造空气清新、雅观的读书环境，馆内禁止吸烟（包括电子烟）、不能穿汗背心、睡衣、拖鞋、铁钉鞋、轮滑鞋进入馆内；自行车、滑板车、独轮车、婴儿车、行李箱、手拉车、宠物这些也都不能进入。在这井然有序亮堂的安逸环境里，找个位置，安静地翻阅书籍，是我的最爱，心情也因此变得无比舒畅痛快，环顾书海，再次萌发了书写文章的想法。

从宝图借回家看的书籍国内国外的作品都有，有经典的名著，也有名不见经传的读本，一本本，我一般都放在沙发上和床头柜上，方便休闲和睡前时取阅，抽空看上几页，随之获得的愉悦感瞬间弥漫整个身心，所有的烦恼不快烟消云散了。

有生之年与宝图的缘分还将继续，日益繁荣昌盛的宝安挺不错的，值得住到老，不远离。

人间至味是清欢

民以食为天。

深圳是国际化大都市，美食汇集五湖四海，世界各地，味蕾的多元化数不胜数，丰富充盈。人们嘴馋一时兴起想吃点啥，上网搜搜通常都会惊喜地发现商家都在附近了，能如愿以偿的享用到，不会让自己留下遗憾。想走一走活动一下的，就出门去吃，不想动要躺平的，在手机上下单付款，不一会儿骑手就送到你家门口了。不出家门一步，就可吃遍山珍海味。

说起吃，大家都眉飞色舞，如数家珍，几乎谁都可以随口说出一些地方的特色佳肴，边说边心痒嘴馋，恨不得即刻一吃为快。天上飞的、地上走的、水里游的、田野里的、菜园里的、山上的，只要允许入口的，通常都会有。酸甜苦辣咸，蒸、炖、炒、焗、焖、煎、烤、炸、拌、涮等烹饪方式制造出一道道色味俱全的各种美味佳肴，丰俭由君选择。除了国内粤菜、川菜、鲁菜、苏菜、闽菜、浙菜、徽菜、湘菜这八大菜系的美味以外，还有其他各地以及国外地区五花八门的佳肴（意大利、日本、韩国、墨西哥、巴西、西班牙、泰国等国家）。日本寿司、韩国料理、泰国冬阴功汤和咖喱鸡、巴西烤肉、墨西哥卷饼、西班牙海鲜饭、印度飞饼、清淡不失美味的粤菜、麻辣的四川火锅、香辣的湘菜、新疆烤全羊……仅仅这些列出来的就已经让人目不暇接，何况还有很多没能提及的，这些口口相传的美味都是深圳人热衷的吃食。美食是不分国界的，天下共享。

连锁品牌或一家独大的特色美食大街小巷随处有，一顿几百上千上万商业区里的高端餐饮，几十、十多元甚至几元钱巷头巷尾里的大众餐饮，为各阶层喜好不同的人群提供了多样化的选择，各自追崇不同的味觉享受，适合自己的就是最好的。如我，就常去居民区里的临街小餐厅吃我们梅州大埔的客家美食，韧性十足、有嚼劲的手工腌面或软糯的老鼠粄，再配以香浓好喝的三及第汤（一般以瘦肉、粉肠、猪肝、枸杞叶为主料制成）或溪黄肉汤等，这些套餐都是13–20元上下浮动的价格，不算贵，如此就心满意足完美地解决了一顿。一方食物养一方人。

深圳美食还具有日新月异变化多端的特点，不断有新奇的美食隆重推出，加入消费者潮流的行列。这不又有了一家以马来西亚树熟榴梿为元素的自助餐厅，店里食物几乎都含有榴梿，醇厚的香味弥漫店里，甚至渗透飘扬到屋外，对喜欢吃榴梿的人来说，这是天大的福音，人间至尊至爱的享受。

喝早茶，是深圳人一种习以为常的饮食习俗，也是社交的一种方式，一般在早上和上午时间进行，延伸至下午三点左右。提供早茶的餐饮店环境一般都富丽堂皇的高端气派，服务也暖心周到，在这样的场所里享用美食是非常让人舒心惬意的。老老小小一大家子围坐一起，边吃边聊，家事、工作事、孩子事、心事尽在进餐过程中愉快和谐的诉说、沟通，人们向往的家庭圆满幸福，此时此刻完全呈现，让人颇感人间值得。呼朋唤友，三五成群，或约上新认识想发展为朋友的人，又或者约上客户，你言我语，在味蕾和精神各自双重享受到的同时，友情加深了，不经意间或许也促成了生意的成交。碗碟筷勺肉菜美食之间的息息相交，实属人间至味是清欢。

深圳早茶通常分两大类，广式早茶和港式早茶（指广东和香港），餐食是无比美味精致的各种点心，每一样的分量都少，以蒸的荤食为主，另外还有糕点等。虾饺、凤爪、牛仔骨、猪肚、粉果、排骨、金钱肚、烧卖、叉烧包、椰丝球、红豆糕、榴梿酥、鱼翅、肠粉、粥、菜心，切成段的淮山、地瓜、玉米……小小的一碟碟、一笼笼，再搭配一壶铁观音、菊花茶或乌龙茶等，就着徐徐咽下，这口齿留香的滋味，是何等的快意人生。

喝早茶的费用没有统一的标准，人均几十块甚至一两百的都有，吃多少花多少，各自权衡。想大吃一顿满足口欲的人，就点多吃多，餐费则水涨船高。三三两两而来的女人，她们当中个别的纯粹是为了享其高大上舒适的环境、优雅融洽的气氛而来，她们并不想花太多钱来吃喝，只是象征性的来点慢慢地品味着，轻声细语地说着话，一坐就是半天，就如咖啡店里的年轻人，点上一杯咖啡或饮料，一坐就半天一个样，他们纯属都是为了享受优雅的环境和气氛而来！

家附近壹方城购物中心里面的利宝阁和吉之岛商场楼上的稻香酒家的早茶，我们比较常去，距离远点的一般不去，懒得在路上折腾。稻香早上8点就开始营业了，赶在10点之前买单走人的一般都有打折，并且常打五折，折扣力度非常大，很优惠，所以每天早上都吸引来很多不爱睡懒觉的中年妇女三三两两或一群群结伴而来，能坐10多个人的大圆桌常常坐满，无虚位。女人普遍长寿是有缘由的，多数女人追求心情的愉悦从而换来健康的身体，喜欢结交朋友作为玩伴，AA制的吃喝玩乐。穿着华丽衣衫的她们神采飞扬、欢天喜地的大口吃东西，不经意地大声说着话，你一言我一语的，形成了叽叽喳喳喧哗的场面，邻桌的人也不会产生嫌弃之情，更加不会横加指责。事实上，大家都在各顾各的聊天，谁都不会去留意其他桌人的动静，都趁着暂时不用干家务、不用工作的闲暇一刻来倾心交谈，几乎没人食不言静静地专注于吃东西的。这年头无端生是非的好事者不多了，大家相见普遍客客气气，崇尚做好自己，各自高兴就好。

利宝阁周六日9点半营业，工作日10点半，其富丽堂皇典雅的环境略胜稻香，收费也较高，打折优惠的力度小，甚至没有。其地理位置虽然位于购物中心较偏僻的一角，但一点都不影响其生意的兴隆，慕名而来的八方食客到来几乎都需要排队等候，一等就一两个小时才有桌子腾出来是常事。这情形让我不由得想起一句话，穷在闹市无人问，富在深山有远亲，道理相类似。

早茶的美食，我尤其喜欢吃那晶莹剔透的虾饺，一口整个或分两小口咬下去时，那种香滑的口感让我非常着迷，在口腔里细嚼慢咽吞入肚，这慢条斯理的体验过程是享用美食至高的境界。还有金钱肚、粉果、凤爪、蒜蓉菜心等，这些我都喜欢的，它们各自拥有自己独具一格的风味和口感。

世间美食何其多，人间至味是清欢，相约享用情义近。

孩子们的背影

宝安实验学校，坐落在宝安中心区，毗邻前海和湾区之光巨型摩天轮，是宝安区第一所九年一贯制的公办学校，拥有“中心区最美校园”的美誉。我的两个孩子有幸都在这所学校就读，从一年级至初三，整整九年的光阴，无忧无虑的童年、少年时光都在这里度过了，这里留下了他们无尽的欢声笑语，他们的足迹遍及校园的角角落落。

一二年级时，孩子尚小，步行来回接送，一天四趟，无论是烈日当头还是雷电交加，我们都得心无旁骛地勇往前行。一晃到了三年级时（其实二年级下半学期时就开始有过几次了）就渐渐地放手，来回都让他俩自己走，一开始他俩是不愿意的，还危言耸听，害怕路上没有家长的陪伴，几次之后，求之不得，一路与同学结伴而行，无比的自在愉快。多年后，我为自己大意的行为感到惭愧，后悔当初太早放手让他俩独立，毕竟繁华的深圳，街上有很多车辆也有很多人，来自五湖四海的人，复杂的人性造就猝不及防、意想不到的事情发生还是有可能的。怪自己当时较年轻，不善于思考事情，虽为人母，但懵懂无知。

孩子们下楼去学校时都会途经楼下的绿化带，我经常悄悄地在阳台上往下瞧着他们不断远去的背影。他俩时而快速如飞，时而像蜗牛那样慢吞吞的行走，四下顾盼同学结伴而行。周一早上，学校会举行隆重的升旗仪式，孩子们得穿礼服、戴红领巾，有次他俩忘记拿红领巾了，我冲着楼下他们的背影大喊，他俩不约而同转身抬头看到了我，露出万分惊讶的神情。我来不及多说，把红领巾放在袋子里扎了个结就往楼下扔，轻飘飘的袋子在空中里摇摇坠落。他俩仰起头齐齐地张开双手来接，女儿接到后立即拆开袋子分了一条给弟弟，两人同时转身继续行进，再次把背影留给了我。刚刚这个小插曲应该花去了至少一分钟的时间，担心迟到，他俩加快了脚步，背影越来越远，渐渐模糊，很快到了转弯处，他们俩就彻底消失在我眼前了。

一日复一日，一年复一年，孩子们长大了，各自有了自己贴心的玩伴，也有了独立自主的思想和行为，用不着我在阳台上巴望着他俩的背影了。与孩子们曾经有过的这些温馨时刻留在了我的记忆深处，不能忘怀！

入深户记

2023年12月12日，岁末标志着这一年即将成为过去，2024年即将到来。在深圳某一千多人的QQ活动群里，大家先是有一搭没一搭地随意讨论了几句今年双十二购物节的促销活动，没一会儿就没人愿意再提及相关话题了。这跟刚过去不久的双十一购物节如出一辙，都是某些电商平台强势推出的购物活动，扎堆抢购风气曾经风靡一时，随着网购逐渐融入人们的日常生活，商家平时就有优惠，人们便不再稀罕在这两个购物节购物了。

有支付功能、有朋友圈可浏览的微信推出来以后，QQ就渐渐没落了，很少人再使用了。学生班级群、工作群、小区业主群、义工群、社区群、各种活动群……几乎都使用了微信群，无论是私事还是公事，大家都习惯性用微信沟通。只是我所在的这个QQ活动群里群员超一千人，数量之多，是目前的微信群不能容纳的。这活动群是由一个有志青年于十多年前建立的，当时他一口气建了好几个，群员都是上千人，一开始单纯转发深圳范围内政府、社区、商家等的各种活动及福利的信息（如公租房、安居房、积分入深圳户口的申请）。后来，随着群员的增加，他们团队就开始经常在群里发布各种优惠幅度较大的卖货网址链接，但从来不强调也不讨论买卖，故基本没人因此而退群。在深圳，资源共享，只要你肯干，到处是商机，到处都有能成就自己的良机，完全可以靠自己能力赚到钱买房买车，成家立业。

只一会儿，就有人试探性地晒出了一张手机刚收到的深圳户口积分排名的信息截图，一瞬间，群里像炸开了锅似的水花四溅，诸多人纷纷跟着晒积分，322.6分、356.7分、378.8分……分数不同，排名便不同。此次入围分数为319.8分，比往年有所增加，排名2万名以内的就有机会申请入户，公示时间从今日至18日，之后符合条件的就可正式申请办理入户了。深圳办理公事的效率之快速在全国来说是名列前茅的，不愧是年轻有为精力旺盛的大都市，不辱赫赫有名的深圳速度。晒图的这些群员之所以能及时获知办理入户的时间和相关事宜的消息，多数就是在这群里获得的，他们对群主的无私分享是非常感激的。

深户积分的排名像高考那样严峻，0.5 分、5 分、10 分之差，排名就很靠后了，哪怕差 0.1 分也不能入围，更无望入户了，与深圳户口失之交臂了，可见竞争强度有多高。按目前政策，有了深户，有利于中考生以低一点的分数考入公立高中。但无论如何，拥有深户还是让很多家长和孩子们能真正地踏实安心起来。一般在孩子读初一时，原先不想落户的家长们，这才开始实实在在地有了紧迫感，紧接着会积极着手准备入深户的相关资料。为了提高入户的积分，很多学历不够的家长会抓紧时间报考能拿大专、本科文凭的学习班，或能考取专业技能的证书学习班……反正大家各显神通，历经的过程不同，目的相同。有了深户，也有利于孩子九年义务教育公立学校的申请、社保待遇的提高等，总之深户的好处诸多。当然，有些家长不看重户口，自愿选择私立学校，学费一年几万元、十几万元或更多，他们不会在意，他们经济条件允许，能承担。

入深户申请的条件一般是以自有房产、合法租赁住房、深圳社保、诚信守法、学历、专业技能、营业税收等，各人根据自己的实际情况选择其中几项申请，每一项的分数累加，达到所要求的分数即符合条件。

至于我们家，一开始不曾想过要入深户，觉得户口在家乡也挺好，所以错过了以前很多门槛较低、相对轻松就能入户的机会，比如早年买房就送户口指标。后来，孩子读小学、初中时，是以房产和社保这两个条件符合了“就近上学”的规定，顺利读上了宝安实验学校（当时宝安中心区这边住的人没有现在这么多，条件就相对放宽了），这时候有没有深户显得也无关紧要。一晃又几年过去了，我们的户口一直都还在梅州大埔县城那边。再后来，孩子要参加中考了，面临是否读公立高中还是私立高中的抉择，孩子同时表示以后长大了还是会留在深圳上班过日子，完全没有要去其他城市安居乐业的想法，于是我们才产生了把户口转来深圳的念头，并且立刻开始行动起来。孩子自小就在深圳长大，属于“深二代”，深圳对于他们来说就是故乡，恋家的想法无可厚非。办理的过程虽然不算一波三折，但也申请了两次才通过，我们终于正式加入了深圳这个都市大家庭，名正言顺地成为深圳新市民。

朋友小李，她当初弄深户花费了一番时间和精力，她若以租赁合同以及历年的社保为条件申请入户，分数明显是不够的。她老公完全不爱学习，但为了渐渐长大的孩子，她只能硬着头皮自己去报了成年教育的大专文凭的考试，为了每次考试都能在第一次时就顺利过关，不用补考，她常常在晚上孩子睡觉后苦读课程，呕心沥血般度过了一个又一个本该懒散的闲暇时光。功夫不负苦心人，她以最短的时间取得了文凭，申请时完美地加了分，成功入了深户。值得一提的是，她拿着这会计专业的大专文凭竟然找到了一份财务方面的工作，从之前商场普通的专柜销售员一跃成为办公室职员。办公室工作是她一直以来梦寐以求的工作，如今意外圆梦了。想当初纯属为了申请入户而读书，没想到还能有其他连带的好处，改变了她职业的走向，工作体面且收入增加，命运自然而然地也往更好的方向转变了。

类似小李这种情况的相当多，所以在深圳与人聊起学业、文凭话题时，你会发现许多人说自己是大学毕业的，这些人其实就有一部分像小李那样自考获得的，并非传统的全日制毕业的大学生。肯学、努力上进的人，无形中就提高了自己的能力，从而改变了自己的人生。我对深圳欢迎有专业技能的高素质人员的加入有了更深层次的理解，归根结底其实都是政府为了市民个人自身良好的发展着想，大家都优秀，社会形态就一定能持续良性循环，越来越好。

天大地大，喜欢深圳的，来了就是深圳人！

乍暖还寒时

一夜之间，不，准确地说应该是几小时，深圳就断崖式地降温，从将近三十摄氏度的温度直接下降到十多摄氏度，宛如变戏法，说变就变。12 月 16 日周六凌晨近 3 点钟，入睡困难的我依然没有进入睡眠状态，睡不着就会有些心烦意乱，只好起夜，这时候的我是穿薄短袖、光脚穿拖鞋的。再次上床，迷糊中也不知道到底几点睡着的，早上 7 点多醒来时，还未起身就感觉热被窝里的身子冷得战栗，鼻腔也有鼻涕，天冷了？被冻着了？我摸起枕边的纸巾揩净鼻涕后，突然想起昨天下午 5 点 38 分时，手机收到一则信息：深圳突发事件预警，市气象、应急、住建部门提醒：我市寒冷黄色预警已生效，周末气温骤降阴冷叠加大风，20日起气温再降，注意防寒，防一氧化碳中毒。这次天气预报准确，冷空气真的按时到来了，我赶紧起床，畏缩着冻得发抖的身子从衣柜里拿了羽绒服、厚裤子、袜子，快速地都穿上了。岁月不饶人，人到中年，不止脸蛋变憔悴，身体状态更是不如年轻时，各器官功能渐渐老化，免疫力也随之下降，经不起折腾了，也怕冷了，稍微不注意，就会生病。

在深圳，衣着不讲究、不追求日新月异的人，羽绒服准备一件就可以了，因为整个冬季能穿上它的天数实在太短了，如我前前后后穿它累计不会超过十天。至于厚外套，同理，一两件即可。我们的这些厚冬装不是穿烂、穿旧的，而是长时间静置不穿而黯然失色的。在深圳冬季，没有冷空气降临时，一般穿一件长袖衣服就行了，极其怕冷的，加多一件薄外套或马甲就可。

我把里面还剩一点余温的空调被叠好拿起，与在房间一角摆放着的厚被互换了位置，今晚得换上厚被盖了。深圳的冬季乍暖还寒是常事，以前年轻时缺少生活经验，加上我本就比较愚钝，不曾想到该如何很好地处置被子使用的问题，总是在入冬后的第一波寒冷空气到达时便把薄被收入柜里，厚被拿出来后就一直使用，用到来年开春完全不冷时。中途反复升温，甚至有时像夏季那样的气候，盖着的厚被经体汗的渗透发出怪味，我也始终转不过弯来换上薄被盖。生活需要智慧，活到老，学到老，这两三年才懂得了厚被薄被应该一起备着，根据气温变化交替使用，日子才能过得真正的舒适起来。

我撩起窗帘一角，透过玻璃俯首瞧见窗外的树枝叶片花儿在剧烈地摇晃，隐约能听见呼啦呼啦大风刮过的震撼声，哦，是凛冽的寒风造成了此次的气温骤然下降。乍暖还寒，2023 年的年末，南方深圳的冬天第一波的冷空气来临了。

我翻看了一下手机里的天气预报 App，得知明日之后的几天内都会是阴天，寒冷黄色预警信号将升级为橙色，而后又会降为黄色。深圳终于成功入冬了，这对于深圳来说是件喜大普奔的消息，22 日冬至那天终于可以在寒冷的状态下名正言顺地过节了。相信这几日肯定会有人在深圳某山间路上挂出“深圳成功入冬”的横幅来庆贺。此次的冷空气将会前后持续十来天，这在深圳算是时间比较长的降温了，而后又会上升到二十多摄氏度，转暖。深圳是亚热带季风气候，气温宜人，夏天不算热，冬天不算冷，偶尔冷，就如现在，亦是会被北方人嗤之以鼻道：“搞笑吧，这也算冷？”

走出房间的一刹那，我突然想起了楼下的几只流浪猫，不知道昨晚倒在盆里的猫粮有没有吃完？水盆里的水是不是冰冷得不能入口？它们有没有受冻？不知道它们怎样了？这会，不由自主地想起了这段时间看到的那些揪心的视频，在冰天雪地里的北方，郊野外、街道上、屋檐下被冻成石头一样硬邦邦失去生命的流浪猫，心不由得抽紧了。我赶紧胡乱地用冰冷的自来水漱口洗脸，拿上猫粮就往楼下跑。

刚来到车库门口不远处，就看见那只毛发白带灰颜色的中华田园猫从车库左侧急忙地正往右侧放猫粮的地方蹿过去。我惊喜万分，立即“喵喵”地叫了几声与它打招呼，它慌乱地稍微抬了一下头朝着我的方向瞧了一眼，并没有停下脚步正面看我，但我知道它已经认出我这个喂猫粮的人了。猫能从脚步声、说话声、外貌分辨得出是谁。它们还具有生物钟，它们会记得人类平时来投喂的时间点，如不出意外就会在那个时间段出现。所有哺乳动物都是有灵性的，有思想、有感情、有欢喜悲伤的情绪，有争风吃醋的一面，会柔情万种，也会爱憎分明，跟人类一样情感丰富。猫咪太多，我无法收养它们，我唯一能做的就是提供食物给它们，一天两顿，避免它们由于无东西可吃而饥饿。但我很清楚，我个人的力量非常有限，压根儿解决不了流浪猫众多的问题，很无奈。猫不像狗，它们胆小怕人，一般处处躲着人，绕开人活动，它们不会随处大小便，每天排泄的次数和分量都非常少，并且会在没人经过的角落里排泄，完事后还会扒拉泥土掩埋，它们是很可爱的精灵。倒猫粮时，发现旁边的车底下陆续钻出两只猫的脑袋，探头探脑，很快又缩回车底中央位置，看不见了。猫大部分害怕与人近距离接触，哪怕你天天投喂，它们都要等你走开之后才溜出来吃。不远处朝我飞奔来一只通体黄色的橘猫，这只不怕人，凡是对它表现出友爱行为的人，它都黏着。它一来就在我裤脚上蹭了几下，就去吃猫粮了，看着吃得欢快的它，我心头是喜悦的。

与我们人类一样溜达在街头市井中的猫猫狗狗也是这世间的生灵，它们跟我们一样都有生存的权利，它们的寿命普遍就只有一二十年，最长不会超过三十年。它们因为不会说话，没有一双灵巧的手，也没有能遮风挡雨的家，生病了也没有医生可看病，它们纯粹是这个世界上自生自灭的物种，一出生、几个月、一二年就死去是常有的事。天地万物，只有我们人类才是最幸福的存在。

我转身离去，走二十来步左右时回头看，正好瞧见车底下的猫咪溜出来了，真是可爱又可怜的小东西。它们有东西吃，补充了能量，御寒的能力就会增强，相信能相安无事度过这个冬天。

想着我都已经下楼了，不如干脆到外面走走，让身体动起来，顺便去市场买根白萝卜、一两扎青菜。萝卜生津开胃，冬天吃胜似吃人参，对身体有益处。冷天只要动一动，身体就会产生热量，就不畏寒了。路上人不多，行色匆匆，一晃而过，路边的簕杜鹃花仍然绽放，在风中摇曳。还有那些我叫不出名称的花儿，也在枝头傲然盛开，五彩缤纷，为这冬日增添了春日般的暖意。

市场位于城中村，门口附近的那家缝补地摊一如既往地正在营业，长得好看的微胖中年女老板坐在小板凳上正埋头娴熟地在缝补。阴沉的苍穹呼呼刮的刺骨冷风似乎与她无关，此时她只专注于忙活着手头上鞋子的缝补工作，在旁边等候的中年男顾客一直在跺脚、挥舞双手做运动取暖。这个地摊经营了十多年了，夫妻档，主营补鞋子、包包、雨伞。好多年前，这里附近有几间工厂，流动人口多，那时候也没有电商网购的存在，来缝缝补补的人特别多，夫妻俩人像陀螺一样低着头忙个不停，只在与客人沟通时才会抬起头来，如此劳作，没日没夜的。每天，他们早早出摊，不想错过早来的顾客，一直到晚上街上行人少了，实在觉得不会有人光顾时才会狠下心来收摊。这个摊位很小，大约能站立八个成年人左右的面积，鼎盛时期，勤奋的他们靠干这行当获得了丰厚的财富，有先见之明的他们在房价低位时陆续购买了深圳宝安区的两套房子，都是村委建的有高档配置的统建楼，另外在他们老家乡下新建了一栋房子。缝补地摊，看似卑微不起眼的生意，得来的成果却远远胜过很多工作貌似高大上的人。劳动不分贵贱，正当职业，守法公民，能取得成果的才是王者。

随着城市的发展，各种繁荣的商业体进驻，工厂就搬到其他较为偏远的地方了，人少了，电商网购又兴起了，缝补生意便一落千丈，差了很多，客人稀落，女老板一个人完全能胜任，男老板便自行谋生去了。在深圳拥有两套房子的他们仍然不舍得歇下来，还在干这风吹雨淋的地摊缝补生意，这难免让人费解。我曾经问过他们夫妻俩，你们深圳房子都有两套了，怎么还在这里干？夫妻俩几乎异口同声说，要为他们的儿子准备好将来结婚的彩礼钱、办婚宴的费用，以后指不定还得帮着出钱养孙子、孙女了。他们表示等干不动了就落叶归根回老家去，深圳的房子给他们儿子住一套，另一套出租的收益也给他们儿子，他们分文不要。吃苦耐劳的夫妻俩，妥妥的是为了子女能幸福轻松无压力活着而奋斗的父母，让我敬佩，也让我一时无语。

忙完了，女老板终于抬起头来了，风把她的刘海吹得飞起，好看的脸庞被吹得通红干巴，她笑容可掬地对着男顾客说话。她显得那么祥和淡定，幸福的模样显而易见，这是有丰厚资产作为底气的人发自内心的幸福。

市场里所有的摊位都在营业，没有摊主因为突然到来的寒冷而缺席。鱼类、肉类、蔬菜等应有尽有，来购买的人却不算多，显得有些冷清，不像之前那样人声鼎沸。主妇们大概都不想遭受这突如其来的寒冷，都窝在家，在网上买了。网购，肉菜都是送货上门的，不出门就能购买到所需的一切，的确不必出门。

夜里，睡前习惯性地浏览了手机信息，得知志愿者们及一些公益组织的成员今日冒着寒冷为街头巷尾、天桥下、公园里有需要的人送去厚衣、被子等的帮助，我被感动到了。深圳真的是座海纳百川、博爱包容的城市，深情款款。

万家灯火，一盏盏陆续熄灭，万籁俱寂，人们渐渐进入梦乡，在这乍暖还寒的冬日里休养生息。

盐田港，蔚蓝的畅想

来到盐田港，满眼都是让人为之震撼的各种高高耸立的大型吊装设备，正井然有序地从层层叠叠几十层楼高的庞大集装箱堆吊收集装箱，将其摆放在陆地上，或摆放在停在岸边的船上。卡车、货车、叉车、船员、装卸工、管理员、货主们在港口上穿梭不停地忙碌，与众多的起重机械、集装箱交织而成了一派繁忙的景象，在这辽阔蔚蓝的海域里显得无限生机勃勃，生命无限的精彩。

停泊在岸边的四艘四百米长、重二十万吨级以上的远洋货轮已经堆满了集装箱，整装待发，这些庞然大物让人感慨科技的伟大、祖国的强大、深圳的富强。一艘艘正在海上坚定行驶的货轮，船端的五星红旗在随风飘扬，迎来送往，把我们的货物出口输送到世界各地，同时又把他国的货物进口到我们国土里来，各取所需，让世界货物与货币流通，生生不息。

经常出现的各种观光游轮，甲板上人声鼎沸，高低不一的说话声、笑声，在辽阔的海上空回荡，此刻的人们，每个人都是惬意欢喜的，早就忘了上船前生活中的千事万事的烦琐了，不断地用手机拍照，海水那一汪碧绿，青山那一片葱郁，天空那无垠的蔚蓝，人间美好的一切光景通通都进入了镜头，留下了永久的记忆。

货物的运输百分之十依靠火车、汽车、飞机，百分之九十依靠海运。盐田港地处大鹏湾畔海域，无深海潜流和无泥沙淤积，这得天独厚的深水优势成就了其优良的深水泊位，迄今是深圳与国际外贸的重要的交通港口，现代化集装箱大港、水陆交通的接驳点，进出口贸易繁忙，是中国乃至世界名列前茅的大港口。自 1994 年 7 月 20 日开港后迎来的第一艘航船“马士基·阿尔基西拉斯”号后，盐田港就此肩负着重大的进出口货物的使命，每周超一百条国际航线往来，一年吞吐量巨大，运输的货物有液化天然气、煤、石料、日用品等。盐田港同时还是市民平日休闲时坐着邮轮看海、观赏大自然秀丽风光的地方。

观光邮轮继续往前开，两侧一晃而过的青山、岛屿，眼前无边无际的海面，让人惊叹大自然不可思议的神奇力量。海底深处一定还有许多不为人知、人类无能为力触及的神秘物体。在甲板上，面朝着经年累月被海风吹都不倒的五星红旗，油然产生了一些情怀，令我一时诗兴大发，即兴了一首：

苍穹连日的阴
阳光突然穿透乌云
像一道道吉光
普照着盐田港的船
继往开来
平安吉祥　财运亨通
甲板上
一张张灿烂的笑脸
像孩儿般无邪
在海风里肆意张扬
喜悦　自在
蔚蓝的天空　碧绿的水纹
在船端傲然飘扬的五星红旗

安抚一切

天佑我中华

山河无恙

国强民安

盐田港，蔚蓝畅想的海韵，无限延伸至天涯海角，千秋万代！

乘着地铁去看海

在这阳光明媚、花草树木茂盛的温暖冬日，深圳东部黄金海岸线上的大小梅沙附近居住的市民沸腾了，地铁8号线二期于12月27日正式开通了，如期而至，不负他们的翘首以盼，他们情不自禁奔走相告，喜悦洋溢在深圳大地。这条线是通往大梅沙、小梅沙的第一条地铁线路，这是2023年年末最后一个重大利好的消息，振奋深圳人的心，“我们可以乘着地铁去看海了！”这条山海专列线是从一期盐田路站末端接出延伸的，全长8千米，有4个站点，都位于盐田区域，鸿安围站、盐田墟站、大梅沙站、小梅沙站。

大梅沙、小梅沙都位于深圳东部大鹏湾，相隔不远，是深圳著名的抒情、休闲娱乐的浪漫经典看海景点。现在有了飞快又不会拥堵的地铁直达，我们去看海就能在短时间内平安顺利到达了，从此告别以往来回路上都堵塞，折腾得要崩溃的状况。想当初，我们自驾车前往，曾经有过一次在路上痛苦地堵了四五个小时，忍不住下车走动透气、望车长叹的经历，那次堵车时长史无前例，比跨城区回老家梅州时间还多。

大梅沙站位于大梅沙海滨公园北侧盐梅路下方，设有A、B、C、D四个出入口，据地铁官网数据所示，A出入口盐梅路南侧（西），近大梅沙海滨公园正门南门、月亮广场、日出广场、盐田海滨栈道、梅沙湾、京基天涛轩；B出入口盐梅路南侧（东），近大梅沙海滨公园西北门、太阳广场、听海图书馆、深圳大梅沙国际水上运动中心、深圳大梅沙国际游艇交易博览中心、大梅沙京基洲际度假酒店；C出入口盐梅路北侧（东），近大梅沙奥特莱斯、大梅沙雅兰酒店、大梅沙京基海湾酒店、万科国际会议中心、盐田区梅沙未来学校、梅沙湾公园、梅沙一号；D出入口盐梅路北侧（西），近大梅沙海景酒店、大梅沙希尔顿欢朋酒店、盐田区外国语学校、盐田体育中心、海世界、倚天阁。有了这些明确的指引，游客就能按需选择哪个口出站，不走错路，不耽误行程。A、B出入口是外扩站厅，两侧都是纵向的设计，约一百米外就将游客直接送到沙滩。

站点是以阳光沙滩梦境为主题的，出入口就可看到鲸鱼鱼嘴部分的画像，通透的天窗把颜色深浅度不一的蓝白色墙面映照得波光粼粼，海和光的元素显现得淋漓尽致。站厅层里随浪花流动而妖娆摆动的动画鲸鱼，让人产生仿佛在大海里看到鲸鱼表演的错觉。部分波浪形的墙体，天空蔚蓝的色彩，洁白无瑕的艺术感很强的大灯，透亮的天窗，鲸鱼型的座椅……这一切都充满着如梦如幻的海洋气息。整个站点上上下下、里里外外都是全新的，处处都显现艺术文化的氛围，丰富的视觉享受触及人们心灵的最深处，感触良多。置身于这样美轮美奂的环境里，真是让大家发自内心地为深圳自豪骄傲，心情随之也愉悦豁达起来，包容一切，也更加热爱生活，珍惜生命，只有这样我们才能在以后的日子里经常乘着地铁来看海。

阳光照射下，沙滩便成为金色的沙滩，与清澈见底、潮起潮落的湛蓝海水相映成趣。无限延伸，望不到尽头的沙滩上，红色、蓝色、黄色、绿色、青色、紫色、橙色，这七种颜色的天使雕塑赫然在目，他们展开庞大的双翅，欲拔地而起腾飞的模样相当伟岸，引行人驻足拍照留念。那矗立在沙子上写着“我在大梅沙很想你”的牌子，深情的表白似要揉碎人心。那个刻着天长地久四个大字的大石头是情侣们必打卡拍照的地方，好寓意的语言总是能给人带来希望的愿景。

虽然冬日暖阳，个别壮男壮女甚至还穿着短袖、七分中裤，但毕竟不是夏季，不适宜下海游玩水，大家都在沙滩上逗留玩乐。大家玩乐的项目各不同，有人光脚或穿着拖鞋踩踏着柔软细腻的沙子，一步一个坑地漫步于沙滩上。有人铺上野餐地垫，坐在那吃零食、喝饮料或躺下看天听海涛声。三五个小孩在玩沙滩排球，蓝天白云下尽是他们天真无邪咯咯咯的笑声。有年轻的情侣在沙滩上追逐嬉戏、贴身拥抱亲吻。有人在不停地四下拍照，在这里拍海景，完全不需要滤镜、修图这些操作，直接拍出来的照片就是美美的。有几个年轻的男女在堆沙堡，只见他们用双手将沙子一捧一捧地堆在一块，小心翼翼地慢慢堆高，其中一个男的用树枝在旁边的沙地上写字，写成后想用脚擦去时，堆沙子的一女子眼疾手快冲过去挡住了他的脚，并且对着地下的字喊道：“佳佳，我喜欢你。”男的不好意思，瞬间丢下树枝跑开了。

想感受刺激的可以去玩水上项目：帆船、皮划艇、游艇、摩托艇等海上冲浪的项目，在浪涛中让你的青春焕发，生命飞扬。大家都按着自己的性子和喜好来尽情玩乐。有人去烧烤场地烤串，吃香喝辣的。还有人去愿望塔许愿，据说挺灵的，这大概是心理暗示的作用吧，因为大多数人在许愿之后会以轻松喜悦的心境去实施所许愿的事情，有行动，愿望当然就能达成。

美丽的海滩、丰富多彩的娱乐活动很适合平日里亲朋好友、恋人相约来休闲游玩，也适合团队成员凝聚力量的团建活动，这里一年四季都会迎来很多的团建活动。只要没有台风和下雨，这里每天都人来人往，熙熙攘攘，节假日时更是拥挤，热闹非凡。

我喜欢一个人在靠近海边的沙滩上面朝着大海，静静地坐着或站着，欣赏阳光普照下金光闪闪的海面，看涨潮退潮那一瞬间海水的澎湃气势，听震撼的浪打浪的阵阵涛声。海风拂面吹乱了发型，也吹散了心头缠绕的那些人间琐事，放下一切，我万般自在。放眼望去，那漫无边际、海天一色的大自然神奇景象，总让我产生一种不可言状的博大美妙的感觉，在心间荡漾。我还喜欢在沙滩上漫步，回首凝望，看到自己身后在沙滩上留下的那些深深浅浅的脚印时，心头总是弥漫着某些悲壮的情怀，无法言说。偶尔，我会弯下腰去捡拾一些奇形怪状但好看的贝壳，最后会淘汰掉看不上的，挑拣几只喜欢的带回家洗净，当装饰物摆放于柜台上。经过怪石嶙峋的礁石群时，我总是会驻足观看这些鬼斧神工的景致。我还喜欢在美丽的滨海栈道里溜达，沿途绝美的风景让我目不暇接，涨潮时海浪咆哮的声音以及撞击礁石飞跃起来的白色巨浪相当有气势，虽然只出现一瞬间，但壮观的景象会让人忍不住对着大海呐喊。

玩累了，又不着急赶回家的，经济允许又舍得花钱的，可以在海边附近的酒店开个房歇息，在夕阳的余晖中或在繁星点点的皎洁夜色中，再慵懒地到海边来散步，这样的光景会是一种至尊的享受，不枉来人间一趟。恋家的，回家有事忙的，那就在夜幕没有降临之前乘坐地铁回家吧！

年关将至，乘着地铁去看海的市民和外地游客将会一拨又一拨，你来我往，摩肩接踵！

后记

文字里的春秋

书稿付梓终于尘埃落定了，我终于长舒了一口气，纠结的心也终于缓解了，如今到外面玩乐不用再担心浪费时间，牵挂电脑里没有完成的文稿了，可以放松畅快地走街串巷吃喝玩乐了，也可以轻松地追剧、看视频了，书柜里堆积的书籍也可以拿出来甩甩灰尘翻阅了，甚至还可以来一次去他乡的旅行了。

在这期间，前前后后发生了一些事情，让我感受到这些事情的本质，让本就经历较为简单的我颇感措手不及，还好个性看得开，能承受。这个中滋味让我谈不上后悔，也谈不上喜悦，就这样吧，如此而已，谁叫我喜欢文字，对文字有一种莫名的痴狂呢！

过去迷惘，不思进取，但却还能坚持书写一些文章，这持久的坚持对我这个三分钟热度的人来说，是多么的不容易，多么难得呀，可见我对文字的挚爱是多么的强烈。我在字里行间里度过了一个又一个无知且颓废的春夏秋冬，从青丝到发中隐藏着丝丝的白发。虚度的这些光阴里，缺少了对生活积极向上的朝气蓬勃，持续了很久的消沉意志如今退却了，余生，可望生机勃勃的时日。虽然迄今仍是经常感觉眼前迷茫一片，像夜里望不到尽头的长路，看不见远方，看不见未来，但我相信一切都能渐渐地有所改变，并且必定越来越好，因为我有热爱的文字书写春秋岁月，从而寻求到从容淡定、幸福快乐的源泉。

人到中年，余生不多了，前尘往事无论欢喜还是心酸都过去了，忘却、抛下，即使偶尔想起也无须再纠结。以后无论何种境遇，笑对人生，忽略不好的一面，取其好的一面滋养自己，心境自然而然就好了，就能拥有康健的身体和长寿的命数来书写辉煌的人生篇章了。

让文字里的春秋走出自己的内心，面向世界活跃，丰富多彩起来！

过去的，放下。人间精彩，值得留恋！